SV

Band 210 der Bibliothek Suhrkamp

Scholem Alejchem

Tewje, der Milchmann

Suhrkamp Verlag

Aus dem Jiddischen übertragen von Alexander Eliasberg (Kapitel I–VII) und Max Reich (Kapitel VIII). Der Abdruck des VIII. Kapitels erfolgt mit freundlicher Genehmigung des VEB Verlag der Kunst, Dresden.

24. und 25. Tausend dieser Ausgabe: 1988

Druck: Nomos Verlagsgesellschaft, Baden-Baden
Printed in Germany

I. Der Haupttreffer

Eine wunderliche Geschichte, wie Tewje, der an Geld arm doch mit Kindern gesegnet war, sein Glück machte durch einen seltsamen Zufall, von dem es sich lohnt, zu berichten. Von ihm selbst erzählt.

> Er richtet den Geringen auf aus dem Staube
> und erhöhet den Armen aus dem Kot. PSALM 113,7

Wenn einem der Haupttreffer beschert ist, hört Ihr, Reb Scholem-Alejchem, so kommt er zu einem ganz von selbst ins Haus, wie es in den Psalmen heißt: ›Vorzusingen auf der Githith‹: – wenn man Glück hat, so kommt es von allen Seiten gelaufen; und es gehört gar kein Verstand und keine Tüchtigkeit dazu. Wenn man aber, Gott behüte, kein Glück hat, so kann man reden, bis man zerspringt, und es wird nützen wie der vorjährige Schnee. Wie sagt man doch: ›Es gibt keine Weisheit und keinen Rat gegen ein schlechtes Pferd.‹ Der Mensch arbeitet, der Mensch plagt sich ab, und ist nahe daran, auf alle Feinde Zions sei es gesagt, sich hinzulegen und zu sterben! Und plötzlich kommt, man weiß nicht woher, von allen Seiten lauter Glück und Erfolg, wie es im Buche Esther steht: ›Hilfe und Errettung kommen den Juden.‹ Ich brauche es Euch wohl nicht zu übersetzen, doch der Sinn dieser Stelle ist, daß der Mensch, solange seine Seele in ihm ist, Gottvertrauen haben muß. Das habe ich am eigenen Leibe erfahren, wie der Ewige mich geleitet hat und wie ich zu meinem jetzigen Beruf gekommen bin: denn wie komme ich dazu, Käse und Butter zu verkaufen, wo die Großmutter meiner Großmutter niemals mit Milchwaren gehandelt hat. Es lohnt sich wirklich, die ganze Geschichte vom Anfang bis zum Ende anzuhören. Ich werde mich für eine Weile hier neben Euch ins Gras setzen, und mein Pferdchen soll inzwischen etwas kauen, wie wir es im Morgengebet sagen: ›Die Seele aller Lebenden preiset den Herrn.‹ Und das Pferdchen ist ja auch ein Geschöpf Gottes!

Kurz und gut, es war so um die Schwuoszeit herum, das heißt: ich will nicht lügen, es war eine oder zwei Wochen vor Schwuos, und vielleicht auch ein paar Wochen nach Schwuos. Vergeßt nicht, es ist schon – ich will es Euch ganz genau sagen – ein Jahr mit einem Mittwoch her, das heißt, es sind genau neun Jahre, vielleicht auch zehn und vielleicht auch etwas mehr. Ich war damals gar nicht der Tewje, wie Ihr mich jetzt seht; das heißt, eigentlich war ich derselbe Tewje, und doch ein anderer. Was heißt das? Nun, ich war damals ein siebenfacher Bettler. Die Wahrheit zu sagen, bin ich ja auch jetzt kein reicher Mann: was mir dazu fehlt, um so reich wie Brodskij* zu sein, können wir uns beide wünschen, in diesem Sommer bis nach Ssukkos zu verdienen. Aber immerhin, im Vergleich mit damals bin ich heute ein reicher Mann, der ein eigenes Pferd und einen eigenen Wagen hat und auch, unberufen, ein paar Kühe, die sich melken lassen und von denen die eine bald kalben muß. Ich will nicht mit den Lippen sündigen: ich habe alle Tage frischen Käse und Butter und Sahne, und alles ist mit eigenen Händen erarbeitet, denn wir arbeiten alle, und niemand sitzt müßig: mein Weib, sie soll leben, melkt die Kühe, die Kinder schleppen die Milchkannen, machen Butter, und ich selbst, wie Ihr mich da seht, fahre jeden Morgen auf den Markt hinaus; gehe durch Bojberik von einer Sommerwohnung zur anderen und komme auch manchmal mit Menschen zusammen, sogar mit den vornehmsten Herren aus Jehupez. Und wenn man so unter Menschen kommt und mit Menschen spricht, so fühlt man, daß man auch selbst ein Mensch auf der Welt ist, und kein hinkender Schneider. Und vom Sabbat gar nicht zu reden: am Sabbat bin ich König. Da schaue ich in ein jüdisches Buch hinein, ich nehme den Wochenabschnitt durch, lese ein wenig im Targum, in den Psalmen, in den Sprüchen der Väter usw. Ihr schaut mich an, Reb Scholem-Alejchem, und denkt Euch wohl in Eurem Herzen: ›Dieser Tewje ist doch wirklich ein Mensch, welcher . . .‹

* Bekannter Zuckerindustrieller und Millionär in Kiew.

Kurz und gut, was wollte ich erzählen? Ja, ich war also damals, mit Gottes Hilfe, ein elender Bettler, starb mit Weib und Kindern dreimal am Tage vor Hunger, arbeitete wie ein Pferd, schleppte Baumklötze aus dem Walde zur Bahn, ganze Wagenladungen Baumklötze, und bekam dafür, nehmt daran keinen Anstoß, dreißig Kopeken den Tag; und selbst diesen Verdienst hatte ich nicht alle Tage. Und mit diesem Geld mußte ich, unberufen, eine ganze Stube voll hungriger Mäuler aushalten, und, es sei zwischen den Menschen und dem Vieh wohl unterschieden, auch ein Pferd, das sich gar nicht darum kümmert, was Raschi dazu sagt, sondern den ganzen Tag ganz ohne Grund kauen will. Was tut aber Gott? Er ist doch, wie man sagt, ein Ernährer und Erhalter und regiert die Welt klug und weise. Und wie er sieht, daß ich mich wegen eines Bissens Brot so abquäle, sagt er zu mir: »Du meinst wohl, Tewje, daß du am Ende angelangt bist und daß der Himmel über dir eingestürzt ist? Nein, Tewje, du bist ein Narr! Bald wirst du sehen, daß Gott, wenn er will, dein Schicksal in einem Augenblick umwenden kann, so daß es bei dir in allen Winkeln leuchten wird!« Wie wir es auch am Rosch-Haschono im Gebet ›Unessane Tojkef‹ sagen: ›Im Himmel wird bestimmt, wer erhöht und wer erniedrigt werden soll‹, wer fahren und wer zu Fuß gehen wird. Die Hauptsache ist aber Gottvertrauen: der Jude muß hoffen und immer hoffen! Und wenn er dabei zugrunde geht? Nun, dazu sind wir ja eben Juden auf der Welt, und es steht geschrieben: ›Du hast uns erwählt vor allen Völkern‹, und nicht umsonst beneidet uns die ganze Welt ... Ja, warum sage ich das alles? Ich sage es, weil ich Euch erzählen will, wie Gott mich geleitet hat, was für Wunder und Zeichen er an mir getan hat, und Ihr könnt mir ruhig zuhören.

Ich fahre eines Tages im Sommer durch den Wald, ich fahre nach Hause, mit leerem Wagen. Ich halte den Kopf gesenkt, und die Welt ist mir wüst und finster. Mein Pferdchen, nebbich, bewegt kaum die Beine, will nicht schneller laufen, und wenn ich es auch totschlage. »Laß dich«, sage ich, »zusammen mit mir begraben! Auch du sollst einmal wissen, was ein Fasttag an einem langen Sommertag bedeutet, wenn du schon einmal bei Tewje als Pferd angestellt bist!« Ringsumher ist es still, jeder Peitschenknall hallt im Walde wider. Die Sonne geht gerade unter, der Tag liegt in den letzten Zügen; die Schatten der Bäume werden so lang wie der jüdische Golus; es wird dunkel, und trübe Gedanken ziehen mir durch den Kopf, Gestalten längst verstorbener Menschen tauchen vor mir auf und gemahnen mich an mein Heim. Ach und weh ist mir! In der Stube ist es finster, und meine Kinder, gesund sollen sie sein, sind nackt und barfuß und schauen nach ihrem unglücklichen Vater aus, ob er ihnen vielleicht ein frisches Brot mitbringt oder gar eine Semmel. Und sie, meine Alte, brummt, wie ein Weib eben brummen kann: »Kinder muß ich dir gebären, und gleich sieben Stück! Gott möchte mich für die sündigen Worte nicht strafen, aber erwürge deine Kinder oder wirf sie in den Fluß!« Wie glaubt Ihr: ist es angenehm, solche Worte zu hören? Man ist aber doch nur ein Mensch, ein Geschöpf aus Fleisch und Blut! Mit Worten kann man sich den Magen nicht vollstopfen, und wenn ich ein Stück Hering heruntergewürgt habe, will ich gerne einen Schluck Tee trinken. Und zum Tee braucht man ein Stück Zucker, und den Zucker hat Brodskij und nicht ich. »Ohne Brot«, pflegt mein Weib, sie soll leben, zu sagen, »kann man noch auskommen, und der Magen kann das verzeihen. Doch ohne Tee«, sagt sie, »bin ich am Morgen wie tot, denn das Kind«, sagt sie, »saugt aus mir in der Nacht alle Kräfte heraus!« Und man ist doch ein Jude und muß das Abendgebet verrichten. Das Gebet ist zwar, wie man sagt, keine Ziege und läuft einem nicht davon, aber beten muß man doch. Stellt Euch aber vor, was das für ein schönes Beten ist: gerade wie ich mich hinstelle, um das Gebet der Achtzehn Segenssprüche zu sprechen, brennt mir der Gaul, wohl vom Satan angestiftet, durch, und ich muß ihm nachlaufen, fest die Zügel anziehen und dabei singen: ›Gott Abrahams, Gott Isaaks, Gott Jakobs!‹ Es ist wirklich ein schönes Beten! Und ich habe ausgerechnet an diesem Abend Lust, mit besonderer Inbrunst und recht schön zu beten, denn es scheint mir, daß das Gebet mir das Herz erleichtern kann ...

Ich laufe also dem Wagen nach und spreche dabei das Gebet der Achtzehn Segenssprüche recht laut mit der richtigen Melodie, wie man es in der Schule – sie sei vom Walde wohl unterschieden! – vor dem Vorbeterpult singt: »Er versorgt alle Lebewesen«, singe ich, »mit Gnade und bewährt seine Treue den im Staube Liegenden« – und sogar denen, die unter der Erde liegen und aus Lehm Beugel backen. Ach, denke ich mir, liege ich nicht tief in der Erde? Ach, geht es mir schlecht! Und nicht wie jenen Leuten, den Reichen von Jehupez, die den ganzen Sommer in Bojberik sitzen, gut essen und trinken, und in allem Guten baden. Ach, du Schöpfer der Welt, womit habe ich das verdient? Ich bin doch der gleiche Mensch wie die anderen Juden! Gott, habe doch ein Einsehen! »Sieh unser Elend,« singe ich weiter, »schau nur, wie wir uns abplagen, und nimm dich der armen Menschen an«, denn wer soll sich ihrer annehmen, wenn nicht du? »Heile uns, daß wir genesen, und schicke uns nur die Arznei, denn die Wunden haben wir schon von selbst ... Segne uns dieses Jahr mit allen Arten seines Ertrages«, das heißt mit Korn und Weizen und Gerste, obwohl ich eigentlich gar nicht weiß, was ich das brauche! Und was geht es mein Pferdchen an – es sei von mir wohl unterschieden! –, ob der Hafer teuer oder billig wird? So oder so – es bekommt doch niemals Hafer zu sehen! Aber Gott darf man mit solchen Fragen nicht kommen; am allerwenigsten darf es der Jude. Er muß alles als gut hinnehmen und zu allem sagen: »Auch dies ist zu meinem Besten, denn so will es wohl Gott. Und den Lästerern«, singe ich weiter, »sei keine Hoffnung, denn Gott zerbricht die Feinde und vernichtet die Übermütigen ... Die Aristokraten, die da sagen, es gäbe keinen Gott auf der Welt, werden schön aussehen, wenn sie ins Jenseits kommen; dort werden sie es mit Zinseszinsen auskosten, denn Gott ist ein guter Zahler und läßt mit sich nicht spaßen. Man darf ihn nur anflehen und zu ihm schreien: ›Barmherziger Vater, höre unsere Stimmen, schone uns und erbarme dich unser‹, erbarme dich meines Weibes und meiner Kinder, denn sie haben, nebbich, Hunger. Bewillige deinem Volk Israel«, singe ich, »wie einst den Tempel, und die Priester und die Leviten . . .« Und plötzlich – halt! Das Pferdchen ist stehen geblieben.

Ich spreche schnell die Achtzehn Segenssprüche zu Ende, hebe die Augen und sehe: zwei Gestalten kommen mir aus dem Walde entgegen. Sie sehen merkwürdig aus und sind gar sonderbar gekleidet. Mein erster Gedanke ist: ›Räuber!‹ Ich sage mir aber sofort: »Pfui, Tewje, bist du ein Narr! Du fährst schon seit so vielen Jahren im Walde herum, bei Tag und bei Nacht, und hast doch noch niemals einen Räuber gesehen. Was fallen dir plötzlich heute Räuber ein? – Hui!« sage ich zum Pferdchen und ziehe ihm ein paar über, als ob das Ganze mich gar nicht anginge.

»Reb Jude! Hört doch, Reb Vetter!« schreit zu mir das eine der beiden Geschöpfe und winkt mir mit einem Tuche. »Bleibt doch einen Augenblick stehen, wartet ein Weilchen! Rennt nicht davon! Es wird Euch, Gott bewahre, gar nichts geschehen!«

›Aha! Ein böser Geist!‹ denke ich mir und sage gleich darauf zu mir selbst: »Rindvieh in Gestalt eines Pferdes! Was fallen dir plötzlich böse Geister und Teufel ein?« Ich lasse mein Pferdchen halten und sehe mir die beiden Geschöpfe genauer an: es sind zwei Frauenzimmer. Die eine, die ältere, hat ein seidenes Tuch auf dem Kopfe, die andere ist jünger und trägt eine Perücke*.

Beide haben feuerrote Gesichter und sind verschwitzt.

»Guten Abend! Willkommen!« sage ich zu ihnen sehr laut und tue so, als ob es mir lustig zumute wäre. »Was ist euer Begehr? Wenn ihr etwas kaufen wollt, so werdet ihr bei mir nichts fin-

* Verheiratete Frauen müssen ihr Haar unter einer Perücke verbergen.

den, höchstens Bauchweh, auf die Köpfe meiner Feinde sei es gesagt! Oder eine volle Woche Herzkrämpfe, oder etwas Kopfweh, trockene Schmerzen, nasse Plagen, heisere Wehen?« ... »Beruhigt Euch!« sagen sie mir. »Sieh nur, wie er sich ins Zeug legt! Wenn man so einem Juden auch nur ein einziges Wort sagt, ist man seines Lebens nicht mehr sicher! Wir wollen«, sagen sie, »gar nichts kaufen. Wir wollen Euch nur fragen, ob Ihr uns vielleicht sagen könnt, wo der Weg nach Bojberik ist?«

»Nach Bojberik?« sage ich und fange zu lachen an. »Es ist genau so,« sage ich, »wie wenn ihr mich fragen würdet, ob ich weiß, daß ich Tewje heiße.«

»So?« sagen sie. »Ihr heißt Tewje? Guten Abend, Reb Tewje! Wir verstehen gar nicht,« sagen sie, »warum Ihr lacht! Wir sind hier fremd, wird sind aus Jehupez und wohnen in Bojberik in der Sommerfrische. Wir sind«, sagen sie, »für einen Augenblick ausgegangen, um ein wenig spazieren zu gehen, und irren jetzt in diesem Wald seit heute früh herum. Wir haben uns verirrt und können den Weg nicht finden. Da hörten wir,« sagen sie, »daß jemand im Walde singt, und wir glaubten anfangs, es sei, Gott behüte, ein Räuber. Als wir aber«, sagen sie, »sahen, daß Ihr ein Jude seid, wurde es uns etwas leichter zumute. Versteht Ihr es jetzt?«

»Ha-ha-ha! Ein schöner Räuber!« sage ich. »Habt ihr einmal die Geschichte vom jüdischen Räuber gehört«, sage ich, »der einen Wanderer überfiel und ihn um eine Prise Tabak bat? Wenn ihr wollt,« sage ich, »kann ich euch die Geschichte erzählen.«

»Die Geschichte«, sagen sie, »wollen wir lieber ein andermal hören. Jetzt zeigt uns lieber den Weg nach Bojberik!«

»Nach Bojberik?« sage ich. »Herr Gott! Das ist ja der richtige Weg nach Bojberik! Ihr mögt wollen oder nicht,« sage ich, »ihr müßt auf diesem Wege nach Bojberik kommen!«

»Warum habt Ihr bisher geschwiegen?«

»Sollte ich denn schreien?«

»Wenn es sich so verhält,« sagen sie, »so wißt Ihr vielleicht auch, wie weit es noch nach Bojberik ist?«

»Nach Bojberik«, sage ich, »ist es nicht weit, es sind nur einige Werst. Das heißt,« sage ich, »es sind fünf bis sechs Werst, oder sieben, oder vielleicht auch volle acht.«

»Acht Werst!« schrien beide Weiber zugleich. Sie rangen die Hände und fingen beinahe zu weinen an. »Herr Gott, was redet Ihr? Wißt Ihr auch, was Ihr redet? Es ist doch keine Kleinigkeit – acht Werst!«

»Nun,« sage ich, »was soll ich dagegen machen? Wenn das von mir abhinge, hätte ich den Weg ein wenig kürzer gemacht. Der Mensch«, sage ich, »muß auf der Welt alles ausprobieren. Es kommt vor,« sage ich, »daß man sich durch den Schmutz bergauf schleppen muß, und es ist kurz vor Sabbatanbruch, der Regen peitscht ins Gesicht, die Hände zittern, das Herz ist matt, und da bricht auch noch eine Achse ...«

»Ihr redet wie ein Verrückter«, sagen sie. »Ihr seid wohl gar nicht recht bei Sinnen! Was erzählt Ihr uns für lange Geschichten, Märchen aus Tausendundeiner Nacht? Wir haben keine Kraft mehr, die Beine zu bewegen, wir haben heute den ganzen Tag außer einem Glas Kaffee und einer Buttersemmel nichts im Munde gehabt, und da kommt Ihr und erzählt uns solche Geschichten!«

»Wenn es sich so verhält,« sage ich, »so ist es was anderes. Wie sagt man doch: Kein Tanz geht vor dem Essen. Ich weiß ganz gut, wie der Hunger schmeckt, und ihr braucht es mir nicht zu erklären. Es ist wohl möglich,« sage ich, »daß ich Kaffee und Buttersemmel seit einem Jahre nicht mehr gesehen habe ...« Und wie ich das sage, sehe ich vor mir ein Glas heißen Kaffee mit Milch, und eine frische Buttersemmel, und noch andere gute Sachen ... »Unglücksmensch!« sage ich zu mir, »bist du denn mit Kaffee und Buttersemmeln großgezogen worden? Bist du krank, ein Stück Schwarzbrot mit Hering zu essen?« Doch der böse Trieb, nicht gedacht soll seiner werden, hält mir wie zum Trotz den Kaffee und die Buttersemmel vor die

Nase, und ich spüre den Geruch vom Kaffee und den Geschmack der Buttersemmel, der frischen, wohlschmeckenden Buttersemmel, die die Seele erquickt!

»Wißt Ihr was, Reb Tewje?« sagen zu mir beide Weiber. »Es wäre vielleicht gar nicht so dumm, wenn wir, wie wir hier stehen, zu Euch in den Wagen steigen und Ihr die Mühe auf Euch nehmt und uns, mit Verlaub zu sagen, nach Hause, nach Bojberik bringt? Was werdet Ihr dazu sagen?«

»Der Vorschlag ist jetzt ebenso angebracht«, sage ich, »wie der Vers, daß das Leben einem zerbrochenen Topf gleicht: ich komme *aus* Bojberik, und ihr wollt *nach* Bojberik! Wie kommt die Katze über das Wasser?«

»Nun, was ist denn dabei?« sagen sie. »Wißt Ihr denn nicht, was man in einem solchen Falle tut? Ein gelehrter Mann findet Rat: er wendet den Wagen und fährt zurück. Habt nur keine Angst, Reb Tewje,« sagen sie, »Ihr könnt sicher sein: wenn Ihr uns, so Gott will, wohlbehalten nach Hause bringt, wünschen wir uns soviel Kränke, wieviel Ihr an der Sache draufzahlt!« ›Sie reden auf Aramäisch,‹ denke ich mir, ›es ist keine gewöhnliche Menschensprache!‹ Und es kommen mir in den Sinn Gespenster, Hexen, böse Geister, die Cholera. ›Narr, Sohn eines Spechts!‹ denke ich mir. ›Was stehst du wie ein Pflock da? Spring in den Wagen, zeige deinem Pferde die Peitsche und entflieh!‹ Doch gegen meinen Willen, es ist wohl ein Werk des Teufels, kommen mir aus dem Munde die Worte: »Steigt in den Wagen!«

Als die Weiber dies hörten, ließen sie sich nicht lange bitten und sprangen schnell in den Wagen. Ich setzte mich auf den Bock, wendete den Wagen um und zog dem Pferdchen ein paar über: eins, zwei, drei vorwärts! Aber es hört auf mich wie auf den gestrigen Tag! Es will sich nicht vom Fleck rühren, und wenn ich es auch in Stücke schneide. ›So,‹ denke ich mir, ›nun verstehe ich schon, was es für Weiber sind . . . Der Teufel hat mich verführt, mitten im Walde zu halten und mich mit den Weibern in Gespräche einzulassen!‹ . . . Stellt Euch nur vor:

einerseits bin ich im Walde, und es ist so unheimlich still, und die Nacht bricht an, und andererseits habe ich diese beiden Geschöpfe, sozusagen Weibsbilder, bei mir . . . Meine Einbildungskraft ist so recht im Zuge und spielt auf allen Saiten, und mir fällt die Geschichte von dem Fuhrmann ein, der einmal ganz allein durch den Wald fuhr und auf der Landstraße einen Sack Hafer liegen sah. Als der Fuhrmann den Sack Hafer sah, war er nicht faul, sprang vom Wagen, lud sich den Sack Hafer auf den Buckel, nahm alle seine Kräfte zusammen, schleppte den Sack Hafer zum Wagen und fuhr weiter. Wie er eine Werst gefahren ist, sieht er sich nach dem Sack Hafer um: weg ist der Sack, weg ist der Hafer, eine Ziege liegt in seinem Wagen, eine Ziege mit einem Bärtchen. Er will sie anrühren, da zeigt sie ihm die Zunge, die eine Elle lang ist, lacht wild auf und verschindet . . .

»Warum fahrt Ihr noch nicht?« sagen zu mir die Weiber.

»Warum ich noch nicht fahre? Ihr seht doch,« sage ich, »warum: mein Pferdchen will nicht, es ist nicht in der Stimmung.«

»Zieht ihm doch ein paar mit der Peitsche über«, sagen sie. »Ihr habt doch eine Peitsche!«

»Ich danke euch«, sage ich, »für den Rat, es ist gut, daß ihr mich daran erinnert habt. Leider hat aber mein Pferd vor solchen Dingen keine Angst. Es ist die Peitsche schon so gewohnt, wie ich die Armut«, sage ich zu ihnen wie im Scherz, während ich wie im Fieber zittere.

Kurz und gut, was soll ich Euch lange damit aufhalten, ich ließ meine ganze Erbitterung an dem Pferdchen aus. Ich schlug es so lange, bis es mit Gottes Hilfe die Beine rührte. ›Und sie zogen aus von Raphidim . . .‹ So fuhren wir durch den Wald auf dem Wege nach Bojberik. Und wie wir so fahren, kommt mir ein neuer Gedanke in den Sinn: ›Ach, Tewje, bist du ein Esel! Die Fallsucht komme über dich! Du warst ein Bettler und bleibst ein Bettler. Was heißt das? Da schickt dir Gott eine solche Begegnung, wie man sie einmal in hundert

Jahren erlebt. Warum machst du nicht im voraus aus, was du dafür zu bekommen hast? Von welchem Gesichtspunkte du die Sache auch betrachtest, vom Gesichtspunkte des Gewissens oder der Menschlichkeit, des göttlichen oder des menschlichen Gesetzes, oder ich weiß selbst nicht von welchem Gesichtspunkte, so ist es wirklich kein Verbrechen, wenn du bei einer solchen Gelegenheit etwas verdienst. Warum sollst du den Knochen nicht ablecken, wenn du ihn gefunden hast? Laß dein Pferd halten, du Rindvieh, und sage ihnen soundso, wie Jakob zu Laban gesagt hat: ›Es geht um Rahel, deine jüngere Tochter!‹ Habt ihr bei euch soundso viel, so ist es gut; und wenn nicht, so nehmt es mir nicht übel und steigt aus dem Wagen!‹ Gleich darauf sage ich mir aber: ›Du bist doch wirklich ein Rindvieh, Tewje! Weißt du denn nicht, daß man das Fell des Bären im Walde noch nicht verkaufen darf?‹
»Warum fahrt Ihr nicht ein wenig schneller?« sagen die Weiber und stoßen mich in den Rücken.
»Habt ihr denn«, sage ich, »keine Zeit? Übereilung«, sage ich, »führt zu nichts Gutem!« Ich schaue meine Fahrgäste an: sie sehen wirklich wie Weibsbilder aus; die eine hat ein seidenes Tuch auf dem Kopfe, und die andere eine Perücke; so sitzen sie da, schauen einander an und tuscheln miteinander.
»Ist es noch weit?« fragen sie mich.
»Näher als von hier«, sage ich, »ist es ganz gewiß nicht. Bald«, sage ich, »geht es bergauf, dann bergab, und dann«, sage ich, »geht es wieder bergauf und wieder bergab, und erst dann«, sage ich, »kommt der große Berg. Den müssen wir hinauf und wieder hinunter, und von dort geht schon ein ebener Weg bis nach Bojberik ...«
»Ein Unglücksmensch!« sagt die eine zu der anderen. »Die Cholera!« sagt die andere.
»Ein Sieb voller Elend!« sagt wieder die erste.
»Mir scheint, er ist einfach verrückt!« sagt wieder die andere.
›Natürlich bin ich verrückt,‹ denke ich mir, ›wenn ich mich so an der Nase herumführen lasse! ...‹

»Wo soll ich euch abwerfen, meine werten Damen?« sage ich zu ihnen.
»Was heißt«, sagen sie, »abwerfen? Was wollt Ihr damit sagen?«
»Es ist nur so ein Ausdruck«, sage ich, »aus der Fuhrmannssprache! In gewöhnlicher Menschensprache heißt das: wo soll ich euch hinbringen, wenn wir«, sage ich, »mit Gottes Hilfe, heil und gesund und wenn der Herr uns am Leben erhält, nach Bojberik kommen? Es heißt ja: lieber zweimal fragen als einmal irregehen!«
»Ach so, das wollt Ihr wissen! Ihr werdet«, sagen sie, »so gut sein und uns zu der grünen Villa bringen, die am Flusse jenseits des Waldes steht. Kennt Ihr sie?«
»Warum soll ich sie nicht kennen?« sage ich. »Ich bin doch in Bojberik wie zu Hause. Ich möchte so viele Tausende verdienen,« sage ich, »wieviel Bauklötze ich schon hingebracht habe. Bei der grünen Villa«, sage ich, »habe ich erst im vorigen Sommer zwei Kubikklafter Brennholz abgeladen. Damals wohnte dort ein reicher Mann aus Jehupez, ein Millionär, ein Mann, der vielleicht hunderttausend oder gar zweihunderttausend Rubel hat!«
»Er wohnt auch heuer da«, sagen die beiden Weiber. Sie schauen einander wieder an, tuscheln und lachen.
»Halt!« sage ich; »wenn die Schmerzen der Schwangerschaft wirklich so groß sind, so darf ich doch annehmen, daß ihr in irgendwelcher Beziehung zu ihm steht. Es wäre vielleicht gar nicht so dumm,« sage ich, »wenn ihr euch bemühen wolltet, bei ihm ein Wörtchen für mich einzulegen, daß er mir Arbeit oder eine Stelle verschafft, oder ich weiß selbst nicht was. Ich kenne«, sage ich, »einen jungen Mann, Jßroel heißt er und wohnte nicht weit von unserem Städtchen. Ein großer Taugenichts war er, aber er machte, kein Mensch weiß, wie, seinen Weg. Heute ist er ein einflußreicher Mensch, verdient vielleicht zwanzig Rubel die Woche und vielleicht gar vierzig, – was weiß ich? Andere Leute haben Glück! Was wäre, zum

Beispiel, aus dem Schwiegersohne unseres Schächters geworden, wenn er nicht nach Jehupez gekommen wäre? Allerdings ging es ihm dort in den ersten paar Jahren sehr schlecht, und er starb beinahe vor Hunger. Aber jetzt – auf mich sei es gesagt, wenn er nur keinen Schaden davon hat! Er ist schon soweit, daß er Geld nach Hause schickt und sein Weib mit den Kindern zu sich nach Jehupez kommen lassen will. Er hat aber kein Wohnrecht* in Jehupez. Werdet ihr doch fragen: also wie wohnt er dort? Nun, er quält sich eben ab . . . Ich sage ja immer,« sage ich, »wenn man lebt, kann man manches erleben. Da ist ja auch schon«, sage ich, »der Fluß und da ist die grüne Villa!« So sage ich und fahre nobel und mit großem Gepolter vor die Villa, so daß die Deichsel beinahe in die Veranda hineinstößt.

Wie man uns sah, gab es gleich Freude und Jubel, einen Lärm und ein Geschrei: »Gott, da ist ja die Großmutter! . . . Die Mutter! . . . Tante! . . . Da seid ihr ja endlich! Gratuliere! . . . Gott, wo seid ihr gewesen? Den ganzen Tag waren wir ohne Kopf . . . Überallhin haben wir Reiter ausgeschickt . . . Wir glaubten schon, Wölfe hätten euch zerrissen . . . Oder, Gott bewahre, Räuber hätten euch überfallen . . . Was ist denn passiert?«

»Es ist etwas sehr Schönes passiert: wir haben uns im Walde verirrt, haben uns vielleicht zehn Werst vom Hause entfernt . . . Plötzlich sehen wir einen Juden . . .« – »Was für einen Juden?« – »Einen Unglücksmenschen mit einem Pferd und einem Wagen. . . . Mit Mühe und Not ließ er sich bewegen, uns mitzunehmen! . . . Es war entsetzlich!« – »Ganz allein, ohne Begleitung?« – »Das war eine Geschichte, man muß Gott danken . . .« Kurz und gut, man brachte auf die Veranda Lampen, deckte den Tisch und schleppte Samowars herbei, Teekannen, Zucker, Eingemachtes, feines Gebäck,

* Jehupez (Kiew) liegt außerhalb des ›Ansiedlungsgebiets für Juden‹. Der Aufenthalt in dieser Stadt war wohl praktisch möglich, aber mit großen Schwierigkeiten und Kosten verbunden.

frisches Buttergebäck und allerlei Speisen, die teuersten Gerichte, fette Suppen, Braten, Gänsernes, die besten Weine und die feinsten Liköre. Ich stehe abseits und sehe zu, wie die Reichen von Jehupez, unberufen, essen und trinken. ›Man soll seine letzte Habe versetzen‹, denke ich mir, ›und ein reicher Mann werden! Mir scheint, daß das, was hier vom Tische fällt, meinen Kindern für eine ganze Woche bis zum Sabbat genügen würde. Lieber Gott! Es heißt ja, daß du ein guter und großer Gott bist, – warum bekommt dann der eine alles, und der andere nichts? Warum gibst du dem einen Buttersemmeln und dem anderen nichts als Plagen?‹ Und dann sage ich mir wieder: ›Bist doch ein großer Narr, Tewje! Willst du ihn vielleicht belehren, wie er die Welt regieren soll? Wenn er es einmal so haben will, so muß es wohl so sein. Denn wenn es anders sein müßte, so wäre es eben anders. Und warum ist es nicht anders? Nun, weil wir Knechte waren bei Pharao in Ägypten; dazu sind wir ja auch Juden; der Jude muß Glauben und Gottvertrauen haben; erstens muß er glauben, daß es einen Gott auf der Welt gibt; und zweitens muß er auf Den hoffen, der da ewig lebt, daß Er ihm, so Gott will, hilft ...‹

»Halt! Wo ist der Jude?« höre ich plötzlich jemand sagen. »Ist der Unglücksmensch schon weggefahren?«

»Gott behüte!« melde ich mich aus meinem Winkel. »Meint Ihr, daß ich so einfach wegfahren werde, ohne mich zu verabschieden? Friede sei mit Euch!« sage ich. »Guten Abend wünsche ich Euch allen, die ihr da versammelt seid! Wohl bekomm es Euch!«

»Kommt doch her«, sagt man mir. »Was steht Ihr dort im Finstern? Laßt Euch wenigstens anschauen, wir wollen wissen, wie Ihr ausschaut. Wollt Ihr vielleicht einen Schluck Branntwein?«

»Einen Schluck Branntwein? Ach,« sage ich, »wer wird einen Schluck Branntwein ausschlagen? Es steht ja geschrieben: ›Der eine soll leben, und der andere sterben ...‹ und Raschi übersetzt es so: ›Gott ist Gott, und Branntwein ist Branntwein.‹

Ihr sollt leben!« sage ich und trinke mein Glas aus. »Gebe Gott,« sage ich, »daß Ihr immer reich bleibt und viel Freude erlebt! Juden«, sage ich, »sollen immer Juden bleiben. Gott gebe Ihnen aber«, sage ich, »Gesundheit und Kraft, um alle Plagen und Leiden zu ertragen!«

»Wie heißt Ihr?« fragt mich der Hausherr selbst, ein stattlicher Mann, mit einem Käppchen auf dem Kopfe. »Wo seid Ihr her? Wo wohnt Ihr, was ist Euer Geschäft, seid Ihr verheiratet, habt Ihr Kinder und wieviel?«

»Kinder?« sage ich. »Ich kann mich nicht beklagen! Wenn jedes meiner Kinder«, sage ich, »wirklich eine Million wert ist, wie es mir meine Golde einreden will, so bin ich reicher als der reichste Mann von Jehupez. Leider«, sage ich, »ist aber arm nicht reich, und verschieden nicht gleich, wie es auch geschrieben steht: ›Der da unterscheidet zwischen heilig und alltäglich.‹ – Wenn einer das Geld hat, so geht es ihm gut. Geld haben aber die Brodskij's, und ich habe Töchter. Und wenn man hat Töchter,« sage ich, »so vergeht das Gelächter. Aber es macht nichts, Gott ist doch der Vater. Er regiert uns, das heißt, er sitzt oben, und wir quälen uns unten. Man rackert sich ab und schleppt Baumklötze – hat man denn die Wahl? Das ganze Unglück kommt vom Essen. Wie meine Großmutter, sie ruhe in Frieden, zu sagen pflegte: ›Wenn das Maul in der Erde läge, könnte sich der Kopf in Gold kleiden!‹ . . . Nehmt es mir nicht übel,« sage ich, »es gibt nichts Geraderes als eine schiefe Leiter, und nichts Schieferes als ein gerades Wort; besonders,« sage ich, »wenn man einen Schluck Branntwein auf den nüchternen Magen genommen hat.«

»Gebt doch dem Mann etwas zu essen!« sagt der Hausherr, und im Augenblick trägt man mir zahllose Gerichte auf: Fisch und Fleisch, und Braten, und Gänsernes, und Hühner, und Lebern ohne Zahl.

»Wollt Ihr nicht etwas essen?« sagt man zu mir. »Geht, wascht Euch die Hände!«*

* Es ist ein rituelles Gebot, sich vor dem Essen die Hände zu waschen.

»Einen Kranken fragt man, einem Gesunden gibt man! Aber ich danke schön! Einen Schluck Branntwein kann ich noch nehmen; aber ich werde mich doch nicht hier hinsetzen und ein solches Mahl verzehren, wenn Weib und Kinder, sie sollen gesund sein, zu Hause fasten ... Wenn ihr aber so gut sein wollt ...«

Sie verstanden mich im Nu, und ein jeder packte mir in den Wagen, was er nur schleppen konnte: der eine – ein Brot, der andere – Fische, der dritte – Braten, der vierte – ein Viertel Gans, der fünfte – Tee und Zucker, der sechste – einen Topf Schmalz, der siebente – einen Topf Eingemachtes.

»Das alles werdet Ihr Eurem Weib und Euren Kindern als Geschenk mitbringen«, sagen sie. »Und jetzt sagt uns, was verlangt Ihr für Eure Mühe und dafür, daß Ihr zwei Seelen aus einer Gefahr gerettet habt?«

»Was heißt«, sage ich, »was ich verlange? So viel ihr mir geben werdet, so viel werde ich nehmen. Wir werden uns schon einigen, wie man sagt, einen Rubel herauf, einen Rubel herunter. Ein ausgetretener Schuh kann nicht noch mehr ausgetreten werden ...«

»Nein,« sagen sie, »wir wollen Eure Ansicht hören, Reb Tewje, habt nur keine Angst, man wird Euch, Gott behüte, nicht köpfen!«

›Was soll ich da tun?‹ denke ich mir. ›Es ist doch wirklich nicht gut: verlange ich einen Rubel, so wird es mich vielleicht später reuen, daß ich nicht zwei verlangt habe. Und verlange ich zwei, so werden sie mich vielleicht für verrückt halten. Womit habe ich auch zwei Rubel verdient?‹

»Drei Rubel!!!« ... sage ich plötzlich ohne Überlegung. Alle fangen plötzlich zu lachen an, so daß ich vor Scham in die Erde versinken möchte.

»Nehmt es mir nicht übel,« sage ich, »ich habe es mir nicht überlegt. Ein Pferd hat vier Beine und kann stolpern; um so mehr der Mensch, der nur eine Zunge hat.« ...

Nun lachten sie noch lauter, sie kugeln sich einfach vor Lachen.

»Genug schon zu lachen!« sagt der Hausherr und holt aus dem Busen eine große Brieftasche heraus. Und er nimmt aus der Brieftasche – nun, wieviel meint Ihr? – ratet einmal! – einen ganzen feuerroten Zehnrubelschein – so wahr wir beide gesund sein sollen! –, und er sagt zu mir: »Das gebe ich. Und ihr, Kinder, gebt dem Mann aus eurer Tasche, soviel jeder will!«
Kurz und gut, was soll ich lange erzählen, es flogen auf den Tisch Fünfrubelscheine, Dreirubelscheine, Einrubelscheine, – Hände und Füße zitterten mir, ich meinte, ich müßte gleich in Ohnmacht fallen.
»Nun, was steht Ihr so da?« sagt zu mir der Hausherr. »Nehmt doch die paar Rubel und fahrt nach Hause zu Weib und Kindern.«
»Gott gebe euch«, sage ich, »das Zehnfache und das Hundertfache von dem, was ihr mir gegeben habt. Und ihr sollt alles Gute erleben und recht viel Freude!« Und ich scharre das Geld mit beiden Händen zusammen und stopfe es mir, ohne zu zählen, in die Taschen.
»Gute Nacht!« sage ich. »Bleibt gesund und erlebt recht viel Freude an Euren Kindern und Eurer ganzen Familie!« Wie ich aber schon zum Wagen gehen will, sagt zu mir die Hausfrau, das ist die ältere Frau mit dem seidenen Tuch:
»Wartet eine Weile, Reb Tewje; von mir bekommt Ihr noch ein Extrageschenk. Ich schicke es Euch morgen zu: ich habe«, sagt sie, »eine braune Kuh; sie war früher einmal eine wertvolle Kuh und gab jeden Tag vierundzwanzig Glas Milch. Heuer hat sie wohl ein böser Blick getroffen, und sie läßt sich nicht mehr melken, das heißt, melken läßt sie sich wohl, aber sie gibt keine Milch mehr.« ...
»Lange leben sollt Ihr«, sage ich, »und nie im Leben Kummer erfahren! Bei mir wird sich Eure Kuh sowohl melken lassen wie auch Milch geben. Meine Alte ist, unberufen, eine gute Hausfrau und kann aus Nichts Nudeln machen und aus der hohlen Hand einen Brei kochen ... Nehmts mir nicht übel,« sage ich, »wenn ich ein Wort zu viel gesagt habe. Ich wünsche

euch allen gute Nacht und alles Gute, und bleibt gesund«, sage ich.

Ich gehe aus dem Hause und schaue nach dem Pferd – ach und weh ist mir! Ein Unglück ist mir geschehen! Ich schaue nach allen Seiten – das Pferd ist verschwunden!

»Nun, Tewje,« sage ich mir, »man hat dich schon in Behandlung genommen!« . . . Und es kommt mir eine schöne Geschichte in den Sinn, die ich einmal in irgendeinem Buche gelesen habe: die unsauberen Mächte erwischten einmal einen anständigen Juden, einen Chossid in der Fremde, lockten ihn in einen Palast und traktierten ihn dort mit allerlei Speisen und Getränken; plötzlich verschwanden sie alle und ließen ihn allein mit einem Frauenzimmer zurück. Das Frauenzimmer verwandelte sich sofort in ein reißendes Tier, das reißende Tier in eine Katze, und die Katze in eine Natter . . . »Paß auf, Tewje, daß dir nicht dasselbe geschieht und daß man dich nicht beschwindelt!«

»Was schleicht Ihr dort herum und was brummt Ihr?« fragt man mich.

»Was ich brumme?« antworte ich. »Ach und weh ist mir!« sage ich, »ich habe einen großen Schaden: mein Pferd . . .«

»Euer Pferd«, sagen sie zu mir, »steht im Stall. Bemüht Euch nur in den Stall.«

Ich komme in den Stall und sehe: es stimmt, so wahr ich ein Jude bin! Mein Gaul steht recht vornehm unter den herrschaftlichen Pferden, ist ganz ins Kauen vertieft und frißt Hafer nach Herzenslust.

»Hör nur,« sage ich zu ihm, »mein Kluger, es ist schon Zeit, nach Hause zu fahren! Man darf nicht«, sage ich, »sich so auf das Fressen stürzen: ein Bissen zu viel kann manchmal schaden.« . . .

Kurz und gut, es gelang mir mit großer Mühe, den Gaul zu überreden und, mit Verlaub zu sagen, vor den Wagen zu spannen. Und ich fuhr nach Hause, lustig und guter Dinge, und sang im Fahren gar fröhlich das Gebet: ›Melech Eljon‹;

auch das Pferdchen war ein ganz anderes geworden, als ob ihm ein neues Fell gewachsen wäre: es wartete nicht mehr auf die Peitsche und lief vorwärts so flink wie ein Lied. Ich kam recht spät in der Nacht nach Hause und weckte mein Weib mit großer Freude.

»Einen guten Feiertag!« sage ich ihr. »Masel-tow, Golde!«

»Einen wüsten und finsteren Masel-tow wünsche ich dir!« sagt sie. »Was bist du so festlich gestimmt, mein teurer Brotgeber? Kommst du denn von einer Hochzeit oder von einer Beschneidungsfeier, mein Goldspinner?«

»Von einer Hochzeit«, sage ich, »*und* einer Beschneidungsfeier! Warte eine Weile, mein Weib, du wirst bald einen Schatz sehen«, sage ich. »Wecke aber zuerst die Kinder, damit auch sie, nebbich«, sage ich, »von den Jehupezer Speisen genießen.«

»Bist du toll, oder nicht gescheit, oder närrisch, oder von Sinnen. Denn du redest wie ein Verrückter, auf alle Feinde Zions sei es gesagt!« sagt mir mein Weib und flucht, wie es eben nur ein Weib kann.

»Ein Weibsbild«, sage ich, »bleibt ein Weibsbild. Nicht umsonst sagt König Salomo, daß er unter tausend Weibern kein rechtes gefunden hat. Es ist wirklich noch ein Glück, daß es heute nicht mehr Mode ist, viel Weiber zu haben«, sage ich. Und ich gehe zu meinem Wagen, hole alle die guten Dinge, die man mir eingepackt hat, und stelle alles auf den Tisch. Als meine Leute die Semmeln sahen und den Braten rochen, fielen sie, nebbich, wie die hungrigen Wölfe über den Tisch her. Sie packten fest zu, ihre Hände zitterten und ihre Zähne arbeiteten, wie es in der Schrift heißt: ›Und sie aßen.‹ – Raschi übersetzt es: ›Und sie fraßen wie die Heuschrecken.‹ Tränen traten mir in die Augen ...

»Nun, sag schon endlich,« sagt zu mir mein Weib, »bei wem war denn die Armenmahlzeit oder das Festessen, und warum bist du plötzlich so stolz?«

»Habe Geduld, Golde,« sage ich, »bald wirst du alles erfahren. Bereite aber«, sage ich, »zuerst den Samowar; dann wollen wir uns alle um den Tisch herumsetzen«, sage ich, »und ein Glas Tee trinken, so wie es sich gehört. Der Mensch«, sage ich, »lebt nur einmal auf der Welt, und nicht zweimal. Besonders jetzt, »sage ich, »wo wir eine eigene Kuh haben, die vierundzwanzig Glas Milch am Tage gibt. So Gott will, bringe ich sie morgen her.« Nun ziehe ich aus der Tasche den ganzen Pack Banknoten und sage: »Zeige deinen Verstand, Golde,« sage ich, »und rate, wieviel Geld wir da haben?«

Ich werfe einen Blick auf mein Weib – sie ist blaß wie die Wand und kann kein Wort sprechen.

»Gott sei mit dir, liebe Golde,« sage ich, »was bist du so erschrocken? Fürchtest du vielleicht,« sage ich, »daß ich jemand bestohlen oder beraubt habe? Pfui,« sage ich, »du sollst dich schämen! Du bist seit so vielen Jahren schon Tewjes Weib und verdächtigst ihn einer solchen Sache? Närrchen,« sage ich, »das ist koscheres Geld, ich habe es mit eigenen Händen und eigenem Verstand ehrlich verdient. Ich habe«, sage ich, »zwei Seelen aus einer großen Gefahr errettet,« sage ich, »wenn ich nicht gekommen wäre, so weiß Gott allein, was mit ihnen geschehen wäre!« ...

Kurz und gut, ich erzählte ihr die ganze Geschichte, wie Gott mich geleitet hat, vom Aleph bis Ssof. Und dann begannen wir das Geld zu zählen: es waren zweimal achtzehn* Rubel, und noch ein überzähliger Rubel dazu. Ihr könnt es Euch leicht ausrechnen: es waren genau siebenunddreißig Rubel! ... Golde fing sogar zu weinen an.

»Was weinst du,« sage ich, »du närrisches Weib?«

»Wie soll ich nicht weinen,« sagt sie, »wenn mir die Tränen von selbst kommen?! Wenn das Herz voll ist,« sagt sie, »gehen die Augen über! So wahr mir Gott helfe,» sagt sie, »mein Herz wußte es schon vorher, daß du mit einer guten Nachricht kommen wirst! Heute nacht«, sagt sie, »erschien

* Achtzehn gilt als glückverheißende Zahl, da der Buchstabenwert des Wortes ›Chaj‹ = ›Leben‹ 18 beträgt.

mir nach vielen Jahren Großmutter Zeitel – es sei zwischen Lebenden und Toten wohl unterschieden! – wieder im Traume. Ich schlief, und plötzlich sah ich einen Melkkübel; Großmutter Zeitel, sie ruhe in Frieden, hielt den Kübel unter der Schürze verborgen, damit ihn kein böser Blick treffe, und die Kinder schrien: Mutter, gib uns Milch!«

»Greife nicht nach den Nudeln vor dem Sabbat,« sage ich, »teure Seele! Großmutter Zeitel möge ein lichtes Paradies haben,« sage ich, »ich weiß aber nicht, ob wir von ihr etwas haben werden. Doch wenn Gott an uns solch Wunder getan hat, daß wir eine Kuh bekommen, wird er wohl auch dafür sorgen, daß es eine anständige Kuh wird ... Gib mir lieber einen Rat, Golde, was wir mit dem Gelde tun sollen!«

»Das wollte ich eben dich fragen,« sagt sie zu mir, »was willst du mit dem Gelde, unberufen, tun, Tewje?«

»Nein, sage du,« sage ich, »was glaubst du, können wir mit einem solchen Kapital, unberufen, anfangen?«

Und wir begannen es uns beide zu überlegen. Wir zerbrachen uns den Kopf und nahmen alle Geschäfte durch, die es nur in der Welt gibt. In jener Nacht handelten wir mit allen Dingen, die man sich nur ausdenken kann: wir kauften ein paar Pferde und verkauften sie dann gleich wieder mit Profit; wir gründeten ein Kolonialwarengeschäft in Bojberik, verkauften alle Waren aus und gründeten gleich darauf ein Schnittwarengeschäft; wir beteiligten uns an einer Waldversteigerung und ließen uns einige Rubel Abstandsgeld zahlen; dann versuchten wir die Fleischsteuer in Anatewka zu pachten und liehen das Geld auf Zinsen aus ...

»Du bist verrückt, auf meine Feinde sei es gesagt!« sagt zu mir mein Weib. »Du willst wohl die paar Rubel verlieren, so daß dir nichts als deine Peitsche zurückbleibt?«

»Ist es denn besser,« sage ich, »mit Brot zu handeln und Bankrott zu machen? Sind denn wenig Leute«, sage ich, »beim Weizenhandel zugrunde gegangen? Hast du denn noch nicht gehört,« sage ich, »wie es in Odessa zugeht?«

»Was taugt mir«, sagt sie, »Odessa? Die Väter meiner Väter sind dort niemals gewesen, und meine Kinder kommen auch niemals hin, solange ich lebe und solange mich meine Beine tragen!«

»Was willst du denn?« sage ich.

»Was ich will?« sagt sie. »Ich will, daß du kein Narr bist und keine Dummheiten redest.«

»Wahrscheinlich«, sage ich, »bist du jetzt klug geworden. Man sagt ja auch: Kommt Geld, kommt Verstand, und wenn man *vielleicht* reich ist, so ist man *gewiß* klug . . . So ist es immer!«

Kurz und gut, wir zankten uns einige Mal und versöhnten uns gleich wieder. Schließlich einigten wir uns darauf, daß wir zu der braunen Kuh noch eine zweite Milchkuh hinzukaufen sollten . . .

Werdet Ihr doch wohl fragen: Warum gerade eine Kuh und kein Pferd? Werde ich Euch darauf antworten: Warum ein Pferd und keine Kuh? Bojberik ist doch ein Ort, wo im Sommer alle reichen Leute von Jehupez auf dem Lande leben; und da die reichen Leute von Jehupez eine vornehme Erziehung genossen haben und gewohnt sind, daß man ihnen alles ins Haus bringt und in den Mund steckt: Holz, Fleisch, Eier, Hühner, Zwiebeln, Pfeffer, Petersilie, – warum soll sich nicht jemand finden, der ihnen jeden Tag Käse, Butter und Sahne ins Haus bringt? Und da die Jehupezer Leute viel vom Essen halten und der Rubel bei ihnen keine Rolle spielt, kann man dabei viel Geld einnehmen und ordentlich verdienen. Wichtig ist nur, daß man ihnen gute Ware liefert; solche Ware, wie bei mir, findet Ihr aber auch in Jehupez nicht! Ich möchte mit Euch zusammen soviel Segen erleben, wie oft mich schon sehr vornehme Leute, auch Christen, gebeten haben, daß ich ihnen frische Ware bringe: »Wir haben gehört,« sagen sie, »Tewje, daß du ein anständiger Mensch bist, wenn du auch ein krätziger Jude bist.« . . . Wie, glaubt Ihr: bekommt man von Juden je ein solches Kompliment zu hören? Auf alle meine Feinde sei es gesagt! Kein gutes Wort höre ich von unseren Leuten. Ständig schauen sie in fremde Töpfe hinein. Als sie bei Tewje eine Kuh und einen neuen Wagen sahen, zerbrachen sie sich gleich die Köpfe: Wo hat er das her? Handelt vielleicht dieser Tewje mit falschen Banknoten? Oder hat er eine geheime Schnapsbrennerei? . . . ›Ha-ha-ha!‹ denke ich mir, ›zerbrecht euch nur die Köpfe, Brüder!‹ Ich weiß nicht, ob Ihr es mir glauben werdet – Ihr seid wohl der erste, dem ich die ganze Geschichte erzähle, wie und was und warum . . .

Mir scheint aber, ich habe mich ein wenig verplaudert, nehmt es mir nicht übel! Man muß ja auch ans Geschäft denken oder, wie es in der Schrift heißt: ›Und alle Raben mit ihrer Art‹: ein jeglicher gehe an seine Arbeit, Ihr an Eure Bücher, und ich an meine Milchtöpfe und Kannen . . .

Um eines möchte ich Euch bitten, Reb Scholem-Alejchem: Ihr sollt mich in Euren Büchern nicht beschreiben! Und wenn Ihr mich doch einmal beschreibt, so nennt wenigstens meinen Namen nicht . . . Bleibt mir gesund und laßt es Euch gut gehen!

II. Ein Hereinfall

Viele Gedanken wohnen im Menschenherzen‹ – so heißt es, glaube ich, in unserer heiligen Thora. Ich brauche Euch diesen Vers wohl nicht zu übersetzen, Reb Scholem-Alejchem; aber er bedeutet dasselbe wie das jüdische Sprichwort: ›Das beste Pferd braucht eine Peitsche, und der klügste Mensch einen guten Rat.‹ Wen meine ich damit? Ich meine damit mich selbst: denn wäre ich damals zu einem guten Freund gegangen und hätte ihm die ganze Geschichte erzählt, so wäre ich gewiß nicht so übel hereingefallen! Aber – ›Tod und Leben steht in der Zunge Gewalt‹ – wenn Gott den Menschen strafen will, so nimmt er ihm den Verstand. Wie oft habe ich mir schon gesagt: Überlege es dir nur, Tewje, du Esel! Du bist ja, wie man sagt, kein Narr; wie läßt du dich so furchtbar anführen? Was könnte es dir schaden, wenn du neben deinem Verdienst an den Milchwaren, die in der ganzen Welt – in Bojberik und in Jehupez – und wo nicht? – so berühmt sind, auch noch etwas Bargeld hättest, das ganz still im Koffer versteckt wäre, und von dem kein Mensch etwas wüßte? Denn wen geht es etwas an, ob Tewje Geld hat oder nicht? Ich meine es ganz ernst; Viel hat sich die Welt um Tewje gekümmert, als er, nicht auf heute sei es gesagt und auf keinen Juden sei es gesagt, neun Ellen tief in der Erde lag und mit Weib und Kindern dreimal am Tage vor Hunger starb! Erst als Gott sich seiner angenommen und ihn so ganz plötzlich beglückt hatte, als Tewje aufatmen konnte und etwas Geld auf die Seite zu legen begann, da fing sein Name an, in der ganzen Welt zu klingen, und Tewje wurde plötzlich zu einem Reb Tewje – ein Spaß! Es erschienen plötzlich viele gute Freunde, wie es auch geschrieben steht: ›Alle sind geliebt, alle sind auserwählt.‹ – Gibt Gott mit dem Löffel, so geben die Menschen mit dem Scheffel. Jeder kommt mit seinem Rate: der eine spricht von einem Schnittwarengeschäft, der andere von Kolonialwaren, der dritte von

einem eigenen Häuschen und einem Grundstück, der vierte redet von Weizen, der fünfte von Wald, der sechste von Lieferungen . . . »Brüder,« sage ich, »laßt ab von mir! Ihr seid in großem Irrtum, denn ihr glaubt wohl, ich sei Brodskij! Ich wünsche uns allen soviel, wieviel mir zu dreihundert, und sogar zu zweihundert und selbst zu hundert Rubeln fehlt! Es ist leicht,« sage ich, »das Vermögen des anderen abzuschätzen: jeder glaubt, daß beim anderen eitel Gold leuchtet; kommt er aber näher heran, so sieht er nur einen Messingknopf!«
Kurz und gut – nicht gedacht soll ihrer werden –, ich meine unsere Juden! Denn ein böser Blick hat mich getroffen! Einen Verwandten hat mir Gott zugeschickt, einen ganz entfernten Verwandten, meines Pferdes Peitschenstiel, wie man das nennt. Menachem-Mendel hieß er, ein Windbeutel, ein Herumlaufer, ein Dreher, ein Garnichts war er, – auf keinem guten Ort möge er stehen! Er hat mich erwischt und mir den Kopf mit ganz unsinnigen Dingen verdreht. Werdet Ihr doch fragen: ›Wie komme ich, Tewje, zu diesem Menachem-Mendel?‹ Werde ich Euch darauf antworten: Knechte waren wir bei Pharao in Ägypten . . . Es war mir so beschert! Hört nur die Geschichte.
Ich komme einmal anfangs Winter mit meinen Milchwaren nach Jehupez – mit einigen und zwanzig Pfund frischer Butter aus dem Butterland und einigen Laib Käse wie Gold und Silber –, ich wünsche uns beiden ein gutes Jahr! Es versteht sich doch von selbst, daß ich meine Ware im Nu verkaufte und nicht einmal Zeit hatte, alle meine Sommerkunden, die Bojberiker Sommerfrischler aufzusuchen, die auf mich wie auf den Messias warten. Denn die Jehupezer Kaufleute mögen soviel Plagen erleben, wie sie imstande sind, eine solche Ware zu liefern, wie Tewje sie liefert. Euch brauche ich es ja nicht zu erzählen! Wie sagt doch der Prophet: ›Laß dich von einem andern loben‹ – gute Ware lobt sich selbst . . .
Kurz und gut, als ich meine Ware ausverkauft und dem Pferdchen etwas Heu gegeben hatte, ging ich in die Stadt.

Der Mensch ist Staub, und man ist doch nur ein Mensch. Also hat man Lust, sich die Stadt anzuschauen, etwas Luft zu atmen und die schönen Dinge zu sehen, die Jehupez in seinen Fenstern ausstellt, als wollte es sagen: ›Mit den Augen darfst du schauen, soviel du willst, aber mit den Händen anrühren – daß du dich nicht unterstehst!‹ Stehe ich vor einem großen Schaufenster, in dem Halbe Imperiale, Silberrubel, Wertpapiere und einfache Banknoten ohne Zahl ausgestellt sind, und denke mir: ›Schöpfer der Welt! Hätte ich auch nur den zehnten Teil davon, was für Ansprüche hätte ich da noch auf Gott, und wer wäre mir gleich? Vor allen Dingen würde ich meine älteste Tochter verheiraten und ihr fünfhundert Rubel Mitgift geben außer den Brautgeschenken, Kleidern und Hochzeitskosten. Ich würde das Pferd, den Wagen und die Kühe verkaufen, sofort in die Stadt übersiedeln und mir einen Betplatz an der Ostwand* kaufen und meiner Frau, sie soll leben, etwas Perlenschmuck; für wohltätige Zwecke würde ich soviel geben, wie es einem reichen Manne geziemt. Jenkel Schejgez würde dann nicht lange mehr Vorstand in der Beerdigungsbrüderschaft bleiben: er hat schon genug auf Gemeindekosten Branntwein getrunken und Hühnermagen und Lebern gegessen!‹ ...

»Friede sei mit Euch, Reb Tewje!« sagt plötzlich jemand hinter meinem Rücken: »Wie geht es Euch?« Ich drehe mich um und sehe einen Mann, von dem ich schwören würde, daß ich ihn kenne. »Auch mit Euch sei Friede!« sage ich ihm. »Woher seid Ihr?« – »Woher ich bin? Aus Masepowka«, sagt er zu mir. »Ich bin ja Euer Freund, das heißt, wir sind Vettern, denn Euer Weib Golde«, sagt er, »und ich sind Geschwisterkinder dritten Grades.« – »Halt!« sage ich, »seid Ihr nicht Boruch-Hersch's Lee-Dwoßjes Schwiegersohn?« – »Beinahe erraten«, sagt er zu mir. »Ich bin der Schwiegersohn von Boruch-Hersch Lee-Dwoßjes, und mein Weib heißt Schejne-Schejndel Boruch-Hersch's Lee-Dwoßjes. Versteht Ihr es

* An der Ostwand befinden sich die vornehmsten Betplätze.

jetzt?« – »Halt!« sage ich: »Die Großmutter Euer Schwiegermutter Ssore-Jente und meines Weibes Muhme Frume-Slate waren, glaube ich, Geschwisterkinder ersten Grades, und Ihr selbst seid, wenn ich nicht irre, der mittlere Schwiegersohn Boruch-Hersch's Lee-Dwoßjes? Aber Euren Namen habe ich vergessen, er ist mir aus dem Kopfe geflogen. Wie heißt Ihr also?« – »Ich heiße«, sagt er, »Menachem-Mendel Boruch-Hersch's Lee-Dwoßjes. So nennt man mich zu Hause in Masepowka.« – »Wenn es sich so verhält,« sage ich, »so gebührt dir, Menachem-Mendel, eine ganz andere Begrüßung! Sage mir nun, mein lieber Menachem-Mendel, was tust du hier, und was machen deine Schwiegereltern, sie sollen leben? Und wie geht es dir«, sage ich, »gesundheitlich und wie steht es mit deinen Geschäften?« – »Ach,« sagt er, »was die Gesundheit betrifft, so kann ich zufrieden sein: man lebt. Die Geschäfte stehen aber heute nicht so glänzend . . .« – »Gott wird helfen«, sage ich und werfe einen Blick auf seine Kleider: die Kleider sind, nebbich, an vielen Stellen durchgewetzt, und die Stiefel, mit Verlaub zu sagen, zerrissen. »Es macht nichts,« sage ich, »Gott wird helfen. Er wird gewiß deine Lage verbessern, wie es auch in der Schrift steht: ›Alles ist eitel.‹ Denn Geld«, sage ich, »ist rund; heute geht es so und morgen so. Die Hauptsache ist«, sage ich, »Gottvertrauen: der Jude muß hoffen. Und wenn er dabei zugrunde geht? Nun, dazu sind wir eben Juden auf der Welt! Es heißt ja auch: Bist du Soldat, so mußt du Pulver riechen. Es ist wie das Gleichnis vom zerbrochenen Topf. Die ganze Welt«, sage ich, »ist ein Traum . . . Sage mir lieber, mein teurer Menachem-Mendel,« sage ich, »wie kommst du plötzlich nach Jehupez?« – »Was heißt«, sagt er, »wie ich herkomme? Ich wohne hier schon seit beinahe anderthalb Jahren.« – »So?« sage ich: »Dann bist du also ein Hiesiger und in Jehupez ansässig?« – »Pst!« sagt er zu mir und schaut sich nach allen Seiten um. »Nicht so laut, Reb Tewje! Ich wohne zwar hier,« sagt er, »aber es soll unter uns bleiben!« . . . Ich schaue ihn an wie einen Verrückten. »Bist du ein Flüchtling,« sage ich, »daß du dich in Jehupez mitten auf dem Markte verbirgst?« – »Fragt mich nicht,« sagt er, »Reb Tewje, es ist schon recht! Ihr seid offenbar mit den Jehupezer Sitten und Gesetzen noch nicht bekannt ... Kommt,« sagt er, »ich will Euch alles erklären, und dann werdet Ihr verstehen, was es heißt, in Jehupez ansässig und zugleich nicht ansässig zu sein.« ... Und er erzählt mir eine lange Geschichte, wie er sich in Jehupez abplagen muß ... Und ich sage ihm: »Folge mir, Menachem-Mendel, und komm für einen Tag zu mir ins Dorf. Sollen deine Beine wenigstens etwas ausruhen! Du wirst unser Gast sein,« sage ich, »und zwar ein willkommener Gast! Meine Alte wird außer sich vor Freude sein!«

Kurz und gut, ich hatte ihn überredet. Wie wir beide zu mir nach Hause kamen, da gab es Freude und Jubel! Ein Gast! Ein Geschwisterkind dritten Grades, das ist doch wirklich keine Kleinigkeit! Ein Verwandter ist doch kein Fremder, wie man sagt. Und nun ging der Tanz los: »Was hört man in Masepowka? Was macht Onkel Boruch-Hersch? Was macht die Muhme Lee-Dwoßje? Und der Onkel Jossel-Menasche? Und die Muhme Dobrisch? Und wie geht es ihren Kindern? Wer ist gestorben? Wer hat sich verheiratet? Wer hat sich scheiden lassen? Wer ist niedergekommen und wer muß niederkommen?« – »Was kümmern dich, mein Weib,« sage ich, »fremde Hochzeiten und fremde Beschneidungsfeiern? Schau lieber,« sage ich, »daß wir etwas zu essen bekommen! ›Wer da hungert, komme und esse‹, wie es in der Hagada steht. Kein Tanz«, sage ich, »geht vor dem Essen. Wenn du eine Rübensuppe hast,« sage ich, »so ist es gut. Und wenn du keine hast,« sage ich, »so nehmen wir auch mit Käsekuchen, oder Krapfen, oder Knödeln, oder gar Pfannkuchen fürlieb! Von mir aus«, sage ich, »darf es auch ein Gericht mehr sein, nur daß es schnell geht!«

Kurz und gut, wir wuschen uns die Hände und nahmen einen gar feinen Imbiß. ›Sie aßen‹, heißt es in der Schrift, und Raschi sagt: ›Wie Gott befohlen hat.‹ – »Iß nur, Menachem-

Mendel«, sage ich zu ihm. »König David sagt ja: Alles ist eitel. Die Welt ist närrisch und falsch. Und meine Großmutter Nechame – ihr Andenken zum Segen –, eine kluge Frau war sie gewesen! – pflegte zu sagen: ›Gesundheit und Vergnügen soll man nur in der Schüssel suchen.‹« Meinem Gaste zitterten sogar, nebbich, die Hände, und er konnte das Werk meiner Frau gar nicht genug loben; er schwor bei allem Guten, daß er sich nicht mehr an die Zeit erinnere, wo er so wunderbare Milchspeisen, so herrliche Pasteten und Pfannkuchen gegessen habe. »Unsinn!« sage ich ihm: »Hättest du nur einen Nudelauflauf ihrer Arbeit versucht, Menachem-Mendel,« sage ich, »so wüßtest du erst, was ein Paradies auf Erden bedeutet!«

Kurz und gut, nachdem wir gegessen und das Tischgebet gesprochen hatten, kamen wir ins Gespräch. Ich sprach natürlich von meinen Geschäften, und er von den seinen; dann sprach ich von dem und jenem, und er wieder von seinen Geschäften; er erzählte mir Geschichten von Odessa und Jehupez, und wie er schon an die zehnmal, wie man sagt, auf dem Pferde und an die zehnmal unter dem Pferde war. Heute reich, morgen arm, und dann wieder reich und wieder ein Bettler. Er handelte mit gar sonderbaren Waren, von denen ich nie im Leben etwas gehört habe: ›Hausse‹ und ›Baisse‹, ›Aktien‹, ›Putilow‹, ›Malzew‹,* der Teufel soll sich da auskennen! Und er nannte ganz verrückte Zahlen: zehntausend, zwanzigtausend, Geld wie Holz!

»Ich will dir die Wahrheit sagen, Menachem-Mendel,« sage ich ihm, »was du da von deinen Geschäften erzählst, beweist deine Tüchtigkeit, denn man muß so etwas können! Aber eines verstehe ich nicht: wie ich deine Frau kenne,« sage ich, »muß ich mich wundern, daß sie dich so herumreisen läßt und nicht selbst zu dir kommt,« sage ich, »auf einem Besen geritten!« – »Ach,« sagt er und seufzt, »erinnert mich lieber nicht an sie, Reb Tewje! Denn ich habe von ihr«, sagt er, »auch so genug! Wenn Ihr nur wüßtet,« sagte er, »was sie mir für

* Beliebte russische Spekulationspapiere.

Briefe schreibt, würdet Ihr auch selbst sagen, daß ich ein Märtyrer bin. Aber das«, sagt er, »ist nicht so wichtig: dazu hat man ja auch ein Weib, daß sie einen umbringt. Es gibt«, sagt er, »etwas viel Schlimmeres: ich habe, versteht Ihr mich, eine Schwiegermutter! Ich brauche Euch von ihr nicht viel zu erzählen,« sagt er, »denn Ihr kennt sie selbst.« . . . – »Du hast allerlei,« sage ich, »wie es von den Schafen Labans heißt: gesprenkelte, gefleckte und bunte; das heißt: auf der Wunde ist eine Wunde, und auf dieser Wunde ein Geschwür!« – »Ja,« sagt er, »Reb Tewje, das stimmt: die Wunde ist wirklich eine Wunde, aber das Geschwür, ach, das Geschwür, ist ärger als die Wunde!«

Kurz und gut, wir plauderten bis spät in die Nacht hinein; mir schwindelte sogar der Kopf vor seinen Geschichten und wilden Geschäften, den Tausenden, die nur so herumflogen, und den Vermögen, die nur ein Brodskij besitzen kann . . . Ich träumte dann die ganze Nacht von Jehupez . . . Halben Imperialen . . . Brodskij . . . Menachem-Mendel und seiner Schwiegermutter . . . Erst am nächsten Morgen rückte er mit der Hauptsache heraus: »Da bei uns in Jehupez«, sagt er, »das Geld seit einiger Zeit sehr rar ist,« sagt er, »und die Ware im Preise gefallen ist, so ist Euch, Reb Tewje, die Möglichkeit geboten,« sagt er, »einige Rubel zu verdienen. Mich werdet Ihr aber damit am Leben erhalten, buchstäblich vom Tode erretten!«

»Du redest wie ein Kind,« sage ich zu ihm, »du meinst wohl, daß ich Jehupezer Gelder besitze, Halbe Imperialen? Närrchen,« sage ich, »was mir dazu fehlt, um so reich wie Brodskij zu sein,« sage ich, »das wünsche ich uns beiden bis Pessach zu verdienen.« – »Ja,« sagt er, »das weiß ich selbst. Aber Ihr glaubt wohl,« sagt er, »daß man dazu ein großes Kapital haben muß? Wenn Ihr mir jetzt einen Hunderter gebt,« sagt er, »mache ich Euch daraus in drei – vier Tagen zweihundert, dreihundert, sechshundert, siebenhundert und warum auch nicht gleich tausend?« – »Es ist alles wohl möglich,« sage ich,

»wie es geschrieben steht: ›Es ist sicheres Geld, aber noch weit von der Tasche.‹ In welchem Falle«, sage ich, »gilt das? Doch nur, wenn ich den Hunderter habe. Und wenn ich ihn nicht habe, so ist es wie es in der Schrift steht: Ist er ohne Weib gekommen, so soll er auch ohne Weib ausgehen, oder wie Raschi es erklärt: ›Steckst du ins Geschäft Kränke, so bekommst du Hitzfieber heraus!‹ «

»Ach,« sagt er, »Reb Tewje! Ein Hunderter wird sich bei Euch wohl noch finden,« sagt er. »Bei Eurem Geschäft und Eurem guten Namen, unberufen . . .« – »Was habe ich«, sage ich, »von meinem guten Namen? Ein guter Name ist doch sicher viel wert, aber ich habe nur den Namen, und das Geld hat immer Brodskij . . . Wenn du es genau wissen willst,« sage ich, »so besitze ich im ganzen kaum hundert Rubel; und mit diesem Gelde muß ich achtzehn Löcher verstopfen: erstens muß ich eine Tochter verheiraten . . .« – »Das ist es ja,« sagt er, »was die Schrift meint: denn Ihr habt jetzt die Gelegenheit,« sagt er, »einen Hunderter ins Geschäft zu stecken und, mit Gottes Hilfe, soviel zu verdienen, daß es Euch«, sagt er, »reicht, um alle Töchter zu verheiraten, und noch etwas übrig bleibt!«

Und nun begann ein neues Kapitel. Drei Stunden lang versuchte er mir klarzumachen, wie er aus einem Rubel drei und aus drei Rubeln zehn macht: Vor allen Dingen, sagt er, zahlt man einen Hunderter ein und läßt sich, sagt er, zehn Stück kaufen. – Ich habe schon vergessen, wie die Dinger heißen, die man kaufen muß. – Dann wartet man einige Tage, bis sie im Preise steigen. Nun telegraphiert man irgendwohin, daß man sie schleunigst verkauft und für das Geld die doppelte Zahl kauft; dann steigen sie wieder, und man telegraphiert wieder, sagt er, und das so lange, bis aus einem Hunderter zwei werden, aus zwei – vier, aus vier – acht, aus acht – sechzehn . . . Große Wunder erzählte er mir! »Es gibt«, sagt er, »in Jehupez Leute, die erst vor kurzem ohne Stiefel herumgelaufen sind, die erst gestern Makler, Lehrer und Diener waren und die heute eigene Häuser besitzen und deren Frauen bereits mit dem Magen zu tun haben und in die ausländischen Bäder reisen . . . Und sie selbst fahren in den Jehupezer Straßen auf Gummirädern herum und erkennen keinen Menschen mehr!« . . .

Kurz und gut, was soll ich Euch lange damit aufhalten? Ich bekam ordentlich Lust, die Sache zu riskieren. Vielleicht hat mir ihn Gott als einen guten Boten gesandt? Ich hörte ja oft, wie Menschen, die nichts als ihre zehn Finger hatten, in Jehupez steinreich geworden sind. Was bin ich ärger als sie? Er ist doch, so scheint es mir, kein Lügner und hat diese Geschichte nicht erfunden! Vielleicht wendet sich mein Schicksal, wie man sagt, nach rechts, und Tewje wird wenigstens auf seine alten Tage ein Mensch? Wie lange muß ich noch arbeiten und mich abplagen. Jeden Tag Pferd und Wagen, jeden Tag Käse und Butter. Es ist schon Zeit, sage ich mir, Tewje, daß du dich ausruhst, daß du ein Mensch unter Menschen wirst, daß du ab und zu ins Bejß-Hamidrosch kommst und in ein jüdisches Buch hineinschaust . . . Und wenn die Sache, Gott behüte, nicht glückt, wenn ich hereinfalle und das Brot mit der Butterseite nach unten fällt? Warum soll ich aber nicht lieber an die andere Möglichkeit denken?

»Was meinst du?« sage ich zu meiner Alten. »Wie gefällt dir sein Plan, Golde?« – »Was soll ich«, sagt sie, »dazu sagen? Ich weiß,« sagt sie, »daß Menachem-Mendel nicht der erste beste ist und daß er dich nicht anschwindeln wird. Er stammt, Gott behüte, weder aus einer Schneider- noch einer Schusterfamilie! Sein Vater«, sagt sie, »ist ein sehr anständiger Mensch, und sein Großvater«, sagt sie, »war ein gar seltener Mensch: er war zwar blind, saß aber Tag und Nacht und studierte die Thora . . . Auch die Großmutter Zeitel – es sei zwischen Lebenden und Toten wohl unterschieden! – war keine einfache Frau . . .« – »Was hat damit die Chanuka-Lampe zu tun?« sage ich. »Ich rede vom Geschäft, und du kommst mit deiner Großmutter Zeitel, die Honigkuchen zu backen verstand, und deinem Großvater, der seinen Geist bei einem Glase Schnaps aufgab . . . Ein Weibsbild bleibt doch immer ein Weibsbild! Nicht umsonst«, sage ich, »hat König Salomo die ganze Welt bereist und kein Weibsbild gefunden, das Grütze im Kopf hätte.« . . .

Kurz und gut, es wurde beschlossen, ein Kompaniegeschäft zu machen: ich stecke Geld hinein, und Menachem-Mendel seinen Verstand. Was wir aber gewinnen, wird geteilt. »Glaubt mir,« sagt er mir, »ich werde, so Gott will, das Geschäft ganz großartig machen und Euch mit Gottes Hilfe mit Geld überschütten!« – »Amen, auch dir wünsche ich dasselbe!« sage ich. »Deine Worte mögen direkt in Gottes Ohr kommen! Aber eines«, sage ich, »begreife ich nicht: wie kommt die Katze über das Wasser? Ich bin hier, und du bist dort! Geld«, sage ich, »ist ein edler Stoff! Nimm es mir nicht übel,« sage ich, »ich habe dabei keine Hintergedanken; ich will nur sagen, wie es bei unserem Vater Abraham geschrieben steht: ›Wer Tränen säet, wird Jubel ernten!‹ – es ist besser, sich die Sache hundertmal zu überlegen, als einmal bereuen . . .« – »Ach!« sagt er zu mir. »Vielleicht meint Ihr eine schriftliche Abmachung? Mit dem größten Vergnügen!« – »Nein,« sage ich, »wenn man es sich so überlegt, so kommt es auf dasselbe hinaus: so oder so, wenn du mich schlachten willst, wird mir auch das Papier nicht nützen. ›Nicht die Maus ist der Dieb,‹ heißt es im Talmud, ›sondern das Mauseloch.‹ Nicht der Wechsel zahlt, sondern der Mensch, und wenn ich schon an einem Fuß hänge, so will ich lieber gleich an beiden hängen!« – »Ihr könnt mir glauben,« sagt er, »Reb Tewje, ich schwöre Euch bei meinem heiligen Glauben, so wahr mir Gott helfe, daß ich gar nicht daran denke, Euch anzuschwindeln. Ich will mit Euch, so Gott will, alles ehrlich und anständig teilen, die Hälfte mir und die Hälfte Euch: mir hundert, Euch hundert: mir zweihundert, Euch zweihundert; mir dreihundert, Euch dreihundert; mir vierhundert, Euch vierhundert; mir tausend, Euch tausend.« . . .

Kurz und gut, ich holte meine paar Rubel heraus, zählte sie dreimal mit zitternden Händen nach, rief meine Alte als Zeugin herbei, erklärte ihm, wieviel Schweiß und Blut mich das Geld kostete, nähte es ihm ins Unterfutter seines Rockes ein, damit man es ihm unterwegs nicht stehle, und machte mit ihm aus, daß er mir, so Gott will, nach Sabbat ausführlich schreibt, wie die Dinge stehen. Dann verabschiedeten wir uns voneinander gar freundlich mit einem Kuß, wie es Verwandten ziemt.

Wie ich allein geblieben bin, kommen mir allerlei süße Gedanken und Träume in den Sinn, und ich wünsche, daß sie ewig dauern und niemals aufhören sollen. Ich sehe vor mir ein großes mit Eisenblech gedecktes Haus mitten in der Stadt, mit Stallungen, Kammern, Kämmerchen und Vorratskammern, die mit allen guten Dingen angefüllt sind; eine Hausfrau mit einem Schlüsselbund in der Hand geht durch die Zimmer – das ist mein Weib Golde, aber ich kann sie kaum erkennen, denn sie hat ein ganz anderes Gesicht bekommen: das Gesicht einer vornehmen Frau mit einem fetten Kropf und einer Perlenschnur um den Hals; sie ist furchtbar aufgeblasen und schimpft wütend auf die Dienstboten; alle meine Kinder laufen in Sabbatkleidern herum und tun nichts; der Hof ist voller Hühner, Gänse und Enten; in der Stube glänzt es, im Ofen brennt ein Feuer, und auf dem Herde steht das Abendessen; der Samowar siedet und schnaubt wie ein Räuber! An der Spitze der Tafel sitzt der Hausherr selbst – das heißt Tewje –, in einem Schlafrock, mit einem Käppchen, und um ihn herum sitzen die vornehmsten Bürger der Stadt und schmeicheln ihm: »Verzeiht, Reb Tewje . . . Nehmt es nicht übel, Reb Tewje« . . . – ›Ach,‹ denke ich, ›soll der Teufel das Geld holen!‹ . . .

»Wen soll der Teufel holen?« fragt mich meine Golde. – »Niemand,« sage ich, »ich habe geträumt . . . Sage mir lieber, teure Golde,« sage ich, »weißt du nicht, womit er handelt, dein Verwandter, Menachem-Mendel meine ich?« – »Alle meine bösen Träume«, sagt sie, »von heute und von gestern und vom ganzen Jahr mögen meine Feinde treffen! Unerhört!« sagt sie. »Du sitzest mit einem Menschen einen Tag und eine ganze Nacht zusammen und redest, und redest, und redest, und jetzt hast du auf einmal vergessen, womit er handelt! Ihr habt doch«, sagt sie, »etwas abgemacht?« – »Ja,« sage ich, »wir haben etwas abgemacht, aber was wir abgemacht haben, das weiß ich nicht mehr, und wenn du mir auch den Kopf abschneidest! Ich kann mich auch auf das geringste nicht mehr besinnen! Aber es macht nichts,« sage ich, »du sollst unbesorgt sein, mein Weib! Mein Herz sagt mir, daß die Sache gut ausgehen wird! Wir werden, so Gott will, glaube ich, viel Geld verdienen! Sage also Amen und koche das Abendbrot!«

Kurz und gut, es vergeht eine Woche, es vergehen zwei Wochen, und drei Wochen – von meinem Kompagnon kommt keine Nachricht! Ich habe den Kopf verloren und weiß gar nicht, was ich mir denken soll. »Es kann doch nicht sein,« sage ich mir, »daß er einfach vergessen hat, mir zu schreiben; er weiß ja ganz gut, wie wir auf seinen Brief warten!« Und dann geht mir der Gedanke durch den Kopf: »Was kann ich tun, wenn er dort den ganzen Rahm abschöpft und mir hinterher sagt, er hätte nichts verdient? Nichts kann ich dagegen machen! Aber das kann nicht sein!« sage ich mir. »Ich habe ja den Menschen wie einen Verwandten behandelt, ich wünsche mir selbst alles, was ich ihm wünsche, und da soll er mir einen solchen Streich spielen?!« Und dann sage ich mir wieder: »Mein Gott, auf den Profit will ich gerne verzichten, – ›Hilfe und Errettung kommen den Juden‹, heißt es im Buch Esther; gebe Gott, daß das Grundkapital ganz bleibt!« Und es wird mir plötzlich heiß in allen Gliedern. »Alter Narr!« sage ich mir: »Zu früh hast du dir den Geldbeutel genäht, du Rindvieh in Gestalt eines Pferdes! Hättest du dir doch für den Hunderter ein paar ordentliche Pferde gekauft und deinen Wagen gegen einen besseren, einen auf Federn umgetauscht.« …

»Tewje, warum denkst du nicht mehr an die Sache?« sagt zu mir mein Weib. – »Was heißt,« sage ich, »daß ich nicht mehr denke?« sage ich. »Der Kopf zerspringt mir vor lauter Denken, und da kommt sie her und sagt, daß ich nicht denke!« – »Ich kann es mir gar nicht anders erklären,« sagt sie zu mir, »als daß ihm unterwegs etwas zugestoßen ist. Entweder«, sagt sie, »haben ihn Räuber überfallen und ihm alles genommen, oder man hat ihn, Gott behüte, irgendwohin verschleppt, oder er ist, ich will es lieber gar nicht aussprechen, gestorben . . .« – »Was du dir nicht alles ausdenken kannst,« sage ich »meine teure Seele! Was fallen dir plötzlich Räuber ein?!« Dabei denke ich aber: Kann man denn wirklich wissen, was einem Menschen unterwegs alles passieren kann? – »Du mußt«, sage ich zu ihr, »immer gleich an das Schlimmste denken!« – »Er ist«, sagt sie, »von der besten Familie: seine Mutter,« sagt sie, »sie möchte für mich eine Fürbitterin im Himmel sein! – ist vor nicht langer Zeit in jungen Jahren gestorben, und von seinen drei Schwestern,« sagt sie, »es sei zwischen Lebenden und Toten wohl unterschieden! – ist die eine als Mädchen gestorben; die zweite«, sagt sie, »hat geheiratet, hat sich aber dann im Bade erkältet und ist auch gestorben; und die dritte«, sagt sie, »ist bald nach dem ersten Kinde verrückt geworden, hat sich eine Zeitlang gequält und ist gleichfalls gestorben . . . « – »Sie ruhen in Frieden!« sage ich. »Alle werden wir sterben, Golde! Denn der Mensch«, sage ich, »kann verglichen werden mit einem Schreiner: der Schreiner lebt so lange, bis er stirbt; so auch der Mensch!«

Kurz und gut, es wurde beschlossen, daß ich nach Jehupez hereinfahre. Inzwischen hatte sich bei mir ziemlich viel Ware angesammelt: Käse, Butter und Sahne, lauter prima Ware. Ich spanne mein Pferd an und fahre nach Jehupez. Wie ich so in düsterer Stimmung, wie Ihr Euch denken könnt, allein durch den Wald fahre, kommen mir allerlei Gedanken in den Sinn. Es wäre doch wirklich schön, sage ich mir, wenn ich mich nach meinem Kompagnon erkundigte und die Auskunft bekäme: ›Ihr fragt nach Menachem-Mendel? Der Mann steckt schon in den großen Federn! Er hat ein eigenes Haus und fährt in einer feinen Equipage, – man kann ihn kaum wiedererkennen!‹ Ich fasse mir ein Herz und gehe zu ihm ins Haus. »Halt!« sagt man mir vor seiner Türe und stößt mich mit dem Ellenbogen in die Brust: »Drängt Euch nicht so vor, Reb Vetter, hier darf man sich nicht drängen!« – »Ich bin«, sage ich, »sein Verwandter, er und mein Weib sind Geschwisterkinder dritten Grades!« – »Masel-tow!« sagt man mir: »Sehr angenehm! Aber trotzdem«, sagt man, »könnt Ihr ein wenig draußen warten, es wird Euch, Gott behüte, gar nicht schaden.« . . . Nun komme ich auf den Gedanken, daß man in einem solchen Falle ein Trinkgeld geben muß, wie es in der Schrift heißt: ›Und sie stiegen auf und nieder‹: wenn man gut schmiert, so fährt man gut. Ich komme also zu ihm in die Stube. »Guten Morgen,« sage ich ihm, »Reb Menachem-Mendel!« Er erkennt mich aber gar nicht! »Was wollt Ihr von mir?« fragt er mich. Ich falle beinahe in Ohnmacht! – »Was heißt,« sage ich, »erkennt Ihr denn Euren Verwandten nicht mehr? Ich heiße Tewje!« – »So?« sagt er, »Ihr heißt Tewje? An den Namen kann ich mich wohl erinnern . . . « – »Ihr könnt Euch an ihn erinnern?« sage ich zu ihm. »Vielleicht erinnert Ihr Euch auch an die Pfannkuchen meiner Frau, an ihre Käsekuchen, Pasteten und Knödel?« Und dann geht mir wieder ein ganz anderer Gedanke durch den Sinn: Ich komme zu Menachem-Mendel, und er begrüßt mich gar freundlich: »Willkommen! Willkommen! Setzt Euch, Reb Tewje! Wie geht es Euch? Was macht Euer Weib? Ich warte auf Euch mit Ungeduld, denn ich will mit Euch abrechnen.« Und mit diesen Worten schüttet er vor mir einen Haufen Halber Imperialen aus, einen ganzen Hut voll. »Das«, sagt er, »ist der Profit, und das Grundkapital«, sagt er, »bleibt im Geschäft. Auch das, was wir in Zukunft verdienen, wird geteilt, zu gleichen Teilen: mir hundert, Euch hundert; mir zweihundert, Euch zweihundert; mir dreihundert, Euch dreihundert; mir vierhundert,

Euch vierhundert ...« Und wie ich mir das denke, schlummere ich ein und merke gar nicht, wie mein Gaul von der Landstraße abgeschwenkt ist. Der Wagen stieß an einen Baum an, und ich bekam einen solchen Stoß von hinten, daß mir Funken vor die Augen flogen. »Auch dies ist zum Besten!« sagte ich mir. »Gott sei Dank, daß die Achse nicht gebrochen ist!« ...

Kurz und gut, ich kam nach Jehupez, verkaufte sofort und so schnell wie immer meine Milchwaren und machte mich auf die Suche nach meinem Kompagnon. Ich gehe eine Stunde, zwei Stunden, drei Stunden durch alle Gassen, doch ›der Knabe ist nicht da‹ – ich sehe keine Spur von ihm! Nun spreche ich verschiedene Leute an und frage sie: »Habt Ihr etwas von einem Mann gehört oder gesehen, der mit seinem Namen Menachem-Mendel heißt?« – »Wenn er heißt Menachem-Mendel,« sagen sie mir, »so geht seine Zunge wie ein Pendel! Aber das genügt nicht,« sagen sie, »denn es gibt viele Menachem-Mendels auf der Welt« – »Ihr meint wohl«, sage ich, »seinen Familiennamen? Soll ich mit Euch zusammen soviel Böses erfahren, wie ich seinen Familiennamen weiß. Alles, was ich weiß,« sage ich, »ist, daß man ihn bei ihm zu Hause, das heißt in Masepowka, nach seiner Schwiegermutter nennt: Menachem-Mendel Lee-Dwoßjes. Aber was wollt Ihr mehr?« sage ich. »Sein Schwiegervater ist ja ein alter Mann und heißt gleichfalls nach seiner Frau: Boruch-Hersch Lee-Dwoßjes. Und sogar sie selbst, ich meine Lee-Dwoßje, heißt Lee-Dwoßje Gdalje-Hersch's Lee-Dwoßjes. Versteht Ihr es jetzt?« – »Wir verstehen es wohl,« sagen sie mir, »aber das genügt noch immer nicht! Was ist sein Geschäft? Was treibt Euer Menachem-Mendel?« – »Was er treibt?« sage ich. »Er handelt hier mit Halben Imperialen,« sage ich, »mit Hausse-Baisse und Putilow, er telegraphiert«, sage ich, »irgendwohin, nach Petersburg oder nach Warschau ...« – »Ach so!« ... sagen sie und kugeln sich vor Lachen: »Meint Ihr vielleicht jenen Menachem-Mendel, der mit Jaknhas handelt? Seid so gut«, sagen sie, »und bemüht Euch auf die andere Straßenseite hinüber: dort rennen viele Hasen umher, und der Eurige ist auch dabei ...«

›Je länger man lebt, je mehr lernt man‹, denke ich mir. ›Da reden die Leute plötzlich von Hasen? Von Jaknhasen?‹ Ich gehe also auf die andere Straßenseite hinüber und sehe Juden ohne Zahl, unberufen, wie auf einem Jahrmarkt. Es ist ein solches Gedränge, daß ich mit Mühe vorwärtskomme. Man rennt wie verrückt, der eine hin, der andere her, man überrennt einander, es ist wie in der Hölle, man redet, man schreit, man fuchtelt mit den Händen: »Putilow . . . Fest, fest! . . . Beim Worte genommen . . . Angezahlt . . . Er wird sich schneiden! . . .Ich bekomme dafür Courtage! . . . Bist ein gemeiner Hund . . . Gleich wird man dir den Kopf entzweispalten . . . Spuck ihm ins Gesicht! . . . Schau nur her, man hat ihm den Kaftan geschlachtet . . . Ein netter Spekulant! . . . Bankrotteur! Hausdiener! . . . Der böse Geist fahre in deinen Vater . . .« Man ist nahe daran, sich zu ohrfeigen . . . ›Und Jakob floh‹, sage ich zu mir: ›Entfliehe, Tewje, sonst kriegst du gleich auch eine Ohrfeige! Das muß ich sagen,‹ denke ich mir, ›Gott ist ein Vater, Jehupez ist eine Stadt, und Menachem-Mendel ist ein Verdiener! Ist das der Ort,‹ sage ich mir, ›wo man sein Glück macht, wo man Halbe Imperialen verdient? Das nennen die Leute Geschäft? Schön sehen dann deine Geschäfte aus, Tewje!‹ Kurz und gut, ich bleibe vor einem großen Schaufenster, in dem viele Hosen ausgestellt sind, stehen und sehe plötzlich in der Spiegelscheibe das Bild meines Brotgebers. Das Herz wollte mir zerspringen, als ich ihn sah! Wenn ich irgendwo einen Feind habe, und wenn Ihr irgendwo einen Feind habt, so wünsche ich uns beiden, ihn in einem solchen Zustande zu sehen, in dem ich Menachem-Mendel sah: So was nennt sich Rock? So was nennt sich Stiefel? Und das Gesicht! Leichen sehen schöner aus! ›Nun, Tewje,‹ sage ich mir, ›verloren ist verloren! Du liegst schon im Grabe und kannst deinem Gelde Lebewohl sagen. Es ist, wie man sagt: Weder ein Bär, noch ein Wald: Hin ist die Ware, hin ist das Geld, nur dein Unglück ist dir übriggeblieben!‹

Auch er schien sehr bestürzt. Wir standen beide wie angewurzelt einander gegenüber, konnten kein Wort sprechen und sahen einander wie zwei Hähne an, als ob jeder von uns sagen wollte: ›Wüst und finster ist uns beiden die Welt! Nun kann ein jeder von uns einen Sack nehmen und von Haus zu Haus betteln gehen!‹

»Reb Tewje!« sagt er zu mir ganz leise. Er bewegt kaum die Lippen, und Tränen rollen über seine Wangen. »Reb Tewje! Ohne Glück, hört Ihr mich?!« sagt er, »soll man lieber gar nicht geboren werden! Man hängt sich lieber gleich auf,« sagt er, »als daß man so lebt!« – Und er kann kein Wort mehr aussprechen. – »Gewiß,« sage ich ihm, »Menachem-Mendel, du verdienst für diese Sache, daß man dich hier, mitten auf dem Markte von Jehupez, hinlegt und dir soviel hineinzimbelt, daß du die Großmutter Zeitel im Jenseits siehst! Bedenke doch selbst,« sage ich, »was du getan hast! Du hast«, sage ich, »eine Stube voller lebender Seelen, armer, unschuldiger Wesen, genommen und hast ihnen ohne Messer die Kehlen durchschnitten! Gewalt!« sage ich: »Womit werde ich jetzt nach Hause zu Weib und Kindern zurückkehren? Sage du es mir, du Schächter, du Räuber, du Mörder!« – »Ihr habt recht!« sagt er zu mir und lehnt sich an eine Mauer: »Ihr habt recht, Reb Tewje, so wahr mir Gott helfe! Besser als solch ein Leben,« sagt er, »besser als solch ein Leben, Reb Tewje . . .« Und er läßt den Kopf sinken. Ich betrachte mir diesen Pechvogel, wie er so mit gesenktem Kopfe dasteht. Er lehnt sich an die Mauer, seine Mütze ist auf die Seite gerutscht, und jeder seiner Seufzer reißt mir ein Stück aus meinem Herzen heraus. »Tja,« sage ich, »wenn man ordentlich nachdenkt, so muß man sich sagen, daß du an der Sache vielleicht unschuldig bist: denn wenn ich mir alles genau überlege, so verstehe ich ganz gut, daß es dumm wäre, zu glauben, daß du es aus Schlechtigkeit getan hast. Denn du warst an dem Geschäft ebenso beteiligt wie ich, zu gleichen Teilen: ich habe mein Geld hineingesteckt, und du deinen Verstand – ach und weh ist mir! Deine Absicht war doch sicher, wie man sagt, auf Leben und nicht auf Tod gerichtet. Warum hat aber die Sache ein so übles Ende genommen? Nun, es war uns wohl nicht beschert! Wie es auch in den Sprüchen heißt: ›Rühme dich nicht des morgigen Tages.‹ Der Mensch trachtet, und Gott lacht. Was willst du mehr,« sage ich, »Närrchen? Schau zum Beispiel mein Geschäft an: es ist doch gewiß ein solides Geschäft! Und doch habe ich, nicht auf heute gedacht,« sage ich, »vorigen Herbst das Unglück gehabt, daß mir, nicht auf dich gedacht, eine Kuh einging – da war trefes Fleisch billig! Und gleich nach der Kuh ging ein rotes Kuhkalb ein, das ich auch für zwanzig Rubel nicht verkauft hätte! Nun, was hilft da alles Klügeln? Wenn man Pech hat,« sage ich, »so wird aus B und a – Mäh! Ich will dich gar nicht fragen,« sage ich, »wo mein Geld ist. Das kann ich mir auch selbst denken, wo mein mit Schweiß und Blut verdientes Geld hingekommen ist, ach und weh ist mir! Es liegt wohl an einer heiligen Stätte, in irgendeinem Jaknhas, im gestrigen Tag! Und wer hat schuld, wenn nicht ich selbst, der ich mir solchen Unsinn einreden ließ?! Geld«, sage ich, »will sauer erarbeitet werden, Bruder! Man muß sich abplagen und abrackern! Du verdienst Ohrfeigen, Tewje,« sage ich, »Ohrfeigen wie Holz! Was hilft mir aber jetzt das Geschrei? Wie es geschrieben steht: ›Und das Mädchen schrie‹ – schrei, bis du zerspringst! Zwei Dinge: Vernunft und Reue – kommen immer zu spät. Es ist nicht beschert,« sage ich, »daß Tewje ein reicher Mann wird, oder wie der Goj sagt: ›Mikita hat niemals einen Groschen gehabt und wird auch niemals einen haben!‹ So hat es wohl«, sage ich, »Gott bestimmt! Gott hat gegeben, Gott hat genommen, oder wie Raschi sagt: Komm, Bruder, nehmen wir einen Schluck Branntwein!« ...

So ist allen meinen Träumen der Boden gerissen, Reb Scholem-Alejchem! Ihr meint vielleicht, daß ich es mir sehr zum Herzen nehme, daß ich mein Geld verloren hatte? Soll ich nur so frei von allem Bösen sein! Wir wissen ja, was der Vers: ›Mein ist das Silber und mein ist das Gold‹ bedeutet: Geld ist nichts. Wichtig ist nur der Mensch, das heißt, daß der Mensch ein Mensch ist. Was hat mich aber so gekränkt? Nun, daß der Traum verflogen ist! Ach, hatte ich Lust, ein reicher Mann zu sein, und wenn auch nur für eine Weile! Aber was hilft da alles Klügeln? Wie steht es noch in den Sprüchen der Väter: ›Ob du willst oder nicht, – du bist verpflichtet zu leben!‹ – Du lebst mit Gewalt und zerreißt mit Gewalt deine Stiefel. ›Du darfst, Tewje,‹ sagt Gott, ›nur an Käse und Butter denken und nicht an solche Träume!‹ Und Hoffnung? Gottvertrauen? Das ist es eben: je mehr Pech der Mensch hat, um so mehr Gottvertrauen muß er haben, und je ärmer er ist, um so mehr muß er hoffen . . . Wollt Ihr einen Beweis? . . . Mir scheint aber, ich habe mich ein wenig verplaudert. Es ist Zeit, weiterzufahren und an das Geschäft zu denken. Es steht ja geschrieben: ›Jeder Mensch ist ein Lügner‹: ein jeder hat seine Plage! Bleibt mir also gesund und laßt es Euch wohlgehen!

III. Kinder von heute

Ihr meint die Kinder von heute? ›Kinder habe ich großgezogen und erhöhet‹, wie der Prophet Jesaias sagt. Da soll man sie gebären, sich um ihretwegen abplagen und sich für sie aufopfern! Und wozu? Ein jeder erhofft für sie – je nach seinen Begriffen und seinem Vermögen – das Beste. Mit Brodskij will ich mich selbstverständlich nicht vergleichen, aber ich bin auch nicht verpflichtet, ganz tief zu sinken. Denn ich bin ja nicht der erste beste, und wir stammen, wie mein Weib, sie soll leben, sagt, weder aus einer Schneider- noch aus einer Schusterfamilie. Also, glaubte ich, daß ich mit meinen Töchtern Glück haben werde. Und warum? Erstens hat mich Gott mit schönen Töchtern gesegnet, und ein schönes Gesicht ist, wie man sagt, eine halbe Mitgift. Und zweitens bin ich heute mit Gottes Hilfe nicht mehr der Tewje von einst und darf also die beste Partie, selbst eine aus Jehupez beanspruchen. Wie meint Ihr? Nun gibt es aber den großen Gott auf der Welt, einen barmherzigen und gnädigen Gott, der große Wunder vollbringt, der mir einen Sommer und einen Winter schickt und mich einmal emporhebt und einmal hinunterwirft. Und er spricht zu mir: »Tewje, bilde dir keine Dummheiten ein und laß der Welt ihren Lauf!« . . . Hört nur, was auf dieser großen Welt alles passieren kann. Und wer muß jedes Glück auskosten? Natürlich Tewje, der Pechvogel.

Kurz und gut, was soll ich Euch lange aufhalten? Ihr erinnert Euch wohl noch an die Geschichte, nicht auf heute gesagt, die mir mit meinem Verwandten Menachem-Mendel, ausgelöscht sei sein Name und sein Gedächtnis, passiert ist: wie schön wir in Jehupez mit den Halben Imperialen und den Putilower Aktien gehandelt haben, – mögen meine Feinde ein solches Jahr erleben! Ich war ja damals ganz außer mir und glaubte, daß es mein Ende sei, daß es aus sei mit Tewje und aus mit dem Milchhandel!

»Narr!« sagt mir einmal meine Alte: »Was grämst du dich noch immer? Du wirst damit nichts erreichen, denn der Gram verzehrt nur das Herz. Stelle dir lieber vor, daß uns Räuber überfallen und uns alles genommen haben . . . Mache doch einmal einen Spaziergang«, sagt sie, »nach Anatewka zu Lejser-Wolf, dem Fleischer: er will dich dringend sprechen.« – »Was ist denn los? Was braucht er mich so dringend? Wenn er unsere braune Kuh meint,« sage ich, »so soll er einen Stock nehmen und sich diesen Gedanken aus dem Kopfe schlagen.« – »Warum denn?« sagt sie zu mir: »Ist denn die Milch, die man von ihr hat, noch der Rede wert?« – »Es ist mir nicht um die Milch zu tun,« sage ich, »sondern um die Kuh: erstens ist es wirklich eine Sünde, so eine Kuh zum Schlachten zu geben: das wäre einfach ein Verbrechen gegen ein lebendes Wesen. In unserer heiligen Thora steht geschrieben . . .« – »Laß schon gut sein, Tewje! Die ganze Welt«, sagt sie, »weiß, daß du in der Thora bewandert bist! Folge deinem Weib und gehe einmal hinüber zu Lejser-Wolf. Jeden Donnerstag,« sagt sie, »wenn unsere Zeitel zu ihm in den Laden kommt, um Fleisch zu kaufen, läßt er ihr keine Ruhe: ›Sage dem Vater,‹ sagt er, ›er möchte doch zu mir kommen, denn ich muß ihn dringend sprechen.‹ « . . .
Kurz und gut, zuweilen muß man ja, wie es heißt, auch seinem Weibe folgen. Ich überlegte es mir und begab mich eines Tages zu Lejser-Wolf nach Anatewka, drei Werst von unserem Dorfe. Natürlich treffe ich ihn nicht zu Hause. – »Wo steckt er denn?« frage ich eine stubsnasige Frau, die in seiner Wohnung herumsteht. – »Er ist im Schlachthause,« sagt die Stubsnasige, »man schlachtet dort seit heute früh einen Ochsen, aber er muß jeden Augenblick kommen.« . . . Ich bleibe also allein in der Wohnung und sehe mir Lejser-Wolfs Hausstand an: auf alle meine Freunde sei es, unberufen, gesagt! Ein Schrank voll Kupfergeschirr, wie man es auch für hundertundfünfzig Rubel nicht zu kaufen kriegt; ein Samowar und noch ein Samowar, und ein Messingtablett, und noch ein Warschauer Tablett, und ein Paar silberne Leuchter, und

vergoldete Weinbecher und ganz kleine Becher, eine gegossene Chanuka-Lampe und noch allerlei schöne Dinge ohne Zahl. ›Schöpfer der Welt!‹ denke ich mir: ›Wann erlebe ich einmal die Freude, solche Dinge bei meinen Kindern, sie sollen gesund sein, zu sehen?! . . . Dieser Glückspilz von einem Fleischer! Es genügt wohl nicht, daß er so reich ist, er muß auch noch bloß zwei Kinder haben, die beide verheiratet sind, und obendrein auch noch ein Witwer sein!‹ . . .

Kurz und gut, Gott hat sich meiner erbarmt; die Türe geht auf, und Lejser-Wolf tritt in die Stube. Er ist voller Zorn und wütend auf den Schächter, der ihn unglücklich gemacht hat: er hat den Ochsen, der so mächtig wie eine Eiche war, trefe gemacht, obwohl die Verletzung an der Lunge kaum so groß wie ein Stecknadelkopf war. In die Erde möge er versinken!

»Grüß Gott, Reb Tewje«, sagt er zu mir: »Warum kommt Ihr nicht, wenn man Euch ruft? Wie geht es Euch?« – »Wie soll es gehen?« sage ich: »Es geht, und es geht,« sage ich, »und man kommt doch nicht vom Fleck, wie es geschrieben steht: ›Weder von deinem Stachel noch von deinem Honig will ich was wissen‹, – man hat weder Geld noch Gesundheit, weder Leib noch Leben.« – »Ihr sündigt mit den Lippen, Reb Tewje«, sagt er zu mir: »Im Vergleich damit, wie es Euch, nicht auf heute gedacht, früher ging, seid Ihr heute doch, unberufen, ein reicher Mann!« – »Was mir dazu fehlt,« sage ich, »um so reich zu sein, wie Ihr es von mir glaubt, wünsche ich uns beiden zu verdienen . . . Aber es macht nichts, ich muß auch so Gott danken, wie es im Talmud steht: ›Askekurdo demaskanto dekrarnuso defarsamchto!‹* Und dabei denke ich mir: ›Du sollst so gesund sein, Fleischer, wie es im Talmud eine solche Stelle gibt!‹ « . . . – »Ihr kommt«, sagt er zu mir, »immer mit dem Talmud! Ihr habt es gut, Reb Tewje, daß Ihr Euch in den kleinen Buchstaben auskennt!** Was nützt uns aber alles

* Ganz sinnlose Worte, deren Klang jedoch an die Sprache des Talmuds erinnert.

** Gemeint ist die eigentümliche Type, in der der Talmud gedruckt ist.

Klügeln?« sagt er: »Wollen wir lieber vom Geschäft sprechen. Setzt Euch, Reb Tewje!« sagt er zu mir und schreit plötzlich: »Man bringe Tee!« Die stubsnasige Frau erscheint wie aus dem Bode gestampft, packt den Samowar, wie der böse Geist einst den Melamed gepackt hat, und verschwindet mit ihm in der Küche.

»Jetzt,« sagt er zu mir, »wo wir allein und unter vier Augen geblieben sind, können wir vom Geschäft reden. Es handelt sich«, sagt er, »um folgendes: ich wollte schon längst mit Euch darüber sprechen, Reb Tewje, und habe Euch schon vielemal durch Eure Tochter sagen lassen, daß Ihr Euch zu mir bemühen möchtet. Ich habe, nämlich, ein Auge geworfen . . .« – »Ich weiß, « sage ich, »daß Ihr ein Auge geworfen habt! Aber es ist vergebliche Mühe,« sage ich, »es wird nicht gehen, Reb Lejser-Wolf, es wird nicht gehen . . .« – »Warum soll es nicht gehen?« sagt er zu mir und sieht mich erschrocken an. – »Um Sabbat herum«, sage ich. »Ich werde nicht zugrunde gehen, wenn ich noch ein wenig warte: der Fluß brennt noch nicht!« – »Warum«, sagt er, »sollt Ihr warten, wenn Ihr die Sache gleich machen könnt?« – »Das war erstens,« sage ich, »und zweitens tut sie mir leid, es wäre ja ein Verbrechen gegen ein lebendes Wesen!« – »Seh ihn nur einer an,« sagt er, »was er für Umstände macht! Man könnte meinen, daß sie Eure Einzige ist! Ich glaube aber, daß Ihr, unberufen, noch mehr von der Sorte habt, Reb Tewje!« – »Die möchte ich selbst behalten,« sage ich, »und wer sie mir nicht gönnt, der soll seinen Lebtag keine haben . . .« – »Wer sie Euch nicht gönnt? Wer spricht von gönnen? Im Gegenteil,« sagt er, »weil Ihr lauter geratene habt, möchte ich eine von ihnen haben. Versteht Ihr mich jetzt? Vergeßt nur nicht, Reb Tewje, daß ich damit auch Euch eine Gefälligkeit tue!« – »Gewiß, gewiß,« sage ich, »von den Gefälligkeiten, die Ihr einem tut, kann der Kopf hart werden, und man braucht sie wie ein Stück Eis im Winter. Das weiß ich schon längst,« sage ich, »noch von früher her . . .« – »Ach!« sagt er zu mir mit zuckersüßer Stimme: »Was vergleicht Ihr das, was früher war, mit dem, was jetzt ist? Früher war es so, und heute ist es so! Heute treten wir doch in verwandtschaftliche Beziehungen zueinander, nicht wahr?« – »In was für verwandtschaftliche Beziehungen?« sage ich. – »Wir wollen uns doch verschwägern!« – »Wovon reden wir denn eigentlich,« sage ich, »Reb Lejser-Wolf?« – »Das will ich eben Euch fragen,« sagt er, »wovon wir reden, Reb Tewje« – »Was heißt?« sage ich: »Wir reden doch von meiner braunen Kuh, die Ihr mir abkaufen wollt!« – Da fängt er plötzlich wie verrückt zu lachen an und sagt: »Eine nette Kuh, und auch noch eine braune dazu! Ha–ha–ha!« – »Was habt Ihr denn im Sinn, Reb Lejser-Wolf?« sage ich, »sagt es mir, damit auch ich lachen kann!« – »Wir reden doch von Eurer Tochter,« sagt er zu mir, »von Eurer Zeitel! Ihr wißt doch, Reb Tewje, daß ich, nicht auf Euch gedacht, ein Witwer bin. Nun sage ich mir: was soll ich mein Glück in der Fremde suchen, was soll ich mit Schadchonim und allen bösen Geistern zu tun haben, wenn wir beide in der gleichen Gegend wohnen: Ihr kennt mich, ich kenne Euch, und das Mädel gefällt mir auch: sie ist gar nicht übel und scheint einen stillen Charakter zu haben. Und was mich betrifft, so bin ich, unberufen, nicht unvermögend: ich habe ein eigenes Haus, einige Läden und, wie Ihr seht, einen ganz netten Hausstand. Ich kann mich nicht beklagen: ich habe auch einen Vorrat Felle auf dem Dachboden liegen und etwas Bargeld im Koffer. Was brauchen wir, Reb Tewje, alle die Zigeunerkunststücke? Was sollen wir da viel klügeln? Wollen wir doch gleich handelseinig werden, eins, zwei, drei! Versteht Ihr mich oder nicht?« ...

Kurz und gut, als er diese Worte gesprochen hatte, war ich im ersten Augenblick stumm, wie einer, dem man eine plötzliche Todesnachricht überbracht hat. Zuerst ging mir der Gedanke durch den Sinn: ›Lejser-Wolf ... Zeitel ... Er hat ja Kinder, die so alt sind wie sie.‹ ... Aber bald darauf sagte ich mir: ›Gott, dieses Glück! Dieses Glück! Sie wird es doch gar gut haben! Und wenn er auch nicht sehr freigebig ist, so ist das heutzutage eher ein Vorzug: man sagt ja doch: ‚Der Mensch ist sich selbst am nächsten' – wenn man gegen die anderen gut ist, so ist man schlecht gegen sich selbst. Leider ist er nur etwas gar zu ungebildet ... Aber, mein Gott, ein jeder kann doch nicht Gelehrter sein! Gibt es denn wenig reiche und vornehme Leute in Anatewka, in Masepowka; und selbst in Jehupez, die den Aleph nicht von einem Kreuz unterscheiden können? Und doch möchte ich soviel gute Jahre erleben, wieviel Ehre diese Leute in der Welt genießen! Wie es auch in den Sprüchen der Väter steht: ‚Wo kein Brot ist, da ist auch keine Thora', das heißt: die Thora liegt im Kasten und die Weisheit in der Tasche.‹ ...

»Nun, Reb Tewje,« sagt er zu mir, »was schweigt Ihr?« – »Was soll ich schreien?« sage ich und stelle mich so, als ob ich noch unentschlossen wäre. »Das ist doch eine Sache, Reb Lejser-Wolf, die gut überlegt sein will! Es ist wirklich kein Spaß,« sage ich, »denn sie ist ja das erste Kind, das ich verheirate!« – »Im Gegenteil: weil sie Euer erstes Kind ist,« sagt er, »werdet Ihr, so Gott will, auch die zweite Tochter gut verheiraten, und später, mit der Zeit, auch die dritte! Versteht Ihr mich oder nicht?« – »Amen,« sage ich, »dasselbe wünsche ich auch Euch! Eine Tochter verheiraten ist ja kein Kunststück, möchte nur der Herr«, sage ich, »einem jeden den richtigen Ehegenossen zuschicken ...« – »Nein,« sagt er, »ich meine etwas ganz anderes, Reb Tewje: Ihr braucht Eurer Zeitel, Gott sei Dank, keinen Pfennig Mitgift zu geben, und die Hochzeitskosten, die Kleider und alles, was ein Mädel braucht, nehme ich auf mich. Auch Euch selbst«, sagt er, »wird davon etwas in den Beutel abfallen ...« – »Pfui!« sage ich: »Ihr redet, nehmt es mir nicht übel, wie in Eurem Fleischladen! Was heißt, es wird mir etwas in den Beutel abfallen? Pfui! Meine Zeitel ist doch, Gott behüte, keine Ware, die ich um Geld verkaufe! Pfui!« – »Wenn Ihr sagt Pfui,« sagt er, »so soll es bleiben beim Pfui! Ich habe das Gegenteil gemeint. Wenn es Euch so lieb ist, so kann es mir recht sein. Die Hauptsache aber ist,« sagt er, »daß es schnell geht! Ich will sobald als möglich eine Hausfrau im Hause haben, versteht Ihr mich oder nicht?« . . . – »Mir kann es recht sein,« sage ich, »ich will Euch keine Schwierigkeiten machen. Ich muß aber noch mit meiner Alten sprechen,« sage ich, »denn in solchen Dingen hat sie zu entscheiden. Es ist doch wirklich keine Kleinigkeit! Es steht geschrieben: ›Und Rahel erbarmte sich ihrer Söhne‹, – und Raschi übersetzt es: ›Eine Mutter ist wie ein Topfdeckel.‹ Man sollte auch«, sage ich, »auch sie selbst, ich meine Zeitel, fragen. Ihr kennt doch die Geschichte: die ganze Sippschaft hat man zur Hochzeit geladen und die Braut vergessen . . .« – »Unsinn!« sagt er: »Fragen muß man sie auch noch? Erzählen müßt Ihr es ihr, Reb Tewje: Ihr kommt nach Hause, erzählt ihr die ganze Geschichte und stellt die Chuppe.« – »Sagt das nicht, Reb Lejser-Wolf! Ein Mädel ist doch, Gott behüte, keine Witwe!« – »Natürlich«, sagt er, »ist ein Mädel – ein Mädel und keine Witwe. Darum soll man auch«, sagt er, »beizeiten davon sprechen, weil man die Aussteuer und tausend andere Dinge besorgen muß. Indessen«, sagt er, »wollen wir, Reb Tewje, einen Schluck Branntwein nehmen! Ja oder nein?« . . . – »Von mir aus,« sage ich, »warum auch nicht? Was hat das eine mit dem anderen zu tun? Es heißt ja: Adam ist ein Mensch, und Branntwein ist Branntwein. Und im Talmud«, sage ich, »steht . . .« Und ich haue ihm eine Talmudstelle um den Kopf, und noch eine, und eine dritte – natürlich lauter Unsinn, ein Gemisch aus dem Hohelied und dem ›Chad-Gadjo‹.

Kurz und gut, wir nahmen einen ordentlichen Schluck, wie Gott es befohlen hat! Die Stubsnasige brachte inzwischen den Samowar, und wir machten uns einen Punsch. Wir unterhielten uns dabei gar freundlich, sprachen von der Partie, von dem und jenem, und wieder von der Partie. »Wißt Ihr auch, Reb Lejser-Wolf,« sage ich, »was für ein Edelstein sie ist?« – »Ich weiß,« sagt er, »glaubt es mir, daß ich es weiß! Wenn ich es nicht wüßte,« sagt er, »hätte ich doch von ihr gar nicht gesprochen!« Und so reden wir miteinander. Ich schreie: »Ein Edelstein, ein Diamant! Ihr sollt sie nur zu schätzen wissen und möglichst wenig den Fleischer herauskehren.« ... Und er darauf: »Habt keine Angst, Reb Tewje: was sie bei mir an Wochentagen zu essen bekommt, das hat sie bei Euch selbst an hohen Festtagen nicht gegessen ...« – »Ach,« sage ich, »spielt denn Essen auch eine Rolle? Der Reiche«, sage ich, »ißt keine Dukaten, und der Bettler keine Steine. Ihr seid ein einfacher Mensch«, sage ich, »und werdet ihre Tüchtigkeit gar nicht zu schätzen wissen,« sage ich, »wie sie die Challe bäckt, wie sie den Fisch bereitet, Reb Lejser-Wolf! Ach, wie sie den Fisch bereitet! Man muß dazu besonders begnadet sein.« ... Und er sagt wieder: »Reb Tewje, Ihr seid, nehmt es mir nicht übel, zu alt, Ihr habt keine Menschenkenntnis mehr, Reb Tewje, und Ihr kennt mich nicht!« ... Und ich sage darauf: »Auf die eine Waagschale soll man einen Haufen Gold aufschütten und auf die andere meine Zeitel hinstellen! Hört Ihr es, Reb Lejser-Wolf? Und selbst wenn Ihr zweimalhunderttausend Rubel besitzt, seid Ihr nicht ihre Ferse wert!« ... – Und er darauf: »Glaubt es mir, Reb Tewje, Ihr seid ein großer Narr, wenn Ihr auch älter seid als ich.« ...

Kurz und gut, wir unterhielten uns so wohl eine hübsche Weile und waren schließlich ziemlich bezecht. Denn als ich nach Hause kam, war es schon recht spät, und ich schwankte ordentlich auf den Beinen ... Mein Weib, sie soll gesund sein, merkte sofort meinen Zustand und machte mir einen ordentlichen Krach, wie ich ihn auch wirklich verdiente. – »Still,« sage ich, »rege dich nicht auf, Golde«, sage ich ihr gar fröhlich und habe Lust zu tanzen. »Schreie nicht so, meine teure Seele, uns gebührt ein Masel-tow!« – »Ein Masel-tow? Einen finstern Masel-tow wünsche ich dir!« sagt sie. »Du hast wohl schon die braune Kuh verschachert, hast sie dem Lejser-Wolf verkauft?« – »Noch viel ärger«, sage ich. – »Du hast sie«, sagt sie, »gegen eine andere vertauscht? Hast den Lejser-Wolf, nebbich, angeschwindelt?« – »Noch viel ärger«, sage ich. –

»Rede also«, sagt sie, »vernünftig! Wie wortkarg du plötzlich geworden bist!« – »Masel-tow, Golde,« sage ich wieder, »Masel-tow uns beiden, denn unsere Zeitel ist verlobt!« – »Ach so,« sagt sie, »dann bist du sicher betrunken! Du hast doch einen ordentlichen Schluck genommen?« – »Ich habe mit Lejser-Wolf wohl ein wenig getrunken,« sage ich, »und wir haben uns je ein Glas Punsch gemacht. Aber ich bin noch immer«, sage ich, »bei klarem Verstand. Wisse also, meine geliebte Golde, daß unsere Zeitel in einer guten und glücklichen Stunde Lejser-Wolfs Braut geworden ist!« Und ich erzähle ihr die ganze Geschichte vom Anfang bis zu Ende, wie und wann und warum, und was wir alles besprochen haben, ohne auch das geringste auszulassen.

»Höre einmal, Tewje,« sagt zu mir mein Weib, »so wahr mir Gott helfe«, sagt sie, »habe ich es schon im voraus gewußt, daß Lejser-Wolf dich nicht umsonst gerufen hat. Aber ich wollte daran nicht einmal denken, denn ich fürchtete, daß aus der Sache vielleicht doch nichts wird! Ich danke dir, Gott,« sagt sie, »ich danke dir, herzliebster Himmelsvater! Mag es nur zu einer guten und glücklichen Stunde geschehen sein, mag sie an seiner Seite in Reichtum und Ehren alt werden! Denn seine selige Frume-Ssore – es sei zwischen Lebenden und Toten wohl unterschieden – hat es bei ihm gar nicht gut gehabt! Sie war ja auch – sie möchte es mir vergeben, und ich sollte es lieber bei Nacht gar nicht aussprechen – eine böse und eigensinnige Frau und konnte sich mit keinem Menschen vertragen. Ganz anders war sie als unsere Zeitel – mögen die Jahre, die sie nicht erlebt hat, unserer Tochter zugute kommen! Ich danke dir, lieber Gott! Nun, Tewje,« sagt sie, »was habe ich dir gesagt, du Narr? Braucht noch der Mensch um etwas zu sorgen? Wenn es einem beschert ist,« sagt sie, »so kommt das Glück ganz von selbst ins Haus.« – »Das stimmt,« sage ich, »es steht sogar ausdrücklich in der Schrift . . .« – »Was taugt mir die Schrift, wo man an die Hochzeit denken muß?! Von der Aussteuer«, sagt sie, »ist noch keine Spur da:

sie hat noch nicht einen Faden Wäsche, und nicht einmal ein Paar Strümpfe. Nun braucht sie«, sagt sie, »ein seidenes Kleid für die Trauung, und ein wollenes für den Sommer, und noch eines für den Winter, und noch einige andere Kleider«, sagt sie. »Auch zwei Mäntel muß sie haben: den einen auf Katzenfell für die Wochentage und einen guten mit Schleifen für den Sabbat; dann braucht sie Schuhe mit Quasten, ein Korsett, Handschuhe, Taschentücher, einen Sonnenschirm und die übrigen Sachen, die ein Mädel heutzutage haben muß . . .« – »Woher hast du,« sage ich, »liebe Golde, alle diese Kenntnisse?« – »Warum soll ich keine haben?« sagt sie. »Komme ich denn nicht mit Menschen zusammen? Habe ich nicht hier bei uns in Masepowka gesehen, wie sich anständige Leute kleiden? Überlasse es nur mir,« sagt sie, »ich werde mit ihm alles besprechen. Lejser-Wolf«, sagt sie, »ist gar kein schlechter Mensch! Er ist ein reicher Mann und er wird es wohl auch selbst nicht haben wollen, daß die ganze Stadt auf ihn mit den Fingern zeigt. Und wenn man schon Schweinefleisch ißt, so soll doch wenigstens das Fett über den Bart rinnen.« . . . Kurz und gut, wir sprachen so bis zum Morgen. Als es zu tagen anfing, sagte ich: »Packe mir das bißchen Butter und Käse zusammen, mein Weib, und ich werde nach Bojberik fahren. Es ist zwar alles schön und gut, aber sein Geschäft«, sage ich, »soll man auch nicht vernachlässigen! Die Welt ist ja noch immer die gleiche!« In aller Frühe, wenn der Ochs auf die Weide geht, spannte ich mein Pferd vor den Wagen und fuhr nach Bojberik. Wie ich auf den Markt von Bojberik komme, da merke ich es schon: ist es denn möglich, vor Juden etwas zu verheimlichen? Alle wissen es schon, und man ruft mir von allen Seiten »Masel-tow!« zu: »Masel-tow, Reb Tewje! Wann ist, so Gott will, die Hochzeit?« – »Danke, gleichfalls«, sage ich: »Da sieht man es wieder: der Vater ist noch nicht geboren, und der Sohn ist schon über das Dach gewachsen . . .« – »Unsinn!« sagen die Leute: »Es wird Euch nichts nützen, Reb Tewje, Ihr müßt uns schon ein Gläschen spendieren! So ein Glück, unberufen, eine wahre Schmalzgrube!« – »Das Schmalz wird ausrinnen,« sage ich, »und nur die Grube wird übrig bleiben! Aber trotzdem«, sage ich, »will ich kein Schwein sein und mit euch gerne ein Gläschen trinken. Sobald ich mit allen meinen Jehupezer Kunden fertig bin,« sage ich, »spendiere ich euch Branntwein und etwas zum Beißen! Man lebt ja nur einmal, das heißt: jubele und frohlocke, du Bettler!« ...

Kurz und gut, als ich so schnell wie immer meine Ware abgesetzt hatte, trank ich mit der Gesellschaft ein paar Gläschen und wir wünschten uns gegenseitig Glück, so wie es sich gehört. Dann setzte ich mich in den Wagen und fuhr lustig und guter Dinge davon. Ich fahre so durch den Wald, es ist ein herrlicher Sommertag, die Sonne brennt, aber ich fahre im Schatten der Bäume, und die Fichten duften herzerfrischend. Ich liege wie ein Graf in meinem Wägelchen, lasse die Zügel los und sage zu meinem Gefährten: »Sei so gut«, sage ich, »und laufe allein, den Weg sollst du ja schon kennen!« Und dann beginne ich laut zu singen. Es ist mir so festlich zumute, und darum singe ich Stücke aus den Gebeten für die hohen Feiertage und aus dem ›Hallel‹. Ich blicke zum Himmel hinauf, und meine Gedanken flattern über die Erde.

›Die Himmel – die Himmel sind Himmel für den Ewigen‹, und die Erde – denke ich mir – hat Er den Menschenkindern gegeben, damit sie sich die Köpfe an der Wand einrennen, sich wie die Katzen um die Güter dieser Welt balgen und sich wegen eines Ehrenamtes, wegen eines ›Schischi‹ oder eines ›Maftir‹ zanken ... ›Nicht die Toten rühmen Gott‹: – keine Ahnung haben die Leute, wie man Gott für die Wohltaten loben muß, die er uns erweist! ... Aber wir, arme Leute, wenn wir auch einen einzigen guten Tag erleben, so loben wir Gott und sagen: ›Ich liebe Ihn‹, ich liebe Gott, weil er meine Stimme und mein Gebet erhört hat, weil er mir sein Ohr geliehen hat, als mich die Bande des Todes umfingen, als mich Armut und Unglück erdrückten: Heute geht mir am hell-lichten Tag

eine Kuh ein, und morgen schickt mir der Teufel einen Verwandten, einen Pechvogel, einen Menachem-Mendel aus Jehupez, auf den Hals, der mir meinen letzten Pfennig nimmt . . . Und ich denke mir schon in meiner Übereilung, daß es mein Ende ist, daß die ganze Welt für mich zusammengestürzt ist . . . Jeder Mensch ist ein Lügner, – es gibt keine Wahrheit auf der Welt! Was tut aber Gott? Er gibt Lejser-Wolf den Gedanken ein, daß er meine Zeitel, so wie sie steht und geht, nimmt; und darum sage ich zweimal: ›Ich danke Dir!‹ Ich will dich lobsingen, lieber Gott, weil du dich deines Tewjes erbarmt hast und ihm zu Hilfe gekommen bist! Nun werde ich Freude an meinem Kinde erleben! Wenn ich sie, so Gott will, besuche, werde ich sie als eine gut versorgte Hausfrau antreffen, deren Speisekammern angefüllt sind mit Schmalz und Eingemachtem für Pessach, und die Geflügelställe mit Hühnern, Gänsen und Enten . . .
Plötzlich beginnt mein Pferd den Berg hinunter zu rennen, und ehe ich den Kopf heben und sehen kann, wo ich mich in der Welt befinde, liege ich schon auf der Erde mit allen meinen leeren Töpfen und Kannen, und der Wagen liegt auf mir! Ich erhebe mich mit großer Mühe, ganz zerschunden und zerschlagen vom Boden und lasse meinen ganzen Zorn an dem Pferdchen aus. »In die Erde sollst du versinken! Wer hat dich darum gebeten, du Elender, zu zeigen, wie tüchtig du bist, und daß du auch bergab laufen kannst? Du hast mich ja beinahe umgebracht,« sage ich, »du Asmodi!« Und ich gebe ihm soviel Peitschenschläge, wieviel es überhaupt fassen konnte. Der Kerl verstand wohl, daß er etwas Übles angestellt hatte, denn er stand mit gesenkter Schnauze da, so daß man ihn hätte melken können. »Daß dich der Teufel!« sage ich zu ihm. Dann bringe ich den Wagen in Ordnung, lese alle Töpfe und Kannen auf und fahre weiter.
»Es ist kein gutes Zeichen«, sage ich zu mir. »Ob bei mir zu Hause nicht irgendein Unglück geschehen ist?« . . . So fahre ich noch an die zwei Werst, und wie ich schon nicht weit vom

Hause bin, sehe ich, daß mir auf der Landstraße ein weibliches Wesen entgegenkommt. Ich fahre näher heran, schaue schärfer hin – es ist Zeitel! ... Ich weiß selbst nicht warum, – das Herz blieb mir plötzlich stehen, als ich sie sah. Ich springe vom Wagen und rufe: »Zeitel bist du es? Was tust du hier?« Sie fällt mir um den Hals und fängt zu weinen an. »Gott sei mit dir,« sage ich, »meine Tochter! Was weinst du?« – »Ach,« sagt sie, »Vater, Vater!« ... und sie schwimmt in Tränen. Es wurde mir finster vor den Augen, und mein Herz krampfte sich zusammen. »Was ist denn, Tochter? Was ist denn geschehen?« sage ich zu ihr. Ich umarme sie, streichle ihr das Haar und küsse sie. Sie aber schreit: »Vater, herzliebster, teurer Vater«, sagt sie und bringt jedes Wort mit Mühe heraus. »Habe Erbarmen«, sagt sie, »mit meinen jungen Jahren!« ... Und dann schwimmt sie wieder in Tränen und kann kein Wort mehr aussprechen.
›Ach und weh ist mir!‹ denke ich mir. Und nun geht mir ein Licht auf. Was brauchte ich auch nach Bojberik fahren? »Warum mußt du gleich weinen?« sage ich zu ihr und streichle ihr den Kopf. »Närrchen,« sage ich, »warum mußt du gleich weinen? In jedem Falle,« sage ich, »nein ist nein! Man wird dir doch nicht mit Gewalt eine Lunge und eine Leber an die Nase hängen! Wir wollten«, sage ich, »nur dein Bestes! Aber wenn du es nicht willst, so nicht! Was soll man tun? Es ist wohl«, sage ich, »nicht beschert ...« – »Ich danke dir,« sagt sie, »liebster Vater, lange leben sollst du!« Und sie fällt mir wieder um den Hals, fängt mich zu küssen an und schwimmt wieder in Tränen. – »Genug schon zu weinen!« sage ich ihr. »Alles ist eitel, auch Krapfen können einem verleidet werden! Steige in den Wagen,« sage ich, »und wollen wir beide nach Hause fahren! Mutter«, sage ich, »wird sich wohl Gott weiß was denken!«
Kurz und gut, wir stiegen beide in den Wagen, und ich versuchte sie mit Worten zu beruhigen. »Du mußt wissen,« sage ich, »daß wir uns dabei nichts Schlimmes dachten! Gott kennt

die Wahrheit und weiß, daß wir nichts anderes im Sinn hatten, als unser Kind beizeiten zu versorgen. Wenn aber das Kind nicht will, so will es wohl auch Gott nicht haben! Es ist dir nicht beschert,« sage ich, »meine Tochter, versorgt zu sein und eine reiche Hausfrau zu werden; auch uns ist es nicht bestimmt«, sage ich, »auf unsere alten Tage eine Freude zu erleben als Lohn für alle unsere Mühe! Denn wir waren«, sage ich, »Tag und Nacht an den Karren gespannt, haben keinen glücklichen Augenblick erlebt und wußten nichts als Armut, Bedrängnis und Pech von allen Seiten!« . . . – »Ach, Vater«, sagt sie zu mir und fängt wieder zu weinen an. »Ich will mir eine Stelle als Magd suchen, ich will Lehm tragen, Erde graben!« . . . – »Was weinst du, dummes Mädel?« sage ich zu ihr. »Sage ich dir denn etwas, du Närrchen? Mache ich dir Vorwürfe? Es ist mir nur«, sage ich, »so bitter und finster zumute. Darum versuche ich, mir das Herz zu erleichtern, und setze mich mit ihm, mit dem Schöpfer der Welt auseinander, wie er mich behandelt. Er ist doch«, sage ich, »ein barmherziger Vater und hat Mitleid mit mir; und doch verfolgt er mich – er soll mich nur für diese Worte nicht strafen! – und rechnet mir alles an; ich soll aber dabei noch schreien: Lebendiger und ewiger Gott! Aber es muß wohl so sein,« sage ich, »denn Er ist oben, und wir sind hier unten, tief in der Erde. Und darum müssen wir sagen, daß Er gerecht ist, und daß auch sein Urteil gerecht ist. Denn wenn ich es mir so überlege, so bin ich doch eigentlich ein Narr! Was schreie ich? Was lärme ich? Was heißt das,« sage ich, »daß ich kleiner Wurm, der ich auf der Erde herumkrieche, und den der leiseste Windhauch, wenn Gott will, in einem Augenblick vernichten kann, mich mit meinem närrischen Verstand hinstelle und Ihn belehren will, wie Er seine Welt regieren soll? Wenn Er es so haben will, so muß es wohl auch so sein! Was helfen da alle Klagen? Vierzig Tage,« sage ich, »so steht es in unseren heiligen Büchern geschrieben, – vierzig Tage vor der Erschaffung des Kindes im Mutterleibe kommt ein Engel vom Himmel und verkündet: ›Die Tochter von dem und dem ist als Frau für den und den bestimmt!‹ – Soll Tewjes Tochter von mir aus Getzel, den Sohn des Sorach, heiraten, und der Fleischer Lejser-Wolf möchte sich bemühen, irgendwoanders eine Braut von seinesgleichen zu suchen! Die ihm bestimmte Braut wird ihm nicht entgehen, und dir,« sage ich, »meine Tochter, möchte Gott recht bald den dir zugedachten Ehegenossen schicken! Amen! Gottes Wille geschehe!« sage ich. »Daß die Mutter nur nicht schreit! Ich werde wohl von ihr einen ordentlichen Krach bekommen!« . . .

Kurz und gut, wir kommen nach Hause, ich spanne mein Pferd aus, setze mich ins Gras vor das Haus und grüble nach, was für ein Märchen aus Tausendundeiner Nacht ich meiner Frau auftischen soll, um mich aus der Klemme zu retten. Der Tag geht zur Neige, die Sonne sinkt, die Kröten quaken in der Ferne, das Pferd ist angekoppelt und rupft Gras; die Kühe, die eben von der Weide heimgekommen sind, stehen bei den Eimern und warten, daß man sie melkt; das Gras duftet herzerquickend, – es ist ein wahres Paradies! So sitze ich da, überlege mir die ganze Sache und denke mir zugleich, wie klug doch Gott seine Welt eingerichtet hat: ein jedes Geschöpf, vom Menschen bis zum Vieh – es sei zwischen ihnen wohl unterschieden! – muß sich sein Brot verdienen: – umsonst gibt es nichts! Willst du fressen, Kuh? So lasse dich melken, gib Milch, ernähre einen Juden, sein Weib und seine Kinder! Willst du etwas kauen, Pferd? Laufe jeden Morgen mit den Milchkannen nach Bojberik! Und ebenso du, Mensch – es sei zwischen dir und dem Vieh wohl unterschieden! –, willst du ein Stück Brot, so rackere dich ab, melke die Kühe, schleppe die Milchkannen, schlage Butter, mache Käse, spanne dein Pferd ein und fahre jeden Morgen nach Bojberik zu den Sommerfrischlern, bücke dich vor den reichen Leuten aus Jehupez, schmeichle ihnen, krieche einem jeden von ihnen in die Seele hinein, gib dir Mühe, einen jeden zufriedenzustellen und niemand, Gott behüte, zu verletzen! . . . Bleibt doch immer die

Frage offen: Warum? Wo steht es geschrieben, daß Tewje sich um ihretwegen abplagen muß, daß er in aller Frühe, wenn sie noch schlafen, aufstehen muß, damit sie zu ihrem Morgenkaffee frische Butter und frischen Käse haben? Wo steht es geschrieben, daß ich mich abrackern muß, um mir die magere Suppe und etwas Graupen zu verdienen, während sie, die reichen Leute aus Jehupez, sich in der Sommerfrische ausruhen, den ganzen lieben Tag nichts tun und nichts als gebratene Enten, Pasteten und Pfannkuchen essen? Bin ich nicht ebenso Mensch wie sie alle? Wäre es nicht recht und billig, wenn sich auch Tewje in einer Sommerfrische ausruhen könnte? Wo wird man aber dann Käse und Butter hernehmen? Wer wird die Kühe melken? Natürlich werden sie es tun, die reichen Leute aus Jehupez! ... Und ich fange selbst über diesen verrückten Gedanken zu lachen an! Wie das Sprichwort sagt: Wenn Gott auf alle Narren hören wollte, so würde die Welt schön ausschauen ...

»Guten Abend, Reb Tewje!« höre ich plötzlich jemand sagen. Ich wende mich um und sehe – es ist mein Bekannter, Motel Kamisol, ein Schneidergeselle aus Anatewka. »Gesegnet sei, der da kommt!« sage ich. »Willkommen! Möge auch Messias ebenso bald kommen! Setze dich, Motel, auf Gottes Erde«, sage ich. »Wie kommst du plötzlich her?« – »Wie ich herkomme? Mit den Beinen«, sagt er zu mir. Er setzt sich neben mich aufs Gras und schaut immer dorthin, wo sich meine Töchter mit den Kannen und Krügen zu schaffen machen. »Ich wollte Euch schon längst besuchen, Reb Tewje,« sagt er zu mir, »aber ich hatte immer keine Zeit; sobald ich mit der einen Arbeit fertig werde, muß ich gleich wieder eine andere beginnen; ich bin jetzt selbständiger Schneider geworden und habe, gottlob, genug zu tun. Alle Schneider sind jetzt mit Arbeit versehen, denn diesen Sommer gibt es jeden Tag eine Hochzeit: Berel Fonfatsch macht Hochzeit, und Jossel Schejgez macht Hochzeit, und Mendel Sajika macht Hochzeit, und Jankel Piskatsch macht Hochzeit, und Moische Gorgel macht

Hochzeit, und Mejer Kropiwa macht Hochzeit, und Chajim Loschek macht Hochzeit und sogar die Witwe Trigubicha macht Hochzeit!«

»Die ganze Welt«, sage ich, »macht Hochzeit, nur ich allein bin noch nicht so weit! Gott hält mich wohl für unwürdig ...« – »Nein«, sagt er mir und schaut immer zu den Mädeln hinüber. »Ihr seid im Irrtum, Reb Tewje! Wenn Ihr nur wolltet, so könntet auch Ihr ein Kind verheiraten, denn es hängt nur von Euch allein ab ...« – »Was willst du damit sagen?« sage ich. »Weißt du vielleicht eine Partie für meine Zeitel?« – »Ihr habt es erraten!« sagt er zu mir. – »Ist es wenigstens etwas Passendes?« sage ich und denke mir, daß er Lejser-Wolf, den Fleischer meint. – »Wie angegossen!« sagt er mir in seiner Schneidersprache und schaut immer zu meinen Töchtern hinüber. – »Wo ist denn die Partie, die du mir vorschlagen wirst?« frage ich ihn. »In welcher Gegend? Wenn sie nach einem Fleischladen riecht,« sage ich, »so will ich nichts von ihr hören!« – »Gott behüte!« sagt er, »sie hat mit einem Fleischerladen nichts zu tun! Ihr kennt den Betreffenden sehr gut, Reb Tewje!« – »Ist es wenigstens«, sage ich, »was Rechtes?« – »Und ob!« sagt er: »Es ist, wie man sagt, ich werde jubeln und frohlocken, – wie zugeschnitten und angenäht!« ... – »Wer ist denn der junge Mann?« sage ich, »laß es mich hören!« – »Wer der junge Mann ist?« sagt er und schaut immer zu den Mädeln hinüber. »Der junge Mann, versteht Ihr mich, Reb Tewje, das bin ich selbst ...«

Als er diese Worte sprach, sprang ich auf, wie wenn ich mich verbrüht hätte. Auch er sprang auf, und so standen wir einander gegenüber wie zwei Hähne. – »Bist du verrückt,« sage ich ihm, »oder bist du von Sinnen? Du bist selbst der Schadchen, bist selbst der Gegenschwäher und selbst der Bräutigam? Das heißt eine eigene Hochzeit mit eigenen Musikanten! Ich habe«, sage ich, »noch niemals gehört, daß ein Bursche sein eigener Schadchen ist!« – »Reb Tewje,« sagt er, »wenn Ihr meint, daß ich verrückt bin, so wünsche ich es allen unseren

Feinden! Ich bin noch, Ihr könnt es mir glauben, bei gesundem Verstand. Und man braucht dazu gar nicht verrückt zu sein,« sagt er, »um Eure Zeitel heiraten zu wollen! Und wenn Ihr einen Beweis haben wollt, so erinnere ich Euch nur daran, daß Lejser-Wolf, der doch der reichste Mann in unserer Stadt ist, sie wie sie steht und geht nehmen will ... Ihr meint, es sei ein Geheimnis? Die ganze Stadt weiß es schon! ... Und wenn Ihr mir sagt, daß man so etwas nicht ohne Schadchen machen darf,« sagt er, »so muß ich mich über Euch wundern, Reb Tewje, Ihr seid doch selbst ein Mann, dem man keinen Finger in den Mund stecken darf, denn Ihr würdet ihn abbeißen ... Aber was taugen uns die langen Reden? Die Geschichte verhält sich so: ich und Eure Tochter Zeitel haben uns schon längst das Wort gegeben, daß wir uns heiraten werden.« ... Wenn mir jemand ein Messer ins Herz gestoßen hätte, so wäre es mir viel lieber, als diese Worte zu hören: erstens, wie kommt er, Motel, der Schneider, dazu, Tewjes Schwiegersohn zu werden? Und zweitens, was sind das für Sachen: sie haben sich das Wort gegeben, daß sie sich heiraten werden? – »Und wo bin ich?« sage ich zu ihm. »Ich habe doch auch ein Wort mitzureden, oder werde ich gar nicht gefragt?« – »Gott behüte,« sagt er, »zu diesem Zweck bin ich hergekommen, um mit Euch darüber zu sprechen, denn ich hörte, daß Lejser-Wolf sich um Eure Tochter bewirbt, die ich schon seit mehr als einem Jahre liebe ...« – »Selbstverständlich,« sage ich, »wenn Tewje eine Tochter Zeitel hat, und du Motel Kamisol heißt und ein Schneider bist, was kannst du für einen Grund haben, sie zu hassen?« – »Nein,« sagt er, »nicht so meine ich es, ich meine es ganz anders: ich wollte Euch nur sagen, daß ich Eure Tochter liebe, daß Eure Tochter mich seit mehr als einem Jahr liebt, und daß wir uns das Wort gegeben haben, uns zu heiraten. Ich wollte«, sagt er, »schon einigemal mit Euch darüber sprechen, habe es aber immer aufgeschoben, bis ich mir einige Rubel zusammengespart hätte, um mir eine Nähmaschine anzuschaffen und mich dann so wie es sich gehört auszustaffie-

ren. Denn ein junger Mann, der etwas auf sich hält, braucht heutzutage zwei Anzüge und einige Westen . . .« – »In die Erde sollst du versinken«, sage ich ihm, »mit deinem Kinderverstand! Was wirst du nach der Hochzeit tun? Am Hungertuche nagen oder dein Weib mit deinen Westen ernähren?« – »Ach,« sagt er, »ich muß mich über Euch wundern, Reb Tewje, daß Ihr so etwas sagen könnt! Ich meine, daß auch Ihr noch kein eigenes Haus hattet, als Ihr heiratetet. Und es ist, wie Ihr seht, doch gegangen . . . So oder so, was mit ganz Israel geschehen wird, das wird auch mit Reb Israel geschehen. . . . Außerdem bin ich ja auch Handwerker.« . . .
Kurz und gut, was soll ich Euch lange erzählen? Er hatte mich überredet. Und warum? Wir wollen uns doch nicht betrügen: wie heiraten alle jüdischen Kinder? Wenn man auf solche Dinge schauen wollte, so würden Leute von unserem Stande niemals heiraten können. Aber eines hat mich geärgert, und ich konnte es unmöglich verstehen. Was heißt das: sie haben sich das Wort gegeben? Was ist das plötzlich für eine Welt? Ein Bursche begegnet einem Mädel und sagt: »Wollen wir uns das Wort geben, daß wir uns heiraten werden.« . . . Das ist doch Unsinn! . . . Als ich aber meinen Motel ansah, wie er mit gesenktem Kopfe wie ein Sünder dastand und es offenbar ganz ernst meinte, und gar keine Hintergedanken hatte, überlegte ich mir die Sache: »Wenn ich ordentlich nachdenke, was brauche ich mich so aufzuregen und solche Geschichten zu machen? Bin ich von einer so vornehmen Abstammung, oder gebe ich ihr eine so großartige Mitgift, oder so wunderbare Kleider zur Aussteuer? Motel Kamisol ist zwar ein Schneider, aber ein braver Bursche, ein Arbeiter, der sein Weib ernähren kann, und ein ordentlicher Mensch. Was kann ich gegen ihn haben? Tewje,« sage ich zu mir, »mache keine faulen Geschichten und sage ›Ja‹, wie es geschrieben steht: ›Ich habe es dir vergeben, nach deinen Worten‹ – daß es nur glücklich abläuft!« . . .
Ja, was tue ich aber mit meiner Alten? Ich werde doch von ihr ein ordentliches Donnerwetter bekommen, wie man sagt, mit

Pferden und Kamelen, – volle Schüsseln und Teller! Wie bringe ich ihr die Sache so bei, daß sie zu allem ja sagt?
»Weißt du was, Motel?« sage ich zu meinem Bräutigam: »Gehe nach Hause, und ich werde inzwischen alles Nötige erledigen, werde die Sache mit dem und jenem besprechen, wie es im Buche Esther heißt: ›Und man schrieb niemand vor, was er trinken sollte‹ – jede Sache will ordentlich überlegt sein! und morgen früh, so Gott will, wenn du es inzwischen nicht bereust, werden wir uns wiedersehen . . .« – »Bereuen?« sagt er zu mir: »Ich soll die Sache bereuen? Mag ich hier auf der Stelle sterben, sollen von mir«, sagt er,» nichts als Knochen übrig bleiben, wenn ich je mein Wort zurücknehme!« . .
– »Was taugen alle deine Schwüre,« sage ich zu ihm, »wenn ich es dir auch so, ohne Schwüre glaube? Bleibe gesund,« sage ich, »schlafe wohl und habe lauter gute Träume.« . . .
Wie er gegangen ist, lege ich mich zu Bett, kann aber keinen Schlaf finden. Der Kopf zerspringt mir beinahe vor Nachdenken, bis ich schließlich den richtigen Plan gefunden habe. Und was ist das für ein Plan? Ihr werdet gleich hören, was für Einfälle Tewje haben kann!
Kurz und gut, gegen Mitternacht, als das ganze Haus in tiefem Schlafe lag, und der eine schnarchte, der andere pfiff, fing ich plötzlich mit wilder Stimme zu schreien an: »Gewalt! Gewalt! Gewalt!« Selbstverständlich erwachte das ganze Haus, und Golde natürlich zuallererst. »Gott sei mit dir, Tewje«, sagt sie zu mir und schüttelt mich: »Wach auf! Was ist dir geschehen, daß du so schreist?« Ich öffne die Augen, sehe mich nach allen Seiten um und sage mit zitternder Stimme: »Wo ist sie hin?« – »Wer? Wen suchst du?« – »Frume-Ssore,« sage ich, »Frume-Ssore Lejser-Wolfs war eben hier . . .« – »Du redest wie im Fieber«, sagt mir mein Weib: »Gott sei mit dir, Tewje! Frume-Ssore Lejser-Wolfs – es sei zwischen den Lebenden und den Toten wohl unterschieden, – ist ja schon längst auf der wahren Welt.« – »Ich weiß,« sage ich, »daß sie gestorben ist, und doch war sie soeben hier, sie stand vor

meinem Bett, redete mit mir und packte mich plötzlich«, sage ich, »bei der Gurgel und wollte mich erwürgen!« – »Gott sei mit dir, Tewje! Was redest du für Unsinn?« sagt zu mir mein Weib: »Du hast es wohl geträumt! Spucke dreimal aus, damit sich der Traum zum Guten wendet.«

»Lange leben sollst du, Golde,« sage ich zu ihr, »ich danke dir, daß du mich aufgeweckt hast! Hättest du mich nicht geweckt, so wäre ich wohl auf der Stelle gestorben. Gib mir«, sage ich, »einen Schluck Wasser! Dann werde ich dir den Traum erzählen, den ich gehabt habe. Aber ich muß dich bitten, daß du nicht erschrickst und dir nicht Gott weiß was denkst, denn es steht in unseren heiligen Büchern geschrieben, daß nur der dritte Teil eines Traumes in Erfüllung gehen kann und alles übrige Unsinn ist, eitel Lüge . . . Vor allen Dingen«, sage ich, »träumte mir, daß bei uns im Hause irgendeine Feier sei; ich weiß nicht mehr, ob es ein Verlobungsmahl oder eine Hochzeit war. Viele Menschen waren versammelt, Männer und Weiber, der Row und der Schächter, und Spielleute . . . Und plötzlich geht die Türe auf, und Großmutter Zeitel, sie ruhe in Frieden, tritt ein.« . . .

Als mein Weib das Wort Großmutter Zeitel hörte, wurde sie blaß wie die Wand und sagte zu mir: »Wie sah sie aus und was hatte sie an?« – »Auf alle unsere Feinde sei es gesagt, wie sie aussah«, sage ich, »ihr Gesicht war gelb wie Wachs, und sie hatte natürlich ein weißes Gewand an, ein Totenhemd. . . . ›Masel-tow!‹ sagte zu mir Großmutter Zeitel: ›Es freut mich, daß ihr für eure Zeitel, die nach mir benannt ist, einen so feinen und anständigen Bräutigam gefunden habt! Er heißt Motel Kamisol nach meinem Onkel Mordchaj, und ist zwar ein Schneider, aber ein sehr anständiger Mensch. . . .‹ « – »Wie kommt in unsere Familie«, sagt mir Golde, »ein Schneider? In unserer Familie«,sagt sie, »gab es Lehrer, Vorbeter, Schuldiener, Angestellte der Beerdigungsbrüderschaft und sonstige arme Leute, aber, Gott behüte, weder Schneider noch Schuster . . .« – »Unterbreche mich nicht, Golde!« sage ich ihr:

»Deine Großmutter Zeitel wird es wohl besser wissen. . . . Als ich von der Großmutter Zeitel einen solchen Masel-tow hörte, sagte ich ihr: ›Warum sagt Ihr, Großmutter, daß Zeitels Bräutigam Motel heißt und ein Schneider ist? Er heißt doch Lejser-Wolf und ist ein Fleischer!‹ – ›Nein‹ sagte sie, ›nein, Tewje, der Bräutigam deiner Zeitel heißt wirklich Motel und ist ein Schneider, und an seiner Seite wird sie, so Gott will, in Reichtum und in Ehren alt werden.‹ – ›Es ist recht, Großmutter,‹ sage ich ihr wieder, ›was soll ich aber mit Lejser-Wolf machen? Ich habe ihm ja erst gestern das Wort gegeben!‹ – Wie ich dies gesagt habe, sehe ich hin: Großmutter Zeitel ist verschwunden! An ihrer Stelle steht Frume-Ssore Lejser-Wolfs und sagt zu mir: ›Reb Tewje! Ich hielt Euch stets für einen anständigen Menschen, für einen Mann der Thora! Wie könnt Ihr es nun wünschen, daß Eure Tochter mich beerbt, daß sie in meiner Stube sitzt, meine Schlüssel in die Hand nimmt, meinen Mantel, meinen Schmuck und meine Perlen trägt?› – ›Was kann ich dafür?‹ sage ich zu ihr: ›Euer Lejser-Wolf hat es so gewollt . . .‹ – ›Lejser-Wolf?‹ sagt sie zu mir: ›Lejser-Wolf wird ein böses Ende haben, und Eure Zeitel – schade um sie, Reb Tewje! –, Eure Zeitel wird mit ihm nicht mehr als drei Wochen zusammen leben; wenn die drei Wochen ablaufen, werde ich zu ihr in der Nacht kommen und werde sie so bei der Gurgel packen . . .‹ Und mit diesen Worten«, sage ich, »packte mich Frume-Ssore bei der Gurgel und begann mich zu würgen. Und wenn du mich nicht geweckt hättest, so wäre ich jetzt nicht mehr auf dieser Welt!« . . .
Mein Weib spuckte dreimal aus und sagte: »In den Fluß soll es fallen, in die Erde soll es versinken, auf die Dachböden soll es klettern, im Walde soll es ruhen, aber uns und unseren Kindern soll es nicht schaden! Das war ein böser, ein finsterer, ein wüster Traum, er möge dem Fleischer auf den Kopf fallen, auf seine Arme und Beine! Soll er für Motels kleinsten Fingernagel zugrunde gehen, und wenn Motel auch nur ein Schneider ist: wenn er nach meinem Großonkel Mordchaj benannt ist,

so ist er wohl kein geborener Schneider, und wenn Großmutter Zeitel sich selbst aus jener Welt herbemüht, um uns Masel-tow zu sagen, so müssen wir sagen: Es geschehe in einer guten und glücklichen Stunde! Amen, sela!« ...

Kurz und gut, was soll ich Euch lange aufhalten? Ich hielt mich in jener Nacht unter meiner Bettdecke stärker als Eisen, um nicht vor Lachen zu zerspringen.... ›Gelobt sei der Ewige, daß er mich nicht als Weib erschaffen hat.‹ ... Ein Weib bleibt doch immer ein Weib.... Selbstverständlich wurde am nächsten Tage die Verlobung gefeiert und bald darauf auch die Hochzeit, wie es im Talmud heißt: ›Wie der Mann, so auch seine Ware.‹ Und das junge Paar lebt, gottlob, ganz zufrieden: er ist Schneider, geht in Bojberik von einer Sommerwohnung zur anderen und nimmt Bestellungen an; und sie ist Tag und Nacht im Joch: sie kocht und bäckt und wäscht und putzt und schleppt Wasser; und sie haben trotzdem kaum etwas zu essen. Wenn ich ihnen nicht ab und zu ein wenig Milchware oder ein paar Groschen bringen würde, so ginge es ihnen gar nicht gut. Wenn man aber mit ihr darüber spricht, so sagt sie, daß es ihr, unberufen, glänzend geht. Denn sie hat keinen anderen Wunsch, sagt sie, als daß ihr Motel immer gesund bleibt. Nun geh einer her und rede mit den Kindern von heute! Es ist so, wie ich es Euch am Anfang gesagt habe: Kinder habe ich großgezogen und erhöhet – plage dich für deine Kinder ab, renne mit dem Kopf die Wand ein, und sie sind von mir abgefallen. Sie sagen, daß sie es besser verstehen. Nein, Ihr könnt sagen, was ihr wollt, die Kinder von heute sind zu klug! Ich glaube aber, daß ich Euch heute den Kopf noch mehr als sonst vollgeredet habe, nehmt es mir nicht übel! Bleibt gesund und laßt es Euch immer gut gehen!

IV. Hodel

Ihr wundert Euch wohl, Reb Scholem-Alejchem, daß man Tewje letztens so selten sieht? Ihr sagt, daß er sich plötzlich verändert hat und mit einem Mal grau geworden ist? Ach ja! Wenn Ihr nur wüßtet, wieviel Kummer und Plagen Tewje zu tragen hat! Wie heißt es noch in unseren heiligen Büchern: ›Der Mensch kommt von Staub und endet in Staub‹ – das bezieht sich doch nur auf mich! Wo es nur irgendeine Plage oder ein Unglück gibt, muß ich unbedingt dabei sein. Und wißt Ihr, woher das kommt? Vielleicht daher, weil ich von Natur aus so leichtgläubig bin und jedem Menschen blind vertraue. . . . Unsere Weisen haben schon oft davor gewarnt, aber was soll ich machen, wenn meine Natur einmal so ist? Ihr wißt ja, mein Gottvertrauen ist stark, und ich erhebe niemals Klage gegen den, der ewig lebt. Was Er tut, ist gut. Und wenn Ihr sogar einmal versucht zu klagen, so wird es Euch auch nichts helfen. In den Sliches heißt es ja: ›Die Seele gehört dem Herrn, und auch der Leib gehört dem Herrn‹; wie kann dann der Mensch überhaupt wissen, was der Schöpfer mit ihm tun will? Ich muß darüber immer mit meiner Alten streiten: »Golde,« sage ich, »du sündigst mit den Lippen; denn in einem Midrasch steht . . .« – »Was geht mich der Midrasch an?« sagt sie. »Wir haben«, sagt sie, »eine Tochter, die man verheiraten muß; und nach dieser Tochter kommen, unberufen, zwei andere Töchter; und nach den zweien kommen noch drei, sie mögen stark und gesund sein!« – »Ach!« sage ich, »das ist wirklich nicht der Rede wert, Golde! Denn unsere Weisen haben auch das vorausgesehen, und in einem anderen Midrasch heißt es . . .« Sie läßt mich aber nicht weiterreden und sagt: »Erwachsene Töchter sind der beste Midrasch . . .« Nun rede einer mit einem Weibsbild!

Daraus könnt Ihr schon ersehen, daß ich von dieser Ware genug auf Lager habe, eine reiche Auswahl. Und es ist wirklich ausgesucht schöne Ware: die eine hübscher als die andere. Es ziemt sich zwar nicht, daß man seine eigenen Kinder lobt, doch alle Leute sagen, daß sie wirklich schöne Mädels sind. Und ganz besonders die zweite Tochter, Hodel, die nach Zeitel kommt, nach der ältesten, die sich, wenn Ihr Euch noch erinnert, in den Schneider verliebt hat; diese Hodel ist schön, wie es im heiligen Buche Esther heißt: ›Eine schöne und feine Dirne!‹ Sie strahlt wie ein Stück Gold. Und zu meinem Unglück hat sie obendrein auch einen scharfen Verstand; sie schreibt und liest jiddisch und russisch und verschlingt Bücher wie Knödel. Werdet Ihr doch fragen: wie kommt Tewjes Tochter zu Büchern, wenn ihr Vater mit Butter und Käse handelt? Nun, diese selbe Frage lege ich ja auch den feinen jungen Leuten vor, die, mit Verlaub zu sagen, keine Hosen haben, aber doch unbedingt studieren wollen. Versucht sie nur zu fragen: »Was studieren? Wozu studieren?« Sollen Ziegenböcke ebensoviel von fremden Gärten wissen, wie die wissen, was darauf zu antworten. Vor allen Dingen läßt man sie doch zum Studium überhaupt nicht zu! . . . Und doch hättet Ihr sehen sollen, mit welchem Fleiß, mit welcher Ausdauer sie lernen! Und wer sind sie? Kinder von Handwerkern, von Schneidern und Schustern, so wahr mir Gott helfe in allem, was ich beginne! Sie gehen nach Jehupez, oder nach Odessa, wohnen auf Dachböden, haben zu Mittag Plagen und Unglück und zum Nachtisch die Kränke. Monatelang bekommen sie kein Stückchen Fleisch zu sehen. Und wenn es ein Fest gibt, so kaufen sich sechs Personen zusammen eine Semmel und einen Hering.

Einer von solchen jungen Leuten tauchte einmal auch in unserem Winkel auf; er stammte aus unserer Gegend, und ich habe sogar einmal seinen Vater gekannt: ein Zigarettenarbeiter ist er gewesen und ein großer Bettler dazu. Nun, daraus mache ich ihm ja keinen Vorwurf: denn wenn es der große Tannaïte Rabbi Jojchenen nicht für unpassend hielt, Stiefel zu flicken, so ist es auch für den jungen Mann keine Schande, einen Zigarettendreher zum Vater zu haben. Aber eines habe ich gegen ihn doch einzuwenden: Warum braucht so ein Bettler zu studieren? Allerdings hat er gute Fähigkeiten. Pertschik heißt der Unglückliche, auf jüdisch ›Pfefferl‹. Er sieht auch wirklich wie ein Pfefferl aus: klein, schwarz und unansehnlich; doch den Mund nimmt er gerne voll, und aus seinem Mund kommt nichts als Pech und Schwefel heraus.

Eines Tages fahre ich heim aus Bojberik, wo ich ein wenig von meinen Waren – Käse, und Butter, und Rahm an die Sommerfrischler verkauft habe; ich sitze in meinem Wägelchen und denke, wie es schon meine Gewohnheit ist, über himmlische Dinge nach, und über die reichen Leute von Jehupez, denen es, unberufen, so gut geht, und über den Pechvogel Tewje, dem es so schlecht geht, und über mein Pferdchen und ähnliche Dinge. Es ist ein heißer Sommertag, die Sonne brennt, die Fliegen stechen, und die Welt um mich herum ist so erquickend groß und offen, daß man Lust bekommt, sich aufzuheben und davonzufliegen, oder sich auszuziehen und davonzuschwimmen!

Da sehe ich, wie ein Bursche zu Fuß durch den Sand marschiert. Er hält sein Päckchen unter dem Arm und schwitzt; scheint todmüde zu sein. »Du,« sage ich zu ihm, »setze dich auf meinen Wagen, ich will dich eine Strecke fahren, denn mein Wägelchen ist leer. Auch steht es in der Schrift: ›Wenn du deines Bruders Ochsen siehest irre gehen, so sollst du dich nicht von ihm entziehen, sondern sollst ihm helfen‹; und um so mehr einem Menschen!« Der Bursche lacht, läßt sich aber nicht lange bitten und klettert in den Wagen. »Woher kommst du, mein Junge?« frage ich ihn unterwegs. »Aus Jehupez«, sagt er mir. »Was hat«, frage ich ihn, »so ein Bursche wie du in Jehupez zu suchen?« – »So ein Bursche wie ich«, sagt er, »macht jetzt seine Prüfungen.« – »Was will«, frage ich, »so ein Bursche wie du werden?« – »So ein Bursche wie ich«, sagt er, »weiß noch selbst nicht, was er werden will.« – »Wenn er es nicht weiß«, sage ich, »warum quält er sich dann mit dem Studieren?« –

»Seid unbesorgt, Reb Tewje,« sagt er, »so ein Bursche wie ich, weiß ganz gut, was er zu tun hat.« – »Wenn du weißt, wer ich bin,« sage ich, »so wirst du mir vielleicht sagen, wer du bist?« – »Wer bin ich?« sagt er: »Ich bin ein Mensch!« – »Ich sehe,« sage ich, »daß du ein Mensch und kein Pferd bist; ich möchte nur wissen, wessen Kind du bist.« – »Wessen Kind soll ich sein?« sagt er, »ich bin Gottes Kind.« – »Ich weiß,« sage ich, »daß du Gottes Geschöpf bist, denn es steht bei uns geschrieben: ›Jedes Tier und jedes Vieh gehört Gott‹; ich frage,« sage ich, »woher du stammst: bist du aus unserer Gegend oder aus Litauen?« – »Was die Abstammung betrifft,« sagt er, »so stamme ich von Adam; ich bin übrigens von hier.« – »Sag mir dann,« sage ich, »wer ist dein Vater?« – »Mein Vater«, sagt er, »hieß Pertschik.« – »Daß dich der Teufel!« sage ich: »Was machst du dann so lange Geschichten? Du bist also des Zigarettendrehers Pertschik Sohn und studierst am Gymnasium?« – »Ja, und ich studiere am Gymnasium.« – »Mir kann es recht sein!« sage ich, »aber sag mir nur das eine: wovon lebst du?« – »Ich lebe«, sagt er, »von dem, was ich esse.« – »Aha!« sage ich, »ich verstehe! Aber was ißt du?« – »Alles,« sagt er, »was man mir gibt.« – »Auch das verstehe ich,« sage ich, »bist wohl nicht wählerisch: wenn man dir etwas gibt, so ißt du, und wenn man dir nichts gibt, so beißt du dich in die Lippe und gehst hungrig zu Bett. Aber es lohnt sich wohl, zu hungern,« sage ich, »wenn man es nur den reichen jungen Leuten aus Jehupez gleichtun und am Gymnasium studieren kann, denn auch in der Schrift heißt es: ›Alle sind auserwählt.‹« . . . So spreche ich zu ihm und führe Texte aus der Schrift und aus dem Midrasch an. Er unterbricht mich aber und sagt: »Sie werden es nicht erleben,« sagt er, »die Reichen von Jehupez, daß ich ihnen gleichtue! – Krepieren«, sagt er, »sollen sie!« – »Du bist mir etwas zu scharf gegen die Reichen!« sage ich: »Ich fürchte, daß du mit ihnen Streitigkeiten hast wegen deines Vaters Erbschaft« – »Was meint Ihr?« sagt er: »Ich kann Euch nur sagen, daß ich, und Ihr und wir alle von ihnen noch man-

chen Rubel zu bekommen haben.« – »Weißt du, was?« sage ich, »laß lieber deine Feinde für dich reden. Ich sehe«, sage ich, »nur das eine: du bist kein verlorener Mensch, und die Zunge braucht man dir nicht zu wetzen. Wenn du Zeit hast,« sage ich, »so kannst du heute abend zu mir hereinschauen. Wir wollen ein wenig reden und bei dieser Gelegenheit kriegst du von mir auch ein Abendessen.«
Es versteht sich, daß der Bursche sich das nicht zweimal sagen ließ: er erschien am gleichen Abend, und zwar im richtigen Augenblick, als die Suppe auf dem Tische stand und die Butterkuchen im Ofen sich bräunten. »Geh,« sage ich, »wasch dir die Hände; und wenn du es nicht tun willst, so kannst du von mir aus auch mit ungewaschenen Händen essen: ich bin ja nicht Gottes Anwalt,« sage ich, »und mich wird man auf jener Welt dafür nicht peitschen.« So sage ich zu ihm und ich fühle, daß mir etwas an diesem Menschen gefällt; was es ist, weiß ich nicht, aber es zieht mich stark zu ihm hin. Ich liebe, versteht Ihr mich, einen Menschen, mit dem man reden kann, über einen Text aus der Schrift, oder aus dem Midrasch, oder mit dem man so allgemeine Betrachtungen über himmlische Dinge anstellen kann. So ist eben Tewje beschaffen! Von jenem Abend an kam nun der Bursche fast jeden Tag zu Besuch: wie er nur mit seinen Stunden fertig war, kam er gleich zu mir, um auszuruhen und sich zu zerstreuen. Ihr müßt wissen, daß das Stundengeben bei uns wirklich kein Vergnügen ist: unsere reichsten Leute zahlen so einem Lehrer nicht mehr als drei Rubel die Woche; und dafür muß er ihnen noch Telegramme aufsetzen, Adressen schreiben und manchmal auch einen Gang besorgen. Warum auch nicht? Wenn du bezahlt wirst, so mußt du auch wissen, wofür! Es war noch sein Glück, daß er bei mir zu essen bekam. Dafür hat er meine Töchter unterrichtet: Auge für Auge! Und so wurde er bei mir mit der Zeit wie ein Sohn des Hauses. Die Töchter traktierten ihn mit Milch, und meine Alte pflegte aufzupassen, daß er ein ganzes Hemd am Leibe und ein Paar ganze Socken an den Füßen hatte. Und wir

nannten ihn von nun an ›Pfefferl‹, das heißt wir übersetzten seinen Namen ›Pertschik‹ ins Jüdische. Und ich muß sagen, daß wir ihn alle gerne mochten, denn er war im Grunde genommen gar kein übler Mensch, ein einfacher, ehrlicher Bursche. . . .

Aber eines wollte mir an ihm nicht gefallen: er hatte die Gewohnheit, manchmal ganz zu verschwinden. Oft stand er auf, ging weg, und man sah ihn tagelang nicht: ›Der Knabe ist nicht da‹, wie Ruben zu seinen Brüdern sagte – Pfefferl ist verschwunden. Und wenn er wieder erscheint, und ich ihn frage: »Wo bist du gewesen, mein Schatz?« schweigt er wie ein Fisch. . . . Ich weiß nicht, ob Ihr das mögt, aber ich kann es nicht leiden, wenn ein Mensch Geheimnisse hat. Ich verlange von einem Menschen, daß er offen ist und alles sagt, was er auf dem Herzen hat. Er war also sehr verschlossen und doch, wenn er einmal ins Reden kam, war er gleich Feuer und Flamme. Aber ein Mundwerk hatte er – nicht gedacht soll seiner werden! Er räsonierte über Gott, und seinen Gesalbten, und über Gottes Lehre, – über die letztere – am allermeisten! Und seine Gedanken waren immer so wild, krumm und verworren! So suchte er mir, zum Beispiel, zu beweisen, daß der reiche Mann nichts taugt, und der Bettler ein gar wichtiger Mensch ist; und was den Arbeiter betrifft, so hielt er ihn für die vornehmste Person, die es gibt; denn das Wichtigste ist, sagte er, daß der Mensch von seiner Hände Arbeit lebt. »Ganz recht,« pflegte ich ihm darauf zu antworten, »aber bares Geld ist doch besser?« Wird er wütend und will mir beweisen, daß das Geld das größte Unglück für die Welt ist: »Vom Gelde«, sagt er, »kommt eben alle Lüge und jede Ungerechtigkeit, die es nur in der Welt gibt; denn alles, was auf der Welt geschieht, ist ungerecht.« Und er beweist es mir mit allerlei Beispielen und Gründen, die weder Sinn noch Zusammenhang haben . . . »Aus deiner verrückten Lehre folgt also,« sage ich ihm, »daß es auch ungerecht ist, wenn ich meine Kühe melke und mit meinem Pferde fahre?« Und ich gebe ihm noch ähnliche schwere Fragen auf und unterbreche ihn bei jedem Wort; wie es Tewje eben kann! Aber auch mein Pfefferl versteht sich aufs Disputieren! Er kann das sogar viel zu gut, und es wäre für ihn besser, wenn er es nicht so gut könnte! Und er nimmt sich auch kein Blatt vor den Mund.

Wie wir eines Abends auf den Stufen vor dem Hause sitzen und über solcherlei Fragen philosophieren, sagt er plötzlich, der Pfefferl, zu mir: »Wißt Ihr was, Reb Tewje? Ihr habt doch sehr geratene Töchter!« – »Wirklich?« sage ich, »ich danke für die Neuigkeit. Es kann auch nicht anders sein,« sage ich, »wenn sie mir nachgeraten sind.« – »Und Eure älteste Tochter«, sagt er zu mir weiter, »die ist besonders klug, ein wirklich wertvoller Mensch!« – »Das weiß ich auch selbst,« sage ich, »denn der Apfel fällt nicht weit vom Baum.« So sage ich zu ihm und freue mich dabei: denn welcher Vater hört es nicht gerne, daß man seine Kinder lobt? Wer konnte es damals ahnen, daß aus diesem Lobe eine gar schreckliche Liebesgeschichte wurde?

Kurz und gut, ich fahre einmal wieder gegen Abend mit meinem Wägelchen durch Bojberik von einer Sommerwohnung zur anderen und verkaufe meine Milchwaren, als mich plötzlich jemand ruft. Ich sehe mich um: es ist Efroïm, der Schadchen. Wie er mich in Bojberik sieht, hält er mich an und sagt: »Entschuldigt,« sagt er, »Reb Tewje, ich muß mit Euch etwas besprechen.« – »Ich habe nichts dagegen,« sage ich, »wenn es nur etwas Gutes ist.« Und ich laß mein Pferd halten. »Ihr habt,« sagt er, »Reb Tewje, eine Tochter.« – »Ich habe«, sage ich, »sieben Töchter, sie mögen alle stark und gesund sein.« – »Ich weiß,« sagte er, »daß Ihr sieben Töchter habt; auch ich habe sieben Töchter.« – »Also haben wir zusammen vierzehn«, sage ich. – »Scherz beiseite,« sagte er, »die Sache ist nämlich die: ich bin ja, wie Ihr wißt, ein Schadchen, also habe ich eine Partie für Eure Tochter. Es ist aber eine ganz außergewöhnliche Partie, wirklich prima!« – »Laßt mich hören,« sage ich, »was Ihr eine prima Partie nennt! Wenn es ein Schneider ist, oder ein Schuster, oder ein Melamed, so soll er nur dort bleiben, wo er ist. Denn meinesgleichen werde ich auch anderswo finden können. Wie es auch im Midrasch ganz richtig heißt . . .« – »Ach,« sagt er, »Reb Tewje, Ihr fangt schon wieder mit Eurem Midrasch an! Bevor man mit Euch redet,« sagt er, »muß man seinen Gürtel enger schnallen! Ihr überschüttet die ganze Welt mit Euren Texten. Hört doch besser, was für eine Partie Euch Efroïm, der Schadchen, vorzulegen imstande ist. Jetzt sollt Ihr«, sagt er, »hören und schweigen.« So sagt zu mir Efroïm, der Schadchen, und liest mir einen Zettel vor; was soll ich Euch sagen – die Sache klingt wirklich sonderbar. Erstens ist die Stadt, wo der junge Mann wohnt, eine sehr schöne Stadt. Und zweitens ist er auch von guter Familie, und darauf lege ich gerade großen Wert. Denn auch ich bin nicht der erste beste. In meiner Familie gibt es, wie unter den Schafen Labans allerlei: bunte, gefleckte und gesprenkelte; es gibt ganz einfache Menschen, und es gibt Handwerker, und es gibt Hausbesitzer. Außerdem ist der junge Mann gebildet, kennt sich in den kleinen Buchstaben aus. Und das halte ich nicht für gering: denn einen ungebildeten Juden hasse ich wie Schweinefleisch! Ein Ungebildeter ist für mich viel ärger als ein Trunkenbold. Ihr könnt von mir aus ohne Hut herumlaufen oder gar auf dem Kopfe stehen; wenn Ihr Euch nur im Raschi-Kommentar auskennt, gehört Ihr schon zu meinen Leuten. So ein Mensch ist eben Tewje! Und dann ist der junge Mann, sagt Efroïm, sehr reich, fährt in eigener Equipage mit feurigen Rossen. . . . Mir kann es recht sein, denke ich, denn Reichtum gehört nicht zu den größten Fehlern, die ein Mensch haben kann. Wenn ich schon wählen soll, so ziehe ich immerhin einen Reichen einem Bettler vor. Es heißt zwar: ›Armut steht dem Volke Israel wohl an‹, doch Gott selbst mag keinen Bettler leiden: denn hätte Gott den Bettler lieb, so wäre der Bettler eben kein Bettler. – »Und was könnt Ihr mir noch sagen?« frage ich ihn. »Ich kann Euch noch sagen,« sagt er, »daß der junge Mann diese Partie unbedingt machen will, daß er nach Eurer Tochter verschmachtet, denn

er will nur eine Schöne.« – »So!« sage ich, »von mir aus. Aber wer ist er? Ein Witwer? Ein Geschiedener? Oder was?« – »Er ist«, sagt er, »Junggeselle, wenn auch schon etwas in den Jahren, aber doch Junggeselle.« – »Und wie ist«, frage ich, »sein heiliger Name?« Den Namen will er mir nicht sagen, ich könnte ihn in Stücke schneiden. »Bringt Eure Tochter einmal mit nach Bojberik,« sagt er, »so werde ich Euch seinen Namen sagen.« – »Was heißt,« sage ich, »daß ich sie bringen soll? Man bringt doch nur ein Pferd zum Jahrmarkt oder eine Kuh zum Verkauf.« . . .
Aber Ihr wißt wohl selbst, daß ein Schadchen auch eine Wand überreden kann. Und so wurde beschlossen, daß ich sie, so Gott will, in der nächsten Woche nach Bojberik mitbringe. Und es kommen mir schon allerlei süße Gedanken in den Sinn. Ich stelle mir vor, wie meine Hodel in einer Equipage mit feurigen Rossen spazieren fährt, und wie die ganze Welt mich beneidet; weniger wegen der Equipage und der Rosse, als wegen der Wohltaten, die ich durch meine reiche Tochter der Welt erweise: Wie ich Armen mit Darlehen aushelfe, dem einen zwanzig, dem anderen fünfzig und dem dritten gar hundert Rubel gebe: denn der Arme ist ja auch ein Mensch. So denke ich mir, wie ich in der Dämmerung nach Hause fahre, und ich schlage mein Pferdchen und spreche mit ihm in der Pferdesprache: »Pferdchen,« sage ich zu ihm, »hui! Bewege doch etwas schneller deine Beine. Wenn du etwas schneller läufst,« sage ich, »so bekommst du deine Portion Hafer, denn es steht bei uns geschrieben: ›Wer nicht arbeitet, soll auch nicht essen‹, und wenn man nicht schmiert, so kann man nicht fahren.«
Und wie ich so mit meinem Pferdchen spreche, sehe ich, daß aus dem Walde zwei Menschen herauskommen, ein Männlein und ein Weiblein. Sie gehen hart nebeneinander her und sind in ein Gespräch vertieft. Wer kann das sein? frage ich mich und schaue durch die flammenden Sonnenstrahlen hin. Ich könnte schwören, daß der eine von den beiden Pfefferl ist! . . . Doch mit wem geht der Bursche so spät? Ich halte mir die

Hand vor die Augen, gegen die Sonnenstrahlen, und schaue ganz scharf hin. Wer ist das Weiblein, mit dem er geht? Herr Gott! Ist das nicht Hodel? Gewiß ist es Hodel! ... So! Darum haben sie mit solchem Eifer Grammatik gelernt und Bücher gelesen! Ach, Tewje, was für ein Narr du bist! So denke ich mir und lasse den Gaul halten und rufe die beiden zu mir heran: »Guten Abend!« sage ich. »Was hört man neues vom japanischen Krieg? Wie kommt ihr«, sage ich, »plötzlich her? Was sucht ihr hier? Den gestrigen Tag?« Wie die Leutchen diesen Willkommengruß hören, bleiben sie stehen, wie man sagt, ›zwischen Himmel und Erde‹, etwas verlegen und mit roten Gesichtern. . . . Sie stehen eine Minute schweigend da und blicken zu Boden, dann heben sie die Augen wieder auf und schauen mich an; ich schaue sie an, und dann schauen sie einander an.

»Nun?« sage ich. »Ihr seht mich so an, als ob ihr mich schon lange nicht gesehen hättet. Ich bin, glaube ich, noch immer der alte Tewje,« sage ich, »der ich immer war, und habe mich gar nicht verändert.« So sage ich zu ihnen halb im Scherz und halb ärgerlich. Nun wendet sich zu mir meine Tochter, das heißt Hodel, und errötet noch mehr. »Vater,« sagt sie, »du kannst uns gratulieren!« – »Ich gratuliere,« sage ich, »und wünsche viel Glück! Aber was ist eigentlich los? Habt ihr«, frage ich, »einen Schatz im Walde gefunden? Oder seid ihr soeben einer großen Gefahr entronnen?«

»Nein,« sagt Pfefferl, »aber wir sind Bräutigam und Braut.« – »Was heißt«, sage ich, »ihr seid Bräutigam und Braut?« – »Ihr wißt nicht,« sagt er, »was Bräutigam und Braut heißt? Es heißt, daß ich ihr Bräutigam bin und sie meine Braut ist.« So sagt Pfefferl zu mir und blickt mir gerade in die Augen. Aber auch ich blicke ihm gerade in die Augen und sage: »Wann war bei euch die Verlobungsfeier? Und warum habt ihr mich nicht zu der Feier geladen? Ich bin doch, glaube ich, ein Verwandter ...« So scherze ich, doch es ist mir dabei gar nicht so lustig zumute. Aber Tewje ist kein Frauenzimmer, Tewje will eine Sache bis zum Ende hören. . . . Und ich sage ihnen: »Ich verstehe nicht: eine Verlobung ohne einen Schadchen und ohne ein Verlobungsmahl?« – »Was brauchen wir«, sagt Pfefferl, »einen Schadchen? Wir sind ja schon längst Bräutigam und Braut.« – »So!« sage ich. »Das sind Gottes Wunder! Warum habt ihr bisher davon geschwiegen?« – »Warum sollten wir davon sprechen? Wir hätten es Euch auch jetzt nicht erzählt; da wir uns aber bald voneinander trennen, haben wir beschlossen, zuvor die Chuppe zu stellen.« . . .

Das war mir schon zuviel. Daß sie sich verlobt hatten, das konnte ich schließlich noch ertragen: er liebt sie, sie liebt ihn, – warum denn nicht. Aber gleich die Chuppe stellen – was hat das für einen Sinn? Der Bräutigam merkt wohl, daß ich etwas überrascht bin und sagt: »Versteht Ihr, Reb Tewje, die Sache ist nämlich die, daß ich bald von hier fortreise.« – »Wann gehst du fort?« – »Sehr bald.« – »Und wo willst du hin?« – »Das kann ich Euch«, sagt er, »nicht sagen, denn es ist«, sagt er, »ein Geheimnis.« Ihr hört? Es ist ein Geheimnis! Wie gefällt Euch das? Da kommt so ein kleines schwarzes Pfefferl daher, stellt sich als Bräutigam vor, will eine Chuppe stellen, ist im Begriff fortzureisen und sagt nicht, wohin! Soll da einem die Galle nicht heraus? »Gut,« sage ich zu ihm, »ein Geheimnis ist eben ein Geheimnis; bei dir ist alles Geheimnis. . . . Erkläre mir aber, mein Lieber, folgendes: Du bist doch ein Mensch, der viel von Gerechtigkeit hält und vom Kopf bis zu den Füßen mit Menschlichkeit gesalbt ist. Wie reimt sich damit zusammen,« sage ich, »daß du dem alten Tewje eine Tochter wegnimmst, um sie gleich darauf als verlassene Frau sitzen zu lassen? Das heißt bei dir Gerechtigkeit? Menschlichkeit? Es ist noch ein Glück,« sage ich, »daß du mich nicht bestohlen und mein Haus nicht angezündet hast!«

»Vater!« sagt zu mir Hodel, »du weißt gar nicht, wie glücklich wir sind und wie wir uns beide freuen, daß wir dir unser Geheimnis erzählt haben. Es ist uns beiden«, sagt sie, »ein Stein vom Herzen gefallen. Komm her, laß dich umarmen!«

Und ohne viel zu reden, fallen sie über mich her, er von der einen Seite, sie von der andern, und nun geht die Küsserei los: sie küssen mich und ich sie. Und sie machen das so stürmisch, daß sie, wohl aus Versehen, auch einander küssen! Es ist nicht zu beschreiben, das reinste Theater! »Ist es vielleicht schon genug?« sage ich. »Ich glaube, es ist Zeit, von ernsteren Dingen zu sprechen!« – »Von was für Dingen?« fragen sie mich. – »Nun,« sage ich, »von Mitgift, Aussteuer, Hochzeit . . .« – »Wir brauchen«, sagen sie, »gar nichts, und wir wollen weder Mitgift noch Aussteuer.« – »Was denn«, sage ich, »wollt ihr?« – »Wir wollen«, sagen sie, »nur die Chuppe und sonst nichts.« . . . Wie gefällt Euch das?!

Kurz und gut, ich will Euch nicht lange aufhalten, es half mir nichts. Ich mußte ihnen die Chuppe stellen. Es war eine schöne Chuppe! Gar nicht nach Tewjes Geschmack. . . . Eine stille Trauung. . . . Und obendrein habe ich ja auch meine Alte, und die ist, wie man sagt, wie ein Geschwür auf meinen Wunden. Nun quält sie mich, daß ich ihr sage, warum die Sache so plötzlich und so eilig ist. Wie kann man so etwas einem Frauenzimmer erklären? Ich muß, um des lieben Friedens willen, eine gewaltige Lüge erfinden. Erzähle ihr eine Geschichte von einer Erbschaft und von einer reichen Tante in Jehupez, damit sie mich in Ruhe läßt. Und noch am gleichen Tag, das heißt einige Stunden nach der schönen Hochzeit, spanne ich mein Wägelchen ein, und wir fahren zu dritt, das heißt ich und er und sie nach Bojberik zum Bahnhof. Und wie ich mit ihnen fahre, schaue ich sie von der Seite an und denke mir: ›Was haben wir doch für einen großen Gott, und wie wunderlich ist seine Welt! Und was für merkwürdige Geschöpfe hat er erschaffen! Da sitzt ein junges Paar, frisch aus dem Backofen, und er fährt weg, Gott weiß wohin, und sie bleibt da, und keiner von den beiden läßt auch nur des Anstandes wegen eine Träne fallen! Aber Tewje ist kein Frauenzimmer, Tewje hat Zeit, er sieht zu und schweigt und wartet, was daraus werden soll.‹ . . .

Auf dem Bahnhofe sehe ich einige junge Burschen in ausgetretenen Stiefeln: sie sind gekommen, um meinem Schwiegersohn das Geleit zu geben. Einer von ihnen sieht ganz wie ein Bauernbursche aus: das Hemd hängt ihm, mit Verlaub zu sagen, über den Hosen heraus. Er flüstert die ganze Zeit mit den Meinigen. ›Paß auf, Tewje,‹ denke ich mir, ›ob du nicht in eine Gesellschaft von Pferdedieben oder Einbrechern oder Falschmünzern hineingeraten bist.‹ ...
Wie ich mit meiner Hodel aus Bojberik nach Hause fahre, muß ich diese Befürchtung ganz offen aussprechen. Fängt sie zu lachen an und will mir einreden, daß es lauter feine Menschen sind, ehrliche, durchaus ehrliche junge Leute, die nur für ihre Mitmenschen leben und an ihr eigen Wohl überhaupt nicht denken. ... »Und der Bursche mit dem Hemd,« sagt sie, »der ist gar ein Sohn reicher Eltern. Er hat«, erzählt sie mir, »seine Eltern in Jehupez verlassen und will von ihnen keinen Pfennig nehmen.« – »So?« sage ich, »Gottes Wunder! Er scheint wirklich ein ganz feiner Bursche zu sein: zu seinen langen Haaren und zu dem Hemd, das über den Hosen hinaushängt, fehlt ihm nur noch eine Ziehharmonika in der Hand, und daß ihm ein Hund nachläuft: dann würde er ganz herrlich aussehen!«
So rechne ich mit ihr ab, eigentlich auch für ihn, und lasse meine ganze Erbitterung an ihr aus. Und sie? Es rührt sie nicht. ›Und Esther sagte nichts.‹ Sie stellt sich einfältig. Ich sage ihr: »Dein Pfefferl!« Und sie spricht vom allgemeinen Wohl, Arbeitern und ähnlichem Unsinn. ... »Was taugt mir«, sage ich, »euer allgemeines Wohl und eure ganze Arbeit, wenn alles so geheim zugeht? Es gibt«, sage ich, »ein Sprichwort: Wo ein Geheimnis ist, dort ist Diebstahl. ... Sag mir lieber gleich, wohin dein Pfefferl weggefahren ist und wozu? ...« – »Kannst mich um alles andere bitten,« sagt sie, »aber das kann ich dir nicht sagen, nur das nicht! Frage lieber nicht danach! Glaube mir,« sagt sie, »du wirst mit der Zeit selbst alles erfahren, wirst, so Gott will, recht bald viel Neues und Gutes hören!« –

»Amen!« sage ich. »Deine Worte mögen gleich in Gottes Ohr kommen. Aber unsere Feinde«, sage ich, »sollen so wissen, was Gesundheit ist, wie ich weiß, was bei euch da vorgeht, und wie ich verstehe, was das ganze Spiel bedeutet.« – »Das ist eben das Unglück,« sagt sie, »daß du das gar nicht verstehen kannst.« – »Ist es denn so tief? Ich glaube,« sage ich, »daß ich mit Gottes Hilfe auch schwierigere Sachen verstehe!« – »So etwas«, sagt sie, »kann man mit der Vernunft allein nicht erfassen, das kann man nur mit dem Herzen fühlen.« . . . So spricht zu mir Hodel, meine Tochter, und wie sie das sagt, ist ihr Gesicht rot wie Feuer und ihre Augen brennen. So sind einmal meine Töchter, nicht gedacht soll ihrer werden! Wenn sie sich an etwas hängen, dann schon mit Herz und Leben, mit Leib und Seele! . . .

Kurz und gut, – es vergeht eine Woche, es vergehen zwei Wochen, drei, vier und fünf und sechs und sieben Wochen – es kommt von ihm weder ein Brief noch sonst eine Nachricht. ›Pfefferl ist verschwunden‹, denke ich mir. Und wie ich meine Hodel anschaue, sehe ich, daß sie keinen Tropfen Blut im Gesicht hat. Sie sucht sich immer die schwerste Arbeit im Hause aus, um ihren Kummer zu vergessen; und sie spricht kein Wort. Als ob es überhaupt kein Pfefferl in der Welt gegeben hätte!

Wie ich aber einmal nach Hause komme, sehe ich, daß Hodel geweint hat: ihre Augen sind rot und angeschwollen. Ich frage nach und höre, daß ein Bursche dagewesen ist mit langem Haar, und daß er mit Hodel lange getuschelt hat. ›Aha!‹ sage ich mir, ›das wird wohl jener Kerl sein, der seine reichen Eltern verlassen hat und das Hemd über den Hosen trägt!‹ . . . Und ohne es mir lange zu überlegen, rufe ich Hodel aus der Stube in den Hof heraus und nehme sie ins Gebet: »Sag mir, meine Tochter, hast du schon von ihm einen Gruß?« – »Ja.« – »Wo befindet sich jetzt dein Gemahl?« – »Sehr weit von hier«, sagt sie. – »Was tut er dort?« – »Er sitzt.« – »Er sitzt?« – »Ja, er sitzt . . .« – »Wo sitzt er? Wofür sitzt er?«

Sie gibt keine Antwort. Sie sieht mir in die Augen und schweigt. »Sage mir nur das eine«, sage ich: »Soviel ich verstehe, hat er keinen Diebstahl begangen; und sobald er kein Dieb und kein Schwindler ist, wofür sitzt er dann, für was für gute Werke?« Sie schweigt: und Esther sagt nichts. . . . Denke ich mir: Du willst nichts sagen, gut; ich bestehe nicht darauf: er ist doch dein Mann und nicht mein Mann! . . . Doch tief im Herzen spüre ich einen Schmerz: ich bin ja immerhin der Vater, und wir sagen auch im Morgengebet: ›Der Vater erbarmt sich seiner Kinder.‹ . . . Ein Vater ist eben ein Vater.

Das war in der Zeit um Hojschano-Rabo. In den Feiertagen pflege ich mich auszuruhen, und auch mein Pferdchen ruht sich aus, wie es in der Schrift heißt: ›Da sollst du kein Werk tun, noch dein Knecht, noch dein Vieh.‹ . . . Außerdem gibt es in Bojberik um diese Jahreszeit nichts mehr zu tun: sobald der erste Posaunenstoß des Monats Elul erschallt, laufen alle Sommerfrischler davon, wie die Mäuse zur Hungerszeit, und Bojberik wird eine Wüste. In solchen Tagen liebe ich es, auf den Stufen vor meinem Häuschen zu sitzen. Es ist meine liebste Jahreszeit. Es sind gesegnete Tage: die Sonne brennt nicht mehr wie ein Kalkofen, sondern streichelt weich und mild die Seele. Der Wald ist noch immer grün, die Tannen duften noch immer nach Harz, und es scheint mir, daß der Wald Gottes Laubhütte ist. Hier im Walde, denke ich mir, feiert Gott Ssukkos; hier und nicht in der Stadt, wo solcher Lärm ist, und die Menschen herumrennen, um ein Stückchen Brot zu erhaschen, und von nichts anderem als von Geld sprechen! . . . Und die Abende, wie zum Beispiel der Vorabend von Hojschano-Rabo, – sind wirklich wie im Paradiese: der Himmel ist blau, und die Sterne funkeln, strahlen, wechseln die Farben und zwinkern einem zu – es sei zwischen Himmlischem und Irdischem wohl unterschieden! – wie die Augen des Menschen. Und manchmal fliegt ein Sternchen wie ein Pfeil aus dem Bogen und läßt für einen kurzen Augenblick eine grünleuchtende Spur zurück – das ist eine Sternschnuppe, da ist jemands Schicksalsstern herabgefallen! Denn so viel Sterne, so viel Schicksale gibt es, jüdische Schicksale.... »Daß es nur nicht mein Stern ist!« sage ich mir. Und ich muß plötzlich an Hodel denken. Seit einigen Tagen ist sie ganz verändert: ist lebhafter geworden und sieht viel besser aus; jemand hat ihr einen Brief gebracht, wohl eine Nachricht von ihm. Ich möchte gar zu gerne wissen, was er ihr schreibt, doch ich will sie nicht fragen. Sie schweigt, also schweige ich auch: Tewje ist kein Frauenzimmer, Tewje kann warten....

Und wie ich so an sie denke, kommt sie plötzlich selbst heraus, setzt sich zu mir auf die Stufen, sieht sich um, ob niemand zuhört, und sagt ganz leise: »Weißt du was, Vater? Ich muß dir etwas sagen.... Heute nehme ich Abschied von dir ... für immer.«

Sie sagt das so leise, daß ich es kaum hören kann, und sieht mich dabei so sonderbar an.... Niemals werde ich vergessen, wie sie mich ansah! Und es geht mir der Gedanke durch den Kopf: Sie will ins Wasser! Warum fällt mir gerade das ein? Nun, weil sich bei uns vor kurzem eine Geschichte zugetragen hat: ein Mädel verliebte sich in einen Burschen aus dem Dorfe und hat mit diesem Burschen ... Ihr könnt Euch selbst denken, was sie getan hat ... Ihre Mutter wurde vor Kummer krank und starb, der Vater kam ganz herunter und wurde ein Bettler, und der Bursche überlegte sich die Sache und nahm eine andere. ... Da ging das Mädel zum Fluß und sprang hinein, und ertrank.

»Du nimmst von mir für immer Abschied? Was heißt das?« so frage ich sie und schaue zu Boden, damit sie nicht sieht, wie blaß ich geworden bin. »Das heißt,« sagt sie, »daß ich fortgehe.... Schon morgen«, sagt sie, »in aller Frühe.... Wir werden uns niemals wiedersehen ... niemals!« ...

Wie ich diese Worte höre, spüre ich schon eine Erleichterung. Gelobt sei Gott, daß sie nichts anderes vorhat! Es hätte ja schlimmer sein können; und für ›besser‹ – gibt es ja überhaupt keine Grenzen! »Darf ich wissen,« frage ich, »wohin du gehst?« – »Ich fahre«, sagt sie, »zu ihm.« – »Zu ihm?« sage ich. »Und wo ist er jetzt?« – »Vorläufig«, sagt sie, »sitzt er noch; doch bald schickt man ihn fort.« – Ich stelle mich einfältig und frage: »Du fährst also, um dich von ihm zu verabschieden? « – »Nein,« sagt sie, »ich will ihm dorthin folgen.« – »Dorthin?« frage ich. »Was bedeutet dorthin? Wie heißt der Ort?« – »Man weiß noch nicht genau, wohin er kommt,« sagt sie, »doch es ist sehr weit von hier, und es ist eine lange und gefahrvolle Reise.« . . .

So sagt zu mir meine Tochter Hodel, und es kommt mir vor, daß sie das mit solchem Stolz sagt, als ob er etwas so Großes angestellt hätte, daß man ihn dafür mit einer zentnerschweren Medaille aus Eisen belohnen sollte! . . . Was sollte ich ihr darauf sagen? Ein Vater schimpft in einem solchen Falle sein Kind ordentlich aus, oder gibt ihm ein paar Ohrfeigen, oder beutelt es so durch, daß ihm alle solche Einfälle aus dem Kopfe herausfliegen. Aber Tewje ist kein Frauenzimmer. Ich halte Zorn für Sünde. Und ich führe ihr, wie es meine Gewohnheit ist, einen passenden Text an. »Ich sehe,« sage ich, »meine Tochter, daß du nach den Worten der Schrift handelst: ›Wie der Mann Vater und Mutter verläßt und sich an sein Weib hängt‹,« sage ich, »so verläßt auch du Vater und Mutter und hängst dich an dein Pfefferl und fährst mit ihm an einen Ort, den niemand kennt, der irgendwo in weiten Wüsten liegt, oder auf einem Eismeer, wohl in jenem Land,« sage ich, »wo sich Alexander von Mazedonien zwischen wilden Menschen verirrt hat, wie ich es neulich in einem Büchlein gelesen habe.« . . .

So spreche ich zu ihr, halb im Scherz und halb im Zorn, doch mein Herz weint. Aber Tewje ist kein Frauenzimmer, Tewje kann sich beherrschen. Und auch Hodel kommt nicht aus der Fassung, gibt mir auf jede Frage Antwort, ruhig, vernünftig, ohne Übereilung; Tewjes Töchter verstehen eben zu reden!

Und obwohl ich den Kopf gesenkt und die Augen geschlossen halte, ist es mir, als ob ich sie sähe, als ob ich ihr Gesicht sähe, und es ist blaß und matt wie der Mond, und ihre Stimme klingt so merkwürdig dumpf und zitternd.... Soll ich ihr um den Hals fallen, soll ich sie bitten, sie anflehen, daß sie nicht fahre? Ich weiß aber, daß es ganz umsonst wäre: meine Töchter, nicht gedacht soll ihrer werden, sind einmal so: wenn sie sich an etwas hängen, dann immer mit Leib und Seele, Herz und Leben....

Kurz und gut, so saßen wir beide auf den Stufen eine recht lange Zeit, wollen wir sagen – die ganze Nacht. Wir schwiegen mehr als wir redeten, und was wir redeten, war auch wie nicht geredet.... Es waren halbe Worte.... Ich wollte von ihr nur das eine wissen: wo hat man das gehört und gesehen, daß ein Mädel einen Burschen heiratet, nur um mit ihm irgendwohin ans Ende der Welt zu allen Teufeln gehen zu können? Und sie antwortet darauf, daß sie gerne auch ans Ende der Welt und zu allen Teufeln gehen will, wenn er mitgeht.... Ich versuche ihr mit Gründen der Vernunft zu beweisen, wie dumm das ist. Und sie erklärt mir mit ihren Gründen, daß ich das gar nicht verstehen kann. Nun erzähle ich ihr die Parabel von der Glucke, die Enteneier ausgebrütet hat: die Entchen gingen zum Wasser und schwammen davon, und die Glucke stand dabei und gluckte. »Was wirst du dazu sagen, Töchterchen?« – »Was kann ich«, sagt sie, »dazu sagen? Es ist natürlich ein großer Jammer mit der Glucke; aber deswegen, daß die Glucke gluckt, sollen die Entchen vielleicht nicht schwimmen?« Versteht Ihr das? Tewjes Töchter reden eben immer etwas sonderbar.

Doch die Zeit steht nicht, und der Tag beginnt schon zu dämmern. Meine Alte im Hause brummt: sie hat mir einigemal durch die Kinder sagen lassen, daß es Zeit sei, zu Bett zu gehen. Doch wie sie sieht, daß das nichts nützt, steckt sie selbst den Kopf zum Fenster hinaus und sagt: »Tewje! Was denkst du dir eigentlich?» – »Sei still, Golde!« sage ich ihr. »Du hast wohl vergessen, daß heute die Nacht auf Hojschano-Rabo ist? In dieser Nacht«, sage ich, »werden im Himmel unsere

Schicksale für das kommende Jahr beschlossen. In dieser Nacht muß man aufbleiben. Folge mir, Golde,« sage ich, »und sei so gut, bereite den Samowar, damit wir Tee trinken können. Ich werde inzwischen den Wagen anspannen, denn ich muß mit Hodel zur Bahn fahren.« Und ich erzähle ihr eine nagelneue Lüge, daß Hodel nach Jehupez muß, und von dort noch weiter, immer in derselben Erbschaftssache, und daß es sogar möglich ist, daß sie den ganzen Winter wegbleibt. »Darum«, sage ich, »solltest du ihr etwas Wegzehrung mitgeben; auch ein wenig Wäsche zusammenpacken, und ein Kleid, ein paar Kissen und Kissenüberzüge und ähnliche Kleinigkeiten.«

So kommandiere ich und sage an, daß niemand weinen soll: Es ist ja Hojschano-Rabo, und an diesem Tage, sage ich, darf man nicht weinen! Das ist im Gesetz ausdrücklich verboten! Aber man hört mich wie die Katz, und wie es zum Abschied kommt, fangen alle zu weinen an: die Mutter, die Kinder, und auch sie selbst, Hodel. . . . Und wie sie sich von ihrer älteren Schwester, von Zeitel, verabschiedet (Zeitel pflegt nämlich die Feiertage mit ihrem Manne, dem Schneider, bei mir zu verbringen), fallen sich beide Schwestern um den Hals, so daß man sie nur mit Mühe voneinander losreißen kann. . . .

Nur ich allein hielt mich stark wie Stahl und Eisen; das heißt: es sah nur so aus wie Stahl und Eisen; denn in meinem Inneren kochte es wie in einem Samowar. Aber daß ich es den anderen zeige, das gibts bei mir nicht! Tewje ist kein Frauenzimmer.

Den ganzen Weg bis Bojberik schwiegen wir. Und als wir schon nahe am Bahnhofe waren, frage ich sie zum letzten Male: »Was hat dein Pfefferl eigentlich angestellt? . . . Jede Sache«, sage ich, »muß doch einen Grund haben . . .« Gerät sie in Feuer und schwört mir mit allen Schwüren, die es nur in der Welt gibt, daß er unschuldig ist und rein wie Gold. »Er ist ein Mensch,« sagt sie, »der sich um sich selbst gar nicht kümmert. Sein ganzes Tun«, sagt sie, »ist nur auf das Wohl der anderen Menschen und der ganzen Welt gerichtet, und in der Hauptsache auf das Wohl derjenigen, die von ihrer Hände Arbeit leben, das heißt, der Arbeiter.« ... Versteht Ihr vielleicht, was das bedeuten soll? »Er sorgt«, sage ich ihr, »für die Welt? Warum sorgt die Welt nicht für ihn, wenn er schon ein so vortrefflicher Mensch ist? Grüße ihn wenigstens von mir,« sage ich, »deinen Alexander von Mazedonien, und sage ihm,« sage ich, »daß ich mich auf seinen gerechten Sinn verlasse, denn er ist ja ein Mensch, der nur aus Gerechtigkeit besteht. Und ich erwarte von ihm, daß er meine Tochter nicht verführt und sie nicht davon abhält, ihrem alten Vater einmal einen Brief zu schreiben.« ...

Und wie ich ihr das sage, fällt sie mir plötzlich um den Hals, ohne eine einzige Träne in den Augen, und sagt: »Wollen wir nun Abschied nehmen, Vater!« sagt sie. »Bleibe gesund, Gott weiß, wann wir uns wiedersehen!« ... Das war zuviel, ich konnte mich nicht mehr halten. ... Ich mußte, versteht Ihr mich, ich mußte an dieselbe Hodel denken, wie sie noch ein kleines Kind war ... und ich sie auf den Armen herumtrug ... auf meinen Armen. ... Nehmt es mir nicht übel, Herr ... daß ich jetzt ... wie ein Frauenzimmer. ... Wenn Ihr nur wüßtet, was das für eine Hodel ist! ... Ihr hättet nur die Briefe lesen sollen, die sie mir schreibt. ... Sie ist bei mir da drin ... ganz tief, tief .... ich kann es gar nicht aussprechen.

Wißt Ihr was, Reb Scholem-Alejchem? Wollen wir doch besser von etwas Lustigerem reden: was hört man neues vom Japankrieg? ...

V. Chawe

›Danket dem Herrn, denn er ist freundlich‹ – heißt es im Psalm; was Gott tut, ist gut; das heißt, es *muß* gut sein, versucht nur einmal, Eure ganze Weisheit zusammenzunehmen, um es besser zu machen. So habe auch ich einmal den Klugen spielen wollen, hab den Psalmvers hin- und hergedreht; doch als ich sah, daß es nichts hilft, gab ich es auf und sagte mir: Bist ein Narr, Tewje! Kannst den Gang der Welt nicht ändern. Der Herr hat einmal bestimmt, daß wir unsere Kinder großziehen müssen, daß wir von ihnen Sorge und Kummer haben; also müssen wir auch das mit Liebe und Demut tragen. Da hat sich zum Beispiel meine älteste Tochter – Zeitel heißt sie – in Motel Kamisol, den Schneider, verliebt. Hab ich denn etwas gegen ihn? Er ist allerdings ein einfacher und unwissender Bursche, kennt sich kaum in den kleinen Buchstaben aus; aber was soll man tun? Alle können doch nicht gebildet sein! Dafür ist er ein anständiger Kerl und arbeitet im Schweiße seines Angesichts. Meine Tochter hat bereits – unberufen! – die Stube voller Kinder, und sie beide zehren sich auf in Arbeit und Elend. Und wenn Ihr mit ihr sprecht, so sagt sie Euch, daß sie es unberufen sehr gut hat und daß es ihr überhaupt gar nicht besser gehen kann. Es fehlt nur eine Kleinigkeit: nämlich Brot. . . . Das ist Nummer eins. Und von meiner zweiten Tochter, von Hodel, brauche ich Euch nicht zu erzählen; Ihr kennt die Geschichte. Sie habe ich verspielt, auf ewig verloren. Wer weiß, ob meine Augen sie je wiedersehen werden. . . . Höchstens auf der anderen Welt, nach hundertundzwanzig Jahren. . . . Spreche ich von ihr, ich meine von Hodel, so kann ich auch heute noch nicht zur Besinnung kommen. Ihr sagt, ich soll sie vergessen? Wie kann man einen lebendigen Menschen vergessen? Und um so mehr so ein Kind wie Hodel? Ihr hättet nur die Briefe lesen sollen, die sie mir aus Sibirien schreibt: es schmilzt einem dabei wirklich das Herz im Leibe! Es geht ihr dort, schreibt sie, sehr gut. Er sitzt, und sie arbeitet, wäscht Wäsche und liest Bücher, und darf ihn jede Woche einmal im Gefängnis besuchen. Und sie hofft, schreibt sie, daß es hier bei uns so lange kochen wird, bis die Sonne aufgeht und der lichte Tag anbricht; dann wird man ihn und noch viele andere Leute von derselben Art befreien und heimschicken, und dann werden sie erst mit der richtigen Arbeit beginnen und die Welt auf den Kopf stellen. Wie gefällt Euch das? Was? Was tut aber der Herr? Er ist doch, wie Ihr sagt, ein barmherziger und gnädiger Gott. Also sagt er zu mir: »Wart noch ein wenig, Tewje: ich will es so machen, daß du diesen ganzen Kummer vergißt!« ... Und so geschah es auch. Hört nur, was ich Euch erzählen werde. Einem anderen würde ich es gar nicht erzählen, denn der Schmerz ist groß, und die Schande noch größer! Doch wie heißt es in unserer Heiligen Schrift: ›Wie kann ich es vor Abraham verbergen?‹ Hab ich denn vor Euch Geheimnisse? Was ich auf dem Herzen habe, erzähle ich Euch. Also was denn noch? Um eines will ich Euch bitten: es soll unter uns bleiben. Denn ich sage es wieder: Der Schmerz ist groß, doch die Schande, die Schande ist noch größer!

Kurz und gut – wie steht es in den ›Sprüchen der Väter‹: ›Der Herr, gelobt sei sein Name, wollte sein Volk Israel glücklich machen und gab ihm darum Lehren und Gebote!‹ Der Herr wollte Tewje einen Gefallen erweisen und segnete ihn darum mit sieben Kindern weiblichen Geschlechts, das heißt mit sieben Töchtern. Und alle sieben sind geraten, klug und schön, frisch und gesund – ich sage Euch –, wie die sieben Tannen! Ach wären sie doch lieber häßlich und mißgestaltet: das wäre vielleicht für sie besser und für mich gesünder. Denn was taugt ein gutes Pferd, wenn es im Stalle stehen muß? Was hat man von schönen Töchtern, wenn man in einer Einöde wohnt, wo man keinen Menschen zu Gesicht bekommt, außer dem christlichen Dorfschulzen Anton Poperilo, dem Dorfschreiber Chwedjko Galagan, einem großen Kerl mit langen Locken und Schaftstiefeln, und dem Popen, ausgelöscht sei sein

Name und sein Gedächtnis! Seinen Namen will ich nicht mehr hören! Nicht etwa weil ich Jude bin und er ein Pope ist: Wir sind sogar seit vielen Jahren gut miteinander bekannt; das heißt, zu Familienfesten besuchen wir einander nicht und zu den hohen Feiertagen erst recht nicht. Wenn wir uns begegnen, sagt einer dem andern: Guten Tag! Wie gehts? Was hört man auf der Welt? Ich mag mich aber mit ihm nicht in lange Gespräche einlassen, denn gleich kommt er mir mit der alten Geschichte: Euer Gott, unser Gott usw. Ich gehe darauf nicht ein und unterbreche ihn gewöhnlich mit einem Scherzwort und will ihm irgendeinen Vers aus der Schrift anführen; nun unterbricht er mich und sagt, daß er die Schrift ebenso gut kennt wie ich und vielleicht noch besser, und fängt an aus dem Kopfe Bibelverse aufzusagen, doch mit einer Aussprache, wie sie nur ein Goj fertig bringt: »Beresith bara . . .« Jedesmal, wirklich jedesmal dieselbe Geschichte! Nun unterbreche ich ihn und will eine Stelle aus einem Midrasch anführen. Er läßt mich aber nicht zu Worte kommen und sagt, daß der Midrasch schon zum Talmud gehört; den mag er aber nicht, denn der Talmud ist lauter Schwindel. Nun gerate ich in Zorn und sage ihm alles, was mir gerade auf die Zunge kommt. Ihr meint, daß es auf ihn Eindruck macht? Nicht den geringsten! Er schaut mich an und lacht und glättet sich dabei seinen langen Bart. Es gibt nichts Ärgeres auf der Welt, als wenn Ihr einen Menschen beschimpft, und er schweigt! Euch fließt die Galle über, und er lächelt! Damals verstand ich es nicht, aber heute weiß ich, was jenes Lächeln zu bedeuten hatte.

Kurz und gut, wie ich eines Abends heimkomme, sehe ich, wie der Schreiber Chwedjko vor dem Hause mit meiner Chawe steht; mit meiner dritten Tochter, die gleich nach Hodel kommt. Wie der Bursche mich sieht, zieht er vor mir die Mütze, dreht sich um und geht fort. Nun nehme ich Chawe ins Gebet: »Was tut hier Chwedjko?« Sie sagt »Gar nichts.« Frage ich: »Was heißt gar nichts? . . .« Sagt sie: »Wir haben nur etwas geplaudert.« Sage ich: »Was ist Chwedjko für dich für eine Gesellschaft?« Sagt sie: »Wir kennen uns ja schon seit langem.« Sage ich: »Ich gratuliere zu dieser Bekanntschaft! Ein netter Bursche, dieser Chwedjko!« Sagt sie mir: »Kennst du ihn denn überhaupt? Weißt du, was er für ein Mensch ist?« Sage ich: »Was für ein Mensch er ist, weiß ich nicht, denn seinen Adelsbrief habe ich nicht gesehen; aber ich nehme an, daß er von der besten Abstammung ist: sein Vater war wohl entweder Schweinehirt oder Nachtwächter oder sonst irgendein Trunkenbold ...« Nun antwortet sie, Chawe, mir darauf: »Wer sein Vater gewesen ist, weiß ich nicht und will es gar nicht wissen. Für mich sind alle Menschen gleich. Doch, daß er selbst kein gewöhnlicher Mensch ist, das weiß ich ganz sicher.« Ich darauf: »Gut, laß mich hören: Was ist er also für ein Mensch?« Und sie sagt: »Ich würde es dir sagen, aber du wirst es nicht verstehen. Chwedjko«, sagt sie, »ist ein zweiter Gorkij ...« Frage ich sie: »Und wer war der erste Gorkij?« – »Gorkij«, sagt sie mir, »ist heute beinahe der wichtigste Mensch in der Welt.« – »Wo wohnt er,« frag ich, »dieser große Mann, was ist sein Geschäft, und was für Weisheiten hat er verkündet?« – Antwortet sie: »Gorkij ist ein berühmter Schreiber, ein Schriftsteller, ein Mensch, der Bücher macht, ein wertvoller, seltener, ehrlicher Mensch; er stammt aus dem einfachen Stande, hat nirgends studiert, hat alles ganz allein gelernt. Und hier ist sein Bild.« Und sie holt aus der Tasche ein Bild und zeigt es mir. »Das ist also«, sag ich, »dein Zaddik Reb Gorkij. Ich möchte schwören, daß ich ihn schon einmal gesehen hab: entweder bei der Bahn Säcke tragen, oder im Walde – Baumstämme schleppen ...« – »Ist es denn bei dir ein Fehler,« sagt sie, »wenn ein Mensch arbeitet? Arbeitest denn du selbst nicht? Arbeiten wir denn alle nicht?« – »Ja, ja,« sag ich, »du hast recht, und es heißt auch ausdrücklich in der Schrift: ›Von deiner Hände Arbeit sollst du dich ernähren.‹ Doch ich verstehe nicht, was das alles mit dem Chwedjko zu tun hat. Es wäre mir viel lieber, wenn du ihn nur aus der Ferne kennen würdest. Du sollst nicht vergessen, wer du bist, und wer er ist.« Sagt sie: »Gott hat alle Menschen gleich erschaffen.« – »Ja, ja,« sage ich, »Gott hat Adam nach seinem Ebenbilde erschaffen. Man darf aber nicht vergessen, daß jeder Mensch sich nur zu seinesgleichen gesellen muß, wie es auch in Schrift heißt: ›Ein jeder nach seinem Vermögen . . .‹« – »Großartig!« sagt sie drauf: »Für jedes Ding weißt du eine Stelle aus der Schrift! Vielleicht gibt es auch eine Stelle,« sagt sie, »wo es erklärt wird, warum sich die Menschen selbst eingeteilt haben in Juden und Christen, Herren und Knechte, Reiche und Arme? . . . « – »Halt,« sag ich ihr, »halt! Du gehst zu weit!« Und ich versuche ihr zu erklären, daß alles schon seit den sechs Tagen der Schöpfung so eingerichtet ist. Fragt sie mich: »Warum ist es so eingerichtet?« Sage ich ihr: »Weil Gott die Welt einmal so geschaffen hat.« Und sie: »Warum hat Gott die Welt so geschaffen?« Sag ich: »Hör auf! Wenn wir anfangen zu fragen, warum dies und warum das, so nimmt es doch überhaupt kein Ende.« Sagt sie mir: »Dazu gab uns ja Gott die Vernunft, damit wir fragen können . . .« – »Bei uns ist es Sitte,« sag ich, »daß, wenn ein Huhn zu krähen anfängt wie ein Hahn, man es sofort zum Schächter trägt, wie es auch im Morgengebet heißt: ›Der du dem Hahn Verstand gegeben hast.‹ . . .« Da mischt sich mein Weib Golde ins Gespräch ein. »Ist es noch nicht genug geredet?« ruft sie aus dem Fenster: »Die Suppe steht schon seit einer Stunde auf dem Tisch, und er predigt noch immer!« – »Jetzt kommt die auch noch!« sag ich. »Nicht umsonst sagen unsere Weisen, daß eine Frau neun Maß Beredsamkeit in sich hat. Wir sprechen hier von den höchsten Dingen, und sie kommt mit ihrer Suppe!« Antwortet mir Golde: »Die Suppe ist vielleicht ebenso wichtig, wie alle deine höchsten Dinge . . .« – »Gott sei Dank!« sag ich: »Da haben wir einen neuen Philosophen! Es genügt wohl nicht, daß Tewjes Töchter aufgeklärte Köpfe sind, nun will auch sein Weib durch den Schornstein in den Himmel fliegen!« – »Da du schon gerade vom Himmel sprichst,« sagt sie, »so kannst du von mir aus in der Erde liegen!« Wie gefällt Euch so ein Willkommensgruß, wenn man mit hungrigem Magen nach Hause kommt? ...

Wollen wir jetzt aber, wie es in den Märchen heißt, den König lassen und zur Königstochter zurückkehren; ich meine zum Popen – ausgelöscht sei sein Name und Gedächtnis! Wie ich einmal gegen Abend mit den leeren Milchkannen nach Hause fahre und gerade ins Dorf einbiege, kommt er mir auf seinem eisenbeschlagenen Wägelchen entgegen; er treibt in eigener Person die Pferde an, und sein langer Bart flattert im Winde. ›Der fehlt mir noch gerade!‹ denke ich mir: ›Eine schöne Bescherung!‹ – »Guten Abend!« sagt er mir: »Erkennst du mich denn nicht?« sagt er, »oder was?« – »Es heißt ja,« antworte ich, »daß, wenn man einen nicht erkennt, er sehr bald reich werden wird!« Ich ziehe den Hut und will weiterfahren. – »Wart eine Weile, Tewje,« sagt er mir, »hast du denn keine Zeit? Ich habe dir etwas zu sagen!« – »Wenn es etwas Gutes ist,« sag ich, »so hab ich nichts dagegen; wenn es aber nichts Gutes ist, so wollen wir es doch lieber auf ein anderes Mal verschieben.« – »Was heißt bei dir«, fragt er mich, »ein anderes Mal?« – »Ein anderes Mal«, sag ich, »heißt, wenn Messias kommt.« – »Messias«, antwortet er, »ist ja schon längst gekommen.« – »Das habe ich von dir schon mehr als einmal gehört,« sag ich, »sage mir doch lieber, ehrwürdiger Vater, etwas Neues!« – »Das will ich ja eben,« sagt er, »ich will dir etwas sagen, was dich selbst betrifft, oder eigentlich deine Tochter ...« Da steht mir das Herz still: was hat der mit meiner Tochter zu tun? Und ich sage ihm: »Meine Töchter sind Gott sei Dank nicht so beschaffen, daß wer anderer für sie reden muß; sie können«, sag ich, »ganz gut für sich selbst reden.« – »Das ist aber«, sagt er, »eine solche Sache, daß sie selbst davon nicht sprechen kann und ein anderer vermitteln muß; denn es ist«, sagt er, »eine sehr wichtige Sache: es handelt sich um ihr Glück ...« – »Wen geht das Glück meiner Tochter etwas an?« sage ich: »Bin ich denn nicht der Vater meines Kindes? Ja oder nein?« – »Es ist wahr«, sagt er, »daß du ihr Vater bist; du bist aber blind und siehst nicht, daß deine Tochter sich hinaussehnt, daß sie nach einer anderen Welt verschmachtet; und du verstehst es nicht, oder willst es nicht verstehen . . .« – »Ob ich sie nicht verstehe«, sage ich, »oder sie nicht verstehen will, das ist wieder eine andere Frage, und darüber kann man ja auch sprechen; aber was geht das alles dich an, ehrwürdiger Vater?« – »Es geht mich sogar sehr an,« antwortet er, »denn sie ist jetzt unter meiner Obhut . . .« – »Was heißt«, frage ich, »unter deiner Obhut?« – »Das heißt«, sagt er, »unter meiner Aufsicht.« Dabei sieht er mir gerade in die Augen und streichelt seinen schönen Bart. Natürlich fahre ich auf. »Was?« schreie ich, »mein Kind unter deiner Aufsicht? Mit welchem Recht?« Und ich fühle, wie ich in Zorn gerate. Da sagt er mir ganz kaltblütig mit einem Lächeln: »Nur nicht so hitzig, Tewje! Gemach, wir wollen uns die Sache überlegen. Du weißt,« sagt er, »daß ich dir, Gott behüte, nicht feind bin, obwohl du Jude bist. Du weißt, daß ich von Juden viel halte und daß mir das Herz weh tut, wenn ich sehe, wie eigensinnig und verblendet sie sind und nicht begreifen wollen, daß man ihnen nur Gutes will.« – »Von diesem Guten«, sage ich, »sollst du mit mir jetzt lieber nicht sprechen, denn jedes Wort, das du sagst, ist mir wie ein Tropfen Gift und wie ein Dolchstoß ins Herz. Und wenn du mir wirklich ein so guter Freund bist, wie du sagst, so bitte ich dich nur um den einen Gefallen: Laß meine Tochter in Ruh!« – »Bist ein närrischer Mensch«, antwortet er mir. »Deiner Tochter wird nichts Böses geschehen. Ein großes Glück steht ihr bevor,« sagt er, »denn sie ist jetzt Braut, so wahr ich lebe!« – »Amen!« sage ich lächelnd, doch in meinem Herzen brennt eine Hölle. »Und wer ist«, frage ich, »ihr Bräutigam? Vielleicht darf ich danach fragen?« – »Du wirst ihn wohl kennen«, antwortet er. »Er ist ein sehr braver und anständiger Bursche, sehr gebildet; hat alles ganz allein gelernt; er liebt deine Tochter und will sie heiraten, kann es aber nicht, denn er ist kein Jude.« – ›Es ist Chwedjko!‹ denke ich mir, und es wird mir ganz heiß im Kopf, und kalter Schweiß läuft mir den Rücken herunter. Es ist mir schwer, ruhig im Wagen sitzen zu bleiben. Doch ihm zeigen, wie erregt ich bin, – nein, das erlebt er nicht! Also ziehe ich die Zügel an, gebe meinem Pferde eins mit der Peitsche und fahre ohne ein Abschiedswort nach Hause.

Ich komme nach Hause – da ist die Hölle los! Die Kinder drücken die Gesichter in die Kissen und weinen, Golde ist mehr tot als lebendig. Und wo ist Chawe? Chawe ist nicht da! Fragen, wo sie ist, will ich nicht. Ich brauche auch gar nicht zu fragen, denn es ist mir so weh ums Herz, ich leide alle Höllenqualen, und in mir brennt ein Zorn, ich weiß selbst nicht, gegen wen. Ich wäre imstande, mir selbst ein paar Ohrfeigen zu geben; ich schreie aber auf die Kinder und lasse meine Erbitterung an meinem Weibe aus. . . . Ich kann mir keinen Platz finden und gehe in den Stall, dem Pferd sein Futter geben. . . . Aber ich nehme einen Stock und fange das Pferd wütend zu schlagen an. »Verrecken sollst du, mein Unglück bist du! Sollst so leben, wie ich für dich auch nur ein Körnchen Hafer habe! Von meinem Unglück, wenn du willst, kann ich dir geben, von meiner Angst und meiner Pein, von meinem Pech und von meinen Wunden!«

So spreche ich zu meinem Pferd, besinne mich aber bald, daß es ja ganz unschuldig ist. Was will ich nur von ihm? Ich geb ihm ein wenig gehacktes Stroh und verspreche ihm, daß es am Sabbat, so Gott will, Heu bekommt. Und ich gehe wieder ins Haus und leg mich zu Bett. So liege ich in meinem Unglück da, und der Kopf, der Kopf will mir zerspringen, denn ich denke, und grüble, und studiere: was hat das zu bedeuten? ›Was ist meine Sünde, und was ist mein Vergehen? Womit habe ich, Tewje, mehr gesündigt als alle anderen Menschen, und warum werde ich härter als alle anderen Juden bestraft? Ach Gott im Himmel, barmherziger Gott! Was bedeute ich vor dir, daß du immer an mich denkst und mich nie vergißt, wenn es irgendwo eine Plage oder ein Unglück gibt?‹

Ich liege so wie auf heißen Kohlen und höre, wie mein Weib

an meiner Seite seufzt, aus tiefstem Herzen stöhnt. »Golde,« frage ich, »du schläfst?« – »Nein,« sagt sie, »was willst du denn?« – »Nichts will ich«, sag ich. »Wir sitzen schön tief im Unglück. Vielleicht weißt du doch einen Rat, was man tun soll?« – »Du fragst mich um Rat,« sagt sie, »wo es mir selbst so weh ums Herz ist? Ein Kind steht morgens auf, ein gesundes, starkes Kind, kleidet sich an, fällt mir um den Hals, küßt und kost mich und sagt kein Wort, was los ist! Ich glaubte«, sagt sie, »sie sei von Sinnen! Frag ich sie: ›Was hast du, Tochter?‹ Sie sagt darauf nichts, läuft in den Stall zu den Kühen, und seit dem Augenblick ist sie verschwunden. Ich warte eine Stunde, zwei Stunden, drei Stunden – wo ist Chawe? Chawe ist fort! Sage ich zu den Kindern: ›Springt einmal hinüber zum Popen.‹ . . .« – »Woher«, frage ich, »hast du gewußt, daß sie beim Popen ist?« – »Woher ich das gewußt habe?« sagt sie: »Hab ich denn keine Augen? Bin ich denn nicht ihre Mutter?« – »Wenn du Augen hast«, sage ich, »und ihre Mutter bist, warum hast du früher geschwiegen und mir nichts gesagt?« – »Dir sollte ich es sagen?« sagt sie. »Wann bist du denn zu Hause? Und wenn ich dir etwas sage, hörst du denn auf mich? Wenn man dir etwas sagt,« sagt sie, »antwortest du mit einem Bibelvers, machst mir mit deinen Texten den Kopf voll und wirst mich so los . . .«

So spricht zu mir Golde, mein Weib, und ich höre, wie sie im Finstern weint. . . . Sie hat nicht so unrecht, denk ich mir, denn was versteht so eine Frau? Das Herz tut mir weh, und ich kann nicht hören, wie sie weint und stöhnt. Und ich sage ihr: »Siehst du, Golde,« sag ich, »du bist mir böse, daß ich für jedes Ding einen Bibeltext habe; ich muß dir auch darauf mit einem Vers antworten; es steht bei uns geschrieben: ›Der Vater erbarmt sich seiner Kinder.‹ Warum steht nicht geschrieben: Die Mutter erbarmt sich ihrer Kinder? Weil die Mutter was anderes ist als der Vater! Ein Vater«, sage ich, »kann eben anders mit dem Kinde reden! So Gott will, wenn ich sie morgen sehe und mit ihr spreche . . .« – »Wenn das nur ginge«, sagt sie. »Wenn du sie nur sehen könntest und ihn auch. Denn er ist kein schlechter Mensch, wenn auch ein Pope. . . . Doch er hat«, sagt sie, »mit jedem Menschen Mitleid. Wenn du ihn bittest und ihm zu Füßen fällst, wird er vielleicht ein Einsehen haben . . .« – »Wen werde ich bitten?« sage ich .»Den Götzenpriester? Ausgelöscht sei sein Name! Ich soll mich vor dem Popen bücken? Bist du verrückt«, sag ich, »oder närrisch? Meine Feinde werden das nicht erleben! Denn es steht geschrieben . . .« – »Aha!« sagt sie: »Da fängst du schon wieder an!« – »Was denn hast du geglaubt? Daß ich mich von einer Frau führen lasse?« sag ich: »Daß ich nach deinem Weiberverstand lebe?« In derlei Gesprächen verging bei uns die ganze Nacht. Beim ersten Hahnenschrei spring ich auf, bete das Morgengebet, nehme die Peitsche und gehe, versteht sich, zum Popen. Ihr werdet einwenden, daß ich mich doch der Frau gefügt habe? Wohin habe ich aber denn sonst gehen sollen? Ins Grab?

Kurz und gut, wie ich zum Popen auf den Hof komme, empfangen mich seine Hunde mit einem schönen Guten Morgen. Sie wollen mir meinen Rock zurechtmachen und versuchen, ob die Waden meiner jüdischen Beine für ihre Hundezähne gut sind. Es war ein Glück, daß ich meine Peitsche bei mir hatte! Nun erklärte ich ihnen mit der Peitsche den Vers: ›Bei allen Kindern Israel soll nicht ein Hund mucken.‹ Auf ihr Gebell und auf mein Peitschenknallen lief der Pope mit der Popenfrau heraus. Sie trieben mit Mühe die lustige Hundegesellschaft auseinander, luden mich ins Haus, empfingen mich wie einen Ehrengast und wollten sogar den Samowar bereiten. Sag ich dem Popen, daß ich auf den Samowar verzichte; ich will mit ihm unter vier Augen sprechen. Der Götzendiener hat wohl gleich verstanden, um was es sich handelt, und gab seiner Frau einen Wink, daß sie so freundlich sei und die Tür von außen zumache. Und ich beginne ganz ohne Vorrede und frage ihn, ob er an Gott glaubt. Und dann soll er mir sagen, ob er weiß, was es bedeutet, wenn man einem Vater sein Kind wegnimmt, das er lieb hat. Und dann soll er mir sagen, was nach seinem Verstand ein gutes Werk ist und was eine Sünde. Und dann möchte ich wissen, was er von einem Menschen hält, der sich zu einem andern ins Haus stiehlt und alles durcheinanderbringt, Bänke, Tische und Betten umkehrt und umstellt?!!!

Er ist, versteht sich, ganz verblüfft und sagt mir: »Du bist doch ein verständiger Mensch, Tewje,« sagt er mir, »und doch stellst du mir so viel Fragen auf einmal und willst, daß ich sie dir alle auf der Stelle beantworte. Laß mir Zeit, und ich werde dir eine nach der andern beantworten . . .« – »Nein«, sag ich ihm, »du wirst mir keine einzige beantworten können, ehrwürdiger Vater! Weißt du warum? Weil ich alle deine Gedanken im voraus kenne. Antworte mir lieber«, sag ich, »nur auf folgendes: Habe ich noch Hoffnung, meine Tochter wiederzusehen oder nicht?» – Er fährt auf: »Was heißt wiedersehen?« sagt er: »Deiner Tochter wird doch nichts Böses geschehen! Sogar im Gegenteil . . .« – »Ich weiß,« sage ich, »ich weiß, Ihr wollt sie ja glücklich machen! Ich rede nicht davon,« sage ich, »ich will nur das eine wissen, wo meine Tochter jetzt ist und ob ich sie sehen kann?« – »Alles andere, nur nicht das . . .« sagt er. »Das ist alles,« sage ich, »was ich wissen wollte. Kurz und bündig. Also leb wohl«, sage ich, »und möge es dir Gott hundertfältig vergelten!«

Ich komme nach Hause zurück und sehe, mein Weib Golde liegt wie ein schwarzer Knäuel auf dem Bett und weint nicht mehr. Ich sage ihr: »Steh auf, mein Weib,« sag ich, »zieh deine Schuhe aus, und wollen wir uns hinsetzen auf niedre Schemel, zum Zeichen der Trauer, wie es uns Gott geboten hat. ›Der Herr hat gegeben, der Herr hat genommen.‹ . . . Wir sind nicht die ersten und nicht die letzten, denen so etwas geschieht. Denken wir uns,« sage ich, »daß wir überhaupt niemals eine Tochter Chawe gehabt haben, oder daß wir sie wie Hodel, die von uns weg ist und jetzt irgendwo in den Bergen der ewigen Finsternis lebt, niemals wiedersehen. . . . Der Herr«, sag ich, »ist ein gnädiger und barmherziger Gott, und er weiß, was er tut! . . .«

Mit solchen Worten will ich mir das Herz erleichtern, doch ich fühle, wie die Tränen mich würgen, wie sie mir wie ein verschlucktes Bein in der Kehle stecken. Aber Tewje ist kein Weib, Tewje kann sich beherrschen! Das sind natürlich nur leere Worte; denn erstens – die Schande! Und zweitens – wie kann man sich beherrschen, wenn man ein lebendiges Kind verliert, und dazu noch eine solche Perle, die mir so tief im Herzen lag, und auch der Mutter im Herzen, die wir beinahe mehr als alle anderen Kinder liebten; ich weiß nicht warum; vielleicht weil sie als Kind so oft krank gewesen ist, und wir an ihrem Bettchen viele Nächte durchwacht haben, sie mehr als einmal mit unserem Schreien dem Tode entrissen, mit unserer Pflege und Sorge wie ein kleines, zertretenes Hühnchen zum Leben wiedererweckt haben; denn wenn Gott will, macht er Tote lebendig, wie es auch in den Psalmen heißt: ›Ich werde nicht sterben, sondern leben!‹ – Wem der Tod nicht beschert ist, stirbt eben nicht! . . . Und vielleicht auch darum, weil sie ein gutes Kind war, ein treues Kind und an uns beiden immer mit ihrer ganzen Seele hing. Kann man doch fragen: Wenn so, warum hat sie uns das angetan? Nun, es war uns eben so beschert; ich weiß nicht, ob Ihr daran glaubt, aber ich glaube sehr stark an die himmlische Vorausbestimmung. Und zweitens war hier eine böse Macht im Spiele, eine Art Zauberei! Ihr könnt über mich lachen, doch ich versichere Euch, ich bin gar nicht so dumm, daß ich an Teufel, Dämonen oder ähnlichen Unsinn glauben soll; doch an Zauberei, seht Ihr, glaube ich. Was ist es denn anderes gewesen als Zauberei? Wenn Ihr mich weiter anhört, werdet Ihr auch dasselbe sagen.
Kurz und gut – wenn es in den heiligen Büchern geschrieben steht: ›Ob du willst oder nicht, du bist verpflichtet zu leben‹, das heißt: ein Mensch nimmt sich nicht selbst das Leben, so ist es nicht umsonst. Es gibt keine solche Wunde in der Welt, die mit der Zeit nicht verheilt; es gibt kein solches Unglück, das man nicht vergißt. Das heißt, man vergißt es eigentlich nicht, doch was soll man tun? In den Psalmen heißt es: ›Der Mensch

gleich dem Vieh.‹ Der Mensch muß also arbeiten, sich abrackern und plagen wegen des Stückchens Brot. Also machen wir uns alle an die Arbeit: mein Weib und die Kinder – an die Milchkrüge, und ich – an das Pferd und das Wägelchen, und die Welt geht wieder ihren Lauf. Ich habe meinen Leuten erklärt, daß Chawes Namen überhaupt nicht mehr genannt werden darf – es gibt keine Chawe mehr! Ausgelöscht – und fertig! Und ich lade auf mein Wägelchen etwas Milch, Butter, Käse – lauter frische Ware – und fahre nach Bojberik zu meinen alten Kunden.

In Bojberik empfängt man mich mit großen Freuden: »Wie geht es, Tewje? Warum sieht man Euch nicht? Was macht Ihr?« – »Was soll ich machen?« antworte ich: »Im Klageliede Jeremias steht: ›Verneue unsere Tage wie vor alters‹, und ich bin derselbe Pechvogel wie vor alters. Eine Kuh ist mir wieder eingegangen.« – »Wie kommt das«, sagen die Leute, »daß alle solche Wunder gerade Euch geschehen?« Und die Leute fragen mich aus, jeder einzelne kommt mit denselben Fragen: ›Welche Kuh ist bei mir eingegangen? Und wieviel hat sie gekostet? Und wieviele Kühe sind mir noch geblieben?‹ Und man lacht und ist lustig; die reichen Leute lachen gerne über einen armen Teufel, wenn sie eben zu Mittag gegessen haben und gut aufgelegt sind, und es draußen schön und grün ist, und man etwas schläfrig wird. . . . Tewje ist aber kein Mensch, der mit sich Scherz treiben läßt. So leicht erfährt man nicht, was bei mir im Herzen vorgeht. Und wie ich mit allen Kunden fertig bin, fahre ich heim. Ich fahre durch den Wald und lasse mein Pferdchen langsam gehen und unterwegs etwas Gras rupfen, und ich selbst vertiefe mich in meine Gedanken und grüble über alles Mögliche: über Leben und Tod, über diese Welt und jene Welt, und was die Welt eigentlich ist, und wozu der Mensch lebt; und ich überlege mir tausend ähnliche Dinge, um meine Gedanken zu zerstreuen und an sie, an Chawe, nicht zu denken. Doch wie zum Trotz kommt sie mir immer wieder in den Sinn: ich denke nur an sie und sehe nur sie und ihre

Gestalt, schlank und schön und frisch wie eine junge Tanne. Oder ich sehe sie gar als kleines Kind, als armseliges krankes Vögelchen, wie ich sie auf den Händen trage, und sie ihr Köpfchen an meine Schulter lehnt: ›Was willst du, Chawele? Willst du Milch? Soll ich dir was Süßes geben?‹ . . . Und ich vergesse für eine Weile, was sie uns angetan hat, und mein Herz sehnt sich nach ihr und meine Seele schreit nach ihr. . . . Doch erinnere ich mich wieder an alles, was geschehen, so kocht in mir wieder das Blut, und ein Zorn brennt mir im Herzen auf sie, und auf ihn, und auf die ganze Welt, und auf mich selbst, weil ich sie für keinen Augenblick vergessen kann, weil ich sie nicht auslöschen, sie mir nicht aus dem Herzen reißen kann. Und wirklich: hat sie es denn nicht verdient? Dazu rackert sich Tewje sein ganzes Leben ab, dazu arbeitet er und plagt sich und zieht Kinder groß, damit sie sich von ihm gewaltsam losreißen, von ihm abfallen wie Tannenzapfen von der Tanne und sich vom Winde treiben lassen? . . . Da wächst – sage ich mir – zum Beispiel ein Baum, eine Eiche im Walde. Und es kommt ein Mensch mit einer Axt und hackt einen Ast ab, und noch einen Ast, und noch einen Ast – was für einen Wert hat dann der Baum ohne Äste? Nimm schon lieber, du Mensch, deine Axt und fälle den ganzen Baum, damit es ein Ende hat. Denn was taugt noch der astlose, nackte Baum im Walde? . . .

Und wie ich mir solches denke, merke ich plötzlich, daß mein Pferdchen stehengeblieben ist. Was ist los? Ich hebe meinen Kopf und sehe – Chawe! Es ist dieselbe Chawe wie früher, hat sich um kein Haar verändert, hat sogar noch dieselben Kleider an! . . . Im ersten Augenblick will ich aus dem Wagen springen und sie umarmen und küssen. . . . Doch gleich sage ich mir: ›Tewje! Bist doch kein Weib!‹ Und ich treibe das Pferd an. Doch wie ich nach rechts will, steht sie auch schon rechts und winkt mit der Hand, als ob sie sagen wollte: ›Halt eine Weile, ich muß dir etwas sagen!‹ Und es zuckt mir etwas im Herzen, und ich stecke schon einen Fuß aus dem Wagen:

noch einen Augenblick, und ich springe heraus! Doch ich beherrsche mich, ziehe die Zügel an und will nach links. Und schon steht auch sie links, blickt mich so merkwürdig an, und ihr Gesicht ist leichenblaß. . . . ›Was soll ich tun?‹ frage ich mich. ›Soll ich halten, soll ich weiterfahren?‹ Und ehe ich mich umsehe, hält sie schon das Pferd am Zaume fest und sagt mir: »Vater! Ich sterbe, wenn du dich von der Stelle rührst! Willst du, daß ich sterbe? Vater, höre mich an!« – »So,« sage ich mir, »du willst mich mit Gewalt zwingen? Nein, meine Liebe, das gibts nicht! Du kennst wohl deinen Vater schlecht.« . . . Und ich haue auf mein Pferd ein, was es Platz hat. Der Gaul gehorcht, zieht an, läuft im Galopp, wendet aber immer den Kopf zurück und bewegt die Ohren, »Hui!« sag ich ihm: »Schiele nicht, Freundchen, dorthin, wohin man nicht schauen darf!« . . . Glaubt Ihr vielleicht, ich selbst hatte keine Lust, den Kopf zu wenden und einen Blick, nur einen einzigen Blick dorthin zu werfen, wo sie gestanden hatte?! Aber Tewje ist kein Weib, Tewje weiß, wie man mit dem Blendwerk des Teufels umgehen muß!

Kurz und gut – ich will Euch Eure Zeit nicht rauben. Wenn mir Strafen auf jener Welt bestimmt sind, so habe ich sie doch gewiß schon hier abgebüßt; und wenn Ihr etwas über die Hölle und ihre Schrecken wissen wollt, so fragt nur mich: ich kann Euch alles genau sagen. Und während der ganzen Fahrt bis nach Hause schien es mir, daß sie mir nachläuft und ruft: ›Vater, hör mich an!‹ Und es geht mir durch den Kopf der Gedanke: ›Tewje! Du nimmst auf dich zu viel! Was wird es dir schaden, wenn du eine Weile hältst und sie anhörst? Vielleicht hat sie dir etwas zu sagen, was du wissen mußt: Vielleicht hat sie gar Reue und will zurückkehren? Vielleicht hat sie es bei ihm schlecht und will, daß du sie aus der Hölle rettest?‹ . . . ›Vielleicht‹ und ›vielleicht‹, und noch viele solche ›Vielleicht‹ gehen mir durch den Kopf, und ich sehe sie vor mir wieder als kleines Kind, und ich denke wieder an den Vers: ›Der Vater erbarmt sich seiner Kinder‹; für den Vater ist kein Kind zu schlecht; und ich quäle mich und sage mir, daß ich selbst keine Gnade verdiene, daß ich nicht wert bin, daß mich die Erde noch trägt. Was hast du nur? Was regst du dich so auf, du verrückter Starrkopf? Was wütest du? Wende um, du böser Mensch, den Wagen, fahre zurück und versöhne dich mit ihr! Denn sie ist ja dein Kind, und du bist ihr Vater! ... Und es kommen mir in den Kopf so wilde Gedanken und Fragen: Was bedeutet Jude und Nichtjude? Und warum hat Gott Juden und Nichtjuden erschaffen? Und wenn der gleiche Gott sie erschaffen hat, warum sondern sie sich voneinander ab und wollen einander nicht einmal anschauen, so, als ob Gott nur die einen, die anderen aber wer anderer erschaffen hätte? ... Und es verdrießt mich, daß ich mich nicht so gut wie andere Leute in den heiligen Büchern auskenne, um gleich alle Gründe, Einwände und Beweise zur Hand zu haben. ... Und um meine Gedanken zu zerstreuen, stimme ich laut den Psalm an: ›Wohl denen, die in deinem Hause wohnen; die loben dich immerdar!‹ Ich spreche also das Nachmittagsgebet, laut und insbrünstig, wie Gott es geboten hat. Doch was kann aus solchem Beten herauskommen, wenn mir tief im Herzen ganz andere Worte klingen: ›Cha-we! Cha-we!‹? Und je lauter ich den Psalm aufsage, desto lauter klingt in meinem Innersten das eine Wort ›Chawe!‹ Und je mehr ich mir Mühe gebe, sie zu vergessen, desto deutlicher sehe ich sie, wie sie vor mir steht und mir ruft: »Höre mich an, Vater ...« Und ich verstopfe mir die Ohren, um sie nicht zu hören, und schließe die Augen, um sie nicht zu sehen. Und ich spreche das Gebet der Achtzehn Segenssprüche und weiß nicht, was ich spreche; und ich sage das Bußgebet auf und schlage mich in die Brust, und weiß nicht wofür. Und mein Leben ist verwirrt, und auch ich selbst bin verwirrt, und ich sage keinem Menschen etwas von der Begegnung, und ich spreche mit niemandem über sie, und erkundige mich niemals nach ihr; obwohl ich weiß, ganz genau weiß, wo sie ist, und wo er ist, und was sie treiben; doch das erfährt von mir niemand! Meine Feinde werden es nicht erleben, daß ich mich auch nur einmal beklage: so ein Mensch ist Tewje!...

Ich möchte wirklich gerne wissen, ob alle Männer so sind, oder ob ich allein so verrückt bin?! Denn es kommt zum Beispiel vor ... Ihr werdet wohl über mich lachen? Ich fürchte, daß Ihr schon lacht! – Es kommt vor, daß ich meinen Sabbatrock anziehe, zum Bahnhof gehe und schon bereit bin, hinzufahren: ich weiß ja ganz gut, wo sie sich aufhalten.... Und ich gehe zum Schalter und verlange eine Fahrkarte. Frägt mich der Beamte: »Wohin?« Sage ich: »Nach Jehupez!« Sagt er: »Eine solche Stadt gibts bei mir nicht.« Sage ich: »Dafür kann ich nichts.« Und ich gehe wieder nach Hause, ziehe den Sabbatrock aus und gehe wieder an meine Arbeit, schaue nach der Milchwirtschaft und nach meinem Pferde.... Wie es in der Schrift heißt: ›Jedermann an seine Arbeit, und jeder Mensch an sein Werk.‹ ... Ihr lacht doch über mich? Habe ich es nicht vorher gesagt? Ich weiß sogar, was Ihr Euch denkt: ›Dieser Tewje ist doch wirklich ein Narr!‹ Darum sage ich: Schluß! Genug für heute. Bleibt mir gesund und stark und laßt von Euch einmal was hören. Doch vergeßt um Gottes willen nicht, um was ich Euch gebeten habe: Ihr sollt schweigen, ich meine, daraus, was ich Euch erzählt habe, kein Buch machen; und wenn es sich schon mal treffen soll, daß Ihr ein Buch schreibt, so schreibt über wen anderen und nicht über mich. An mich sollt Ihr nicht mehr denken, wie es auch in der Schrift steht: ›Ihr sollt ihn vergessen‹ – es ist aus mit Tewje, dem Milchmann!

VI. Sprinze

Euch gebührt ein großes und breites ›Friede sei mit Euch‹, Reb Scholem-Alejchem, Euch und Euren Kindern! Es ist schon wohl ein Schock Jahre her, daß wir uns nicht gesehen haben! Ach ja, wieviel Wasser ist seitdem ins Meer geflossen! Wieviel Ängste haben wir beide und ganz Israel in diesen Jahren überstanden: ein Kischinew, eine ›Konstitution‹ mit allen Pogromen mit allen Plagen und himmlischen Strafen. Ach, du lieber Gott! . . . Ich wundere mich nur über Euch, nehmts mir nicht übel, daß Ihr Euch, unberufen, gar nicht verändert habt, wirklich nicht um ein Haar! Schaut aber mich an: ich bin noch keine sechzig Jahre alt, und doch ist Tewje schon ganz grau geworden. Ach, wie wahr ist doch das Wort von dem Kummer, den man von seinen Kindern hat! Und wer hat von diesem Kummer so viel erfahren wie ich? Nun habe ich eine neue Plage mit meiner Tochter Sprinze erlebt, und die Plage übertrifft alle Plagen, die ich bisher gehabt habe. Schaut mich aber an: ich lebe noch immer, wie es auch geschrieben steht: ›Ob du willst oder nicht, du bist verpflichtet zu leben.‹ Und wenn du auch, auf alle Feinde Zions sei es gesagt, zerspringst und dabei das Liedchen singst:

Was taugt mir mein Leben, was taugt mir die Welt,
Wenn ich habe kein Glück, wenn ich habe kein Geld? . . .

Kurz und gut, wie heißt es noch in den ›Sprüchen der Väter‹ –: ›Der Ewige, gepriesen sei er, wollte seinem Volke eine Gnade erweisen.‹ . . . Gott wollte seinen Juden einen Gefallen tun und schickte ihnen darum ein Unglück, eine Plage: eine Konstitution! Nun kam eine Verwirrung über unsere Reichen, eine wilde Flucht aus Jehupez nach dem Auslande, angeblich in die Bäder, zu den Salzquellen. . . . Und sobald die Leute aus Jehupez fortgezogen sind, ist Bojberik mit seiner Luft, mit seinem Wald, mit seinen Sommerwohnungen ganz ruiniert und ist tief in der Erde begraben, wie es auch im Gebete heißt: ›Der Herr erbarmt sich der Erde.‹ ... Was geschieht aber? Es gibt doch den großen Gott auf der Welt, der acht darauf gibt, daß seine armen Menschen, nebbich, sich noch ein wenig auf dieser Welt abquälen; also hatten wir einen Sommer wie noch nie. Nach Bojberik kamen alle Leute aus Odessa, und aus Rostow, und aus Jekaterinoslaw, und aus Mohilew, und aus Kischinew. Es kamen ungezählte Tausende reicher, mächtiger und vornehmer Herren! In jenen Städten scheint die Konstitution noch ärger gewütet zu haben als bei uns in Jehupez, denn die Leute kamen in Scharen her und es wollte gar kein Ende nehmen. Wird man doch fragen: Was laufen die Leute ausgerechnet zu uns? Kann man darauf antworten: Was laufen die unserigen zu ihnen? Es ist, Gott sei Dank, auf der Welt schon einmal so eingerichtet: sobald man von Pogromen zu reden anfängt, fangen die Juden an, aus der einen Stadt in die andere zu rennen, wie es in der Schrift heißt: ›Und die ganze Gemeinde der Kinder Israel zog aus und lagerte sich.‹ ... Sie lagerte sich und zog aus. ... Das ist auf deutsch: ›Fahre du zu mir, so fahre ich zu dir.‹ ... Inzwischen ist Bojberik, Ihr mögt es mir glauben oder nicht, eine Großstadt geworden, vollgepfropft mit Menschen, mit Weibern und Kindern. Und die Kinder möchten essen, und man braucht für sie Milch, Butter und Käse. Und wo findet man bessere Milchwaren als bei Tewje? Was soll ich Euch viel erzählen, Tewje kam in die Mode, und man hörte von allen Seiten nichts als Tewje und Tewje: »Reb Tewje, kommt her!« – »Reb Tewje, zu mir!« Wenn Gott es einem beschert, so gibt es nichts Unmögliches!

Und eines Tages, es war kurz vor Schwuos, kam ich mit meiner Milch und Butter zu einer meiner Kundinnen, einer reichen jungen Witwe aus Jekaterinoslaw, die nach Jehupez mit ihrem Söhnchen – Arontschik hieß der Bursche – gekommen war. Es versteht sich doch von selbst, daß ich der erste Mensch war, den sie in Bojberik kennen lernte. »Man hat mir

Euch empfohlen,« sagt mir die Witwe, »und man hat mir gesagt, daß Ihr die besten Milchwaren habt.« – »Wie wäre es auch anders möglich«, sage ich zu ihr, das heißt, zu der Witwe. »Nicht umsonst«, sage ich, »sagt König Salomo, daß ein guter Name wie eine Posaune durch die Welt schallt. Und wenn Ihr wollt,« sage ich, »will ich Euch erzählen, was dazu der Midrasch sagt.« Die Witwe unterbricht mich aber und sagt, daß sie eine Witwe sei und von diesen Sachen nichts verstehe; sie wisse damit nichts anzufangen. »Die Hauptsache«, sagt sie, »ist, daß die Butter frisch ist und daß der Käse gut schmeckt.« ... Da soll man noch viel mit einem Frauenzimmer reden!... Kurz und gut, ich kam von nun an zu der Witwe aus Jekaterinoslaw, Ihr mögt es mir glauben oder nicht, zweimal in der Woche ins Haus. Jeden Montag und Donnerstag, so pünktlich wie nach dem Kalender brachte ich ihr das bißchen Milch, Butter und Käse, ohne erst zu fragen, ob sie es brauchte oder nicht. Und so wurde ich bei ihr natürlich heimisch, begann ein wenig nach ihrem Haushalt zu sehen und meine Nase auch in ihre Küche zu stecken. Ich beanstandete auch einigemal Dinge, die zu beanstanden ich für nötig hielt. Das erste Mal hatte ich natürlich Unannehmlichkeiten mit der Dienstmagd, die mir sagte, ich solle mich in fremde Sachen nicht einmischen und in fremde Töpfe nicht hineingucken; das zweite Mal hörte sie schon auf meine Worte; und das dritte Mal fragte sie, das heißt die Witwe, mich um Rat, denn sie sah, was für ein Mensch Tewje ist. Und schließlich kam es so weit, daß sie mir ihre Herzenswunde, ihr größtes Unglück enthüllte, und das war – Arontschik! »Das ist doch unerhört,« sagt sie zu mir, »er ist schon einige und zwanzig Jahre alt, und kümmert sich nur um Pferde, um sein Fahrrad, um Fischefangen und sonst um nichts in der Welt! Von Geschäften«, sagt sie, »will er nichts hören, obwohl ihm von seinem Vater«, sagt sie, »eine recht hübsche Erbschaft geblieben ist, beinahe eine Million. Wenn er doch nur«, sagt sie, »einmal seine Nase hineinstecken wollte! Er versteht nur Geld auszugeben,« sagt sie, »denn

er hat eine offene Hand!« – »Wo steckt er,« sage ich, »der Bursche? Gebt ihn nur mir her,« sage ich, »ich will mit ihm ein wenig sprechen, ihm ins Gewissen reden,« sage ich, »auch einige Bibeltexte bringen und den Midrasch anführen!« Fängt sie zu lachen an und sagt: »Wißt Ihr was?« sagt sie: »Bringt ihm lieber ein Pferd und keinen Midrasch!« ...
Und wie wir so reden, kommt gerade der Bursche, das heißt Arontschik, gegangen. Ein Bursche, stark und groß wie eine Fichte, ein kräftiger Kerl, wie Milch und Blut. Er trägt einen breiten Gürtel, mit Verlaub zu sagen, über der Hose, und im Gürtel steckt seine Uhr, und seine Ärmel sind bis über die Ellenbogen aufgekrempelt. »Wo bist du gewesen?« fragt ihn die Mutter. »Ich bin Boot gefahren«, sagt er, »und habe Fische gefangen . . .« – »Eine nette Arbeit«, sage ich, »für einen Burschen wie Ihr! Bei Euch zu Hause wird man allen die Knochen kaputtschlagen,« sage ich, »und Ihr werdet hier Fische fangen!« Ich schaue die Witwe an und sehe, daß sie rot geworden ist wie ein Krebs; sie erwartete wohl, daß ihr Sohn mich mit starker Hand am Kragen packt und mir zwei Zeichen und Wunder zeigt, das heißt, daß er mir zwei Ohrfeigen gibt und mich wie einen irdenen Topf hinauswirft. Unsinn! Tewje hat vor solchen Dingen keine Angst! Wenn ich etwas auf dem Herzen habe, so sage ich es!
Als der Bursche von mir solche Worte hörte, trat er etwas zurück, verschränkte die Arme, betrachtete mich vom Kopf bis zu den Füßen, stieß einen merkwürdigen Pfiff aus und fing plötzlich so zu lachen an, daß wir beide fürchteten, daß er plötzlich verrückt geworden sei. Was soll ich Euch sagen? Von nun an wurden wir die besten Freunde! Ich muß bemerken, daß der Bursche mir von Tag zu Tag immer besser gefiel, obwohl er ein Scharlatan und ein Verschwender war, eine etwas gar zu offene Hand hatte und noch dazu ein wenig närrisch war. Wenn er, zum Beispiel, einen armen Mann sah, steckte er die Hand in die Tasche und gab ihm ohne zu zählen, was er gerade erwischte. Wer tut so? . . . Oder er zog seinen guten,

neuen und ganzen Paletot aus und schenkte ihn dem Bettler. Ich sage ja, daß er närrisch war! ... Die Mutter tat mir natürlich sehr leid. Sie klagte mir oft: ›Was soll ich mit ihm tun?‹ Und sie bat mich immer, ich möchte mit ihm ein wenig reden. Tat ich ihr den Gefallen. Warum sollte ich es ihr verweigern? Kostete es mich denn Geld? Und ich setzte mich hin und hielt ihm lange Reden, brockte Sprüche, schüttete Bibeltexte und streute Stellen aus dem Midrasch hinein, wie es eben Tewje kann. Und er hörte mir gerne zu und fragte mich auch, wie ich lebe und was für ein Haus ich führe. »Ich hätte Lust,« sagte er einmal, »Euch zu besuchen, Reb Tewje!« Sage ich zu ihm: »Wenn man Lust hat, Tewje zu besuchen, so macht man sich«, sage ich, »auf und fährt zu ihm einmal hinaus nach seiner Meierei. Ihr habt doch«, sage ich, »genug Pferde und Fahrräder, und im Notfalle«, sage ich, »seid Ihr groß genug, um zu Fuß hinüberzugehen, denn es ist nicht weit,« sage ich, »man muß nur den Wald durchqueren ...« – »Wann«, sagt er, »seid Ihr zu Hause?« – »Man kann mich«, sage ich, »nur am Sabbat oder am Feiertag zu Hause treffen. Wißt Ihr übrigens«, sage ich, »was? Wir haben ja, so Gott will, nächsten Freitag Schwuos. Wenn Ihr «, sage ich, »einen Spaziergang zu uns nach unserer Meierei machen wollt, so wird Euch mein Weib«, sage ich, »mit solchem Pfannkuchen traktieren, wie sie unsere Väter in Ägypten niemals gegessen haben!« Fragt er mich: »Was heißt das? Ihr wißt doch,« sagt er, »daß ich in der Bibel schwach bin ...« – »Ich weiß,« sage ich, »daß Ihr schwach seid. Wenn Ihr«, sage ich, »wie ich in einem Cheder gelernt hättet, so hättet Ihr Euch besser ausgekannt.« Lacht er und sagt zu mir: »Also gut, Ihr werdet mich als Gast haben. Ich komme zu Euch,« sagt er, »Reb Tewje, am ersten Tage Schwuos mit einigen Freunden zu den Pfannkuchen. Ihr sollt aber schauen, daß sie auch ordentlich heiß sind!« – »Wie die lodernde Flamme,« sage ich, »von der Pfanne direkt in den Mund!«

Ich komme also nach Hause und sage zu meiner Alten: »Golde,« sage ich, »wir bekommen zu Schwuos Besuch!« Sagt sie: »Ich gratuliere, wer kommt denn her?« Sage ich: »Das wirst du später erfahren. Bereit nur Eier vor,« sage ich, »Käse und Butter haben wir genügend im Haus. Du wirst Pfannkuchen machen«, sage ich, »für drei Personen, doch für solche drei Personen,« sage ich, »die viel vom Essen halten und keine Ahnung davon haben, was Raschi dazu sagt ...« – »Wahrscheinlich«, sagt sie, »hast du irgendeinen Unglücklichen aus dem Hungerlande aufgegabelt.« – »Bist ein Rindvieh,« sage ich, »Golde! Erstens«, sage ich, »wäre das auch kein Unglück, wenn wir am Schwuos einen armen Mann mit Pfannkuchen satt gemacht hätten. Und zweitens«, sage ich, »sollst du, meine teure Gemahlin, tugendsame und fromme Frau Golde (sie soll leben!), wissen, daß einer von unseren Schwuosgästen das Söhnchen der Witwe sein wird,« sage ich, »den man Arontschik nennt und von dem ich dir schon erzählt habe.« – »Wenn es sich so verhält,« sagt sie, »so ist die Sache anders.« ... Da seht Ihr wieder die Macht der Millionen! Selbst meine Golde wird ein ganz anderer Mensch, wenn sie Geld riecht. Die Welt ist schon einmal so geschaffen, was sollt Ihr Euch darüber den Kopf zerbrechen? Wie heißt es noch in den Psalmen? ›Silber und Gold sind das Werk von Menschenhänden‹ – Geld bringt den Menschen um.

Kurz und gut, – der helle und grüne Tag von Schwuos rückte heran. Wie schön, wie grün, wie hell und warm es bei mir auf meiner Meierei zu Schwuos ist, brauche ich Euch gar nicht zu sagen! Der reichste Mann bei Euch kann sich wünschen, einen so blauen Himmel und einen so grünen Wald mit so wohlriechenden Fichten und so herrlichem Gras zu haben; mit dem Gras, von dem meine Kühe leben, die da stehen und wiederkäuen und Euch in die Augen schauen, als ob sie sagen wollten: ›Gebt uns nur immer von solchem Gras, und wir werden mit unserer Milch niemals geizen!‹ ... Ihr könnt sagen, was Ihr wollt, Ihr könnt mir das schönste Geschäft anbieten, damit ich zu Euch in die Stadt ziehe, aber ich werde mit Euch niemals tauschen. Wo findet Ihr in der Stadt einen solchen Himmel? Wie heißt es noch im Hallel-Gebet: Der Himmel ist ein Himmel für Gott. Es ist wirklich der Himmel Gottes! . . . Wenn Ihr in der Stadt den Kopf zurückwerft, was seht Ihr da? Eine Mauer, ein Dach, einen Kamin. Wo findet Ihr aber dort so einen Baum? Und wenn es bei Euch irgendwo ein Bäumchen gibt, so habt Ihr es mit einem Kaftan bekleidet! . . .

Meine Gäste hörten gar nicht auf zu staunen, als sie zu mir am Schwuosfeste kamen. Alle vier Burschen kamen geritten, und auf lauter ausgezeichneten Pferden! Und das brauche ich wohl gar nicht zu sagen, daß Arontschik auf dem schönsten Pferde saß. Ich sage Euch, auf einem richtigen Wallach, wie man einen zweiten nicht so bald findet! Selbst um dreihundert Rubel werdet Ihr einen solchen nicht auftreiben! »Gesegnet sei, der da kommt, meine lieben Gäste!« sage ich zu ihnen. »Seid ihr vielleicht dem Schwuosfeste zu Ehren hoch zu Roß gekommen? Es macht nichts,« sage ich, »Tewje gehört selbst nicht zu den Frömmsten, und wenn man euch,« sage ich, »so Gott will, auf jener Welt dafür peitschen wird, so wird es mir nicht weh tun. . . . He, Golde! Schau, daß die Pfannkuchen bald fertig werden und laß«, sage ich, »den Tisch ins Freie heraustragen, denn ich habe«, sage ich, »in der Stube nichts den Gästen zu zeigen. . . . He, Sprinze! Teibel! Bejlke! Wo steckt ihr? Rührt euch!« . . . So kommandiere ich meine Kinder, und sie bringen einen Tisch mit Stühlen, ein Tischtuch, Teller, Löffel, Gabeln, Salz – und bald darauf kommt Golde mit den Pfannkuchen. Die sind heiß, siedend, herrlich und fett wie Mannah! Und meine Gäste hören mit den Lobsprüchen auf meine Pfannkuchen gar nicht auf.

»Was stehst du da?« sage ich zu Golde: »Geh«, sage ich, »und wiederhole den Vers noch einmal. Heute ist doch«, sage ich, »Schwuos, also muß man«, sage ich, »den Vers ›Ojdcho‹ zweimal sagen!« Und meine Golde ist nicht faul und füllt die Schüssel noch einmal, und Sprinze bringt die Pfannkuchen zu Tisch. Plötzlich schaue ich meinen Arontschik an und sehe, daß er sich in meine Sprinze vergafft hat. Er wendet keinen Blick von ihr! Was hat er nur an ihr gefunden? ... »Eßt doch,« sage ich zu ihm, »warum eßt Ihr nicht?« ... Sagt er zu mir: »Was tue ich denn?« – »Ihr guckt«, sage ich, »auf meine Sprinze.« ... Fangen alle zu lachen an, und meine Sprinze lacht auch mit. Und allen ist es lustig zumute, alle freuen sich, es ist ein wahrer, guter Schwuostag! ... Nun soll einer ahnen, daß aus dieser Fröhlichkeit für mich ein Unglück, eine Plage, eine Strafe kommen wird! Wüst und finster wurde mir die Welt! ... Aber was! Der Mensch ist doch ein Narr! Ein gelehrter Mann darf es sich nicht so zu Herzen nehmen, er muß verstehen, daß alles so geschieht, wie es eben geschehen muß; denn wenn etwas anders hätte sein müssen, als es ist, so wäre es eben anders! Lesen wir doch in den Psalmen: ›Verlaß dich auf den Herrn‹, – dann wird er es schon so einrichten, daß du tief in der Erde liegst, aus Lehm Beugel bäckst und dazu noch sagst: Auch dieses ist zum besten! Hört nur, was auf dieser Welt alles passieren kann. Hört aber mit Verstand zu, denn die eigentliche Geschichte fängt erst jetzt an.

Es kam der Abend und es kam der Morgen – wie ich eines Abends ganz gebraten von der Sonne des Tages und todmüde vom Herumlaufen von der einen Bojberiker Sommerwohnung zur anderen heimkomme, sehe ich draußen vor meinem Hause ein bekanntes Pferd angebunden. Ich könnte schwören, daß es Arontschiks Pferd ist, der Wallach, den ich damals auf dreihundert Rubel schätzte. Geh ich auf den Gaul zu, gebe ihm mit der einen Hand einen Klapps von hinten, kitzle ihn mit der anderen am Halse und streichle ihm die Mähne. »Lieber Freund,« sage ich zu ihm, »du schöner Bursche! Was tust du hier?« Wendet das Pferd seinen schönen Kopf nach mir um und schaut mich mit seinen klugen Augen an, als ob es sagen wollte: ›Was fragt Ihr mich? Fragt meinen Herrn.‹ ...

Ich gehe in die Stube und frage mein Weib: »Sage mir nur, Golde, meine Krone, was hat Arontschik hier zu suchen?« Antwortet sie mir: »Woher soll ich das wissen? Er gehört doch zu deinen Leuten!« – »Wo steckt er aber jetzt?« – »Er ist«, sagt sie mir, »mit den Kindern in den Wald spazieren gegangen . . .« – »Was ist das plötzlich für ein Spazierengehen?« sage ich zu meinem Weib und lasse mir Essen geben. Und wie ich gegessen habe, sage ich zu mir: »Tewje, warum bist du so aufgeregt? Wenn ein Mensch zu dir zu Gast kommt, mußt du da gleich böse werden? Im Gegenteil.« . . . Und wie ich mir das sage, kommen schon meine Töchter mit dem jungen Mann aus dem Walde zurück und halten Blumen in der Hand. Vorne gehen die beiden Jüngeren, Teibel und Bejlke, und dann folgen Sprinze und Arontschik.

»Guten Abend!« – »Gutes Jahr!« Mein Arontschik steht so sonderbar da, streichelt sein Pferd, hält einen Grashalm zwischen den Zähnen und sagt plötzlich zu mir: »Reb Tewje! Ich will mit Euch ein Geschäft machen: Wollen wir unsere Pferde tauschen!« – »Wißt Ihr sonst niemand,« sage ich, »über den Ihr Euch lustig machen könnt?« Sagt er zu mir: »Nein, ich meine es ganz ernst.« – »So,« sage ich, »Ihr meint es ernst? Wieviel mag Euer Pferd kosten?« – »Wie teuer«, sagt er, »schätzt Ihr es ein?« – »Ich schätze es,« sage ich, »wenn ich nur nicht zu niedrig greife, auf dreihundert Rubel, und vielleicht noch mehr!« Fängt er zu lachen an und sagt, daß es mehr als dreimal soviel kostet. Und dann sagt er wieder: »Nun? Wollen wir tauschen?« Mir gefielen diese Worte gar nicht: will er denn wirklich seinen Gaul gegen meine Schindmähre tauschen?! . . . Sage ich zu ihm, er möchte dieses Geschäft auf ein anderes Mal verschieben und frage ihn im Scherz, ob er nur deswegen gekommen sei. »Wenn ja,» sage ich, »so ist es schade um die Mühe.« . . . Antwortet er mir ganz ernst: »Ich bin zu Euch eigentlich wegen einer anderen Sache gekommen. Wenn Ihr nichts dagegen habt, wollen wir ein wenig spazieren gehen.« Was ist über ihn gekommen, daß er immer spazieren gehen will? – frage ich mich und gehe mit ihm zum Wald.

Die Sonne ist schon längst untergegangen, das grüne Wäldchen sieht schon ganz dunkel aus, die Kröten im Sumpf quaken, und das Gras duftet herzerfrischend! Arontschik geht, und ich gehe auch. Er schweigt, und ich schweige auch. Plötzlich bleibt er stehen, hüstelt und sagt zu mir: »Reb Tewje! Was würdet Ihr sagen, wenn ich Euch sagen würde, daß ich Eure Sprinze liebe und mich mit ihr verloben möchte?« – »Was ich dazu sagen würde?« sage ich: »Ich würde sagen, daß man aus der Liste der Verrückten einen streichen und Euch hineinsetzen soll.« ... Gafft er mich an und sagt: »Was heißt das?« Sage ich: »Das heißt, was ich sage! ...« – Sagt er: »Ich verstehe Euch nicht!« – Sage ich: »Dies beweist, daß Ihr nicht allzu klug seid, wie es auch in der Schrift heißt: ›Der Kluge hat seine Augen im Kopfe.‹ Das besagt, daß man einem Klugen etwas mit einem Wink weismachen kann, einem Dummen aber nur mit dem Stock.« ... Sagt er zu mir schon etwas beleidigt: »Ich rede zu Euch ganz einfach, und Ihr antwortet mir mit Witzen und Texten!« – Sage ich: »Jeder Chasen singt wie er kann, und jeder Prediger predigt von sich selbst. Wenn Ihr wissen wollt, was für ein Prediger Ihr seid, so redet zuerst mit Eurer Mutter. Sie wird Euch«, sage ich, »die Sache genau erklären ...« – »Ihr haltet mich wohl für einen kleinen Jungen,« sagt er zu mir, »der erst seine Mutter fragen muß? ...« – »Gewiß«, sage ich, »müßt Ihr Eure Mutter fragen, und die Mutter wird Euch sagen, daß Ihr närrisch seid, und sie wird recht haben ...« – »Und sie wird recht haben?« sagt er zu mir. – »Gewiß,« sage ich, »sie wird recht haben; denn was seid Ihr«, sage ich, »für eine Partie für meine Sprinze? Paßt denn meine Sprinze zu Euch? Und, vor allen Dingen,« sage ich, »passe ich denn zu Eurer Mutter, um mich mit ihr zu verschwägern? ...« – »Wenn Ihrs so meint,« sagt er zu mir, »so seid Ihr, Reb Tewje, in einem großen Irrtum! Ich bin kein Junge von achtzehn Jahren, ich suche keine Partie für meine Mutter, und ich weiß sehr gut, wer Ihr seid, und wer Eure Tochter ist, und sie gefällt mir, und so will ich, und so wird es sein! ...« – »Nehmt es mir nicht übel,« sage ich, »daß ich Euch unterbreche, aber ich sehe schon,« sage ich, »daß Ihr mit der einen Partei im reinen seid. Seid Ihr aber schon«, sage ich, »auch mit der Gegenpartei im reinen?« . . . Sagt er zu mir: »Ich weiß nicht, was Ihr meint . . .« – Sage ich: »Ich meine meine Tochter Sprinze. Habt Ihr mit ihr«, sage ich, »schon gesprochen, und was hat sie dazu gesagt?« Fühlt er sich beleidigt und sagt zu mir mit einem Lächeln: »Was ist das für eine Frage? Gewiß habe ich«, sagt er, »mit ihr gesprochen, und nicht nur einmal, sondern mehrere Male. Ich komme ja«, sagt er zu mir, »jeden Tag her.« . . . Hört Ihr es? Er kommt alle Tage zu mir, und ich weiß nichts davon! . . . Sage ich zu mir: ›Du Rindvieh in menschlicher Gestalt! Man sollte dir Stroh zum Kauen geben, Tewje! Wenn du dich so anführen läßt, so wird man dich kaufen und verkaufen, du Esel!‹ . . . So sage ich zu mir und gehe mit Arontschik zurück. Er verabschiedet sich von meinen Leuten, springt auf seinen Gaul und marsch nach Hause, nach Bojberik.

Nun wollen wir, wie es in Euren Geschichtenbüchern heißt, den Königssohn verlassen und uns zu der Königstochter wenden, das heißt zu Sprinze. . . . »Sag mir, meine Tochter,« sage ich zu ihr, »erzähle mir nur,« sage ich, »was hat Arontschik mit dir von so einer Sache gesprochen,« sage ich, »ganz ohne mein Wissen?« Nun, antwortet ein Baum? Ebenso antwortet sie! Sie wird rot, schlägt die Augen nieder wie eine Braut und schweigt, als ob sie den Mund voll Wasser hätte . . . ›So!‹ denke ich mir: ›Du willst jetzt nicht reden, also wirst du etwas später reden. . . . Tewje ist kein Weib, Tewje hat Zeit!‹ Ich warte also einige Tage. Und wie ich wieder einmal mit ihr allein bin, sage ich zu ihr: »Sprinze, sage mir nur das eine: kennst du ihn wenigstens, diesen Arontschik?« Sagt sie: »Gewiß kenne ich ihn . . .« – »Weißt du auch,« sage ich, »daß er ein Pfeifer ist?« Fragt sie mich: »Was heißt das, ein Pfeifer?« Sage ich ihr: »Eine hohle Nuß, auf der man pfeifen kann.« . . . Sagt sie mir: »Du irrst, Arnold ist ein guter Mensch . . .« – »So,« sage ich, »er heißt bei dir plötzlich Arnold und nicht

Arontschik, der Scharlatan?« Sagt sie: »Arnold ist kein Scharlatan. Arnold hat ein gutes Herz. Arnold«, sagt sie, »lebt in einer Umgebung von verdorbenen Menschen,« sagt sie, »die sich nur für Geld interessieren . . .« – »So,« sage ich, »gehörst du auch schon zu den Aufgeklärten, Sprinze, und magst kein Geld leiden?« . . .

Kurz und gut, ich sehe aus diesem Gespräch, daß sie schon recht weit gegangen sind, und daß es schon etwas zu spät ist, umzukehren. Denn ich kenne meine Leute. So sind eben Tewjes Töchter beschaffen, wie ich es schon einmal gesagt habe: wenn sie sich an einen Menschen hängen, so mit dem ganzen Herzen, mit dem ganzen Leben und mit der ganzen Seele! Und ich sage mir: ›Narr! Warum willst du, Tewje, unbedingt klüger sein als die ganze Welt? Vielleicht ist es eine Fügung Gottes? Vielleicht ist es dir beschert, daß dir gerade durch diese stille Sprinze geholfen wird und du belohnt wirst für alle die Plagen und Schläge, die du bisher erlebt hast? Daß du ein gutes Alter erlebst und auch einmal etwas vom Leben hast? Vielleicht ist es dir beschert, eine Millionärin zur Tochter zu haben? Warum auch nicht? Paßt es dir etwa nicht? Wo steht es geschrieben, daß Tewje ewig ein Bettler bleiben muß, daß er sich ewig herumschleppen muß mit seinem Pferde, mit Käse und Butter, damit die reichen Leute von Jehupez etwas zu fressen haben? . . . Wer weiß, vielleicht ist es im Himmel bestimmt, daß ich in meinen alten Tagen auf dieser Welt etwas erfülle, daß ich ein Wohltäter werde und Gastfreundschaft an armen Wanderern übe, oder daß ich mich gar mit einigen gelehrten Juden hinsetze und die Thora studiere?‹ . . . Und es kommen mir viele ähnliche reiche, goldene Gedanken in den Sinn, wie es geschrieben steht: ›Viele Gedanken wohnen im Menschenherzen.‹ Oder wie ein Goj – er sei von uns wohl unterschieden! – sagt: ›Der Narr wird durch seine Gedanken reich!‹

Ich komme also in die Stube und nehme meine Alte vor. »Was würdest du zum Beispiel sagen,« sage ich, »wenn un-

sere Sprinze eine Millionärin werden würde?« ... Fragt sie mich: »Was heißt das, eine Millionärin?« Sage ich: »Eine Millionärin heißt, die Frau eines Millionärs.« ... Fragt sie: »Was heißt ein Millionär?« Sage ich ihr: »Ein Millionär heißt ein Mann, der eine Million hat.« ... Fragt sie mich: »Wieviel ist eine Million?« Sage ich: »Wenn du ein solches Rindvieh bist und nicht einmal weißt, was eine Million ist, was habe ich dann mit dir noch zu reden?« Sagt sie: »Wer bittet dich, mit mir zu reden?« Und sie hat ja auch wirklich recht.
Kurz und gut, es vergeht ein Tag, ich komme wieder nach Hause und frage: »War Arontschik da?« – »Nein, er war nicht da.« ... Es vergeht wieder ein Tag. »War der Bursche da?« – »Nein, er war nicht da.« ... Unter irgendeinem Vorwande zur Witwe zu gehen, paßt mir nicht. Ich will nicht, daß sie meint, daß Tewje sich um die Partie bemüht. Auch habe ich das Gefühl, daß ich dort ›wie eine Blume unter Dornen‹ sein werde, das heißt, wie ein fünftes Rad am Wagen, obwohl ich gar nicht einsehen kann, warum. Weil ich keine Million habe? Dafür bin ich ja mit einer Millionärin verschwägert! Und mit wem ist sie verschwägert? Mit einem armen Mann, einem Bettler, mit Tewje, dem Milchmann. Wer ist also vornehmer, ich oder sie? ... Ich will Euch die reine Wahrheit sagen: nun wollte ich auch schon selbst, daß die Partie zustande komme, eigentlich weniger wegen der Partie, als wegen der Siegesfreude. ›Der böse Geist mag in die Väter und die Mütter dieser reichen Leute von Jehupez fahren, sollen sie wissen, wer Tewje ist! ... Bisher hörte man nichts als Brodskij, und wieder Brodskij, als ob die anderen gar keine Menschen wären!‹ ...
Das denke ich mir, wie ich aus Bojberik heimfahre. Und wie ich nach Hause komme, empfängt mich meine Alte mit großem Stolz: »Soeben war hier ein Bote, ein Goj, von der Witwe und sagte, du solltest um Gottes willen sofort zu ihr kommen, und selbst wenn es Nacht wäre. Du sollst dein Pferd anspannen und hinfahren, denn man braucht dich dort drin-

gend! . . .« – »Warum«, sage ich, »so dringend? Haben sie denn dort«, sage ich, »keine Zeit?« Und ich werfe einen Blick auf meine Sprinze: sie schweigt, nur ihre Augen sprechen. Ach, wie sie sprechen! Niemand versteht doch ihr Herz so wie ich. . . . Ich habe die ganze Zeit Angst, ich weiß selbst nicht warum, daß aus der Sache vielleicht nichts wird. Darum schimpfe ich immer auf Arontschik und sage, er sei dies und er sei jenes. Wie ich aber sehe, daß es von ihr abprallt wie Erbsen von der Wand und daß meine Sprinze schmilzt wie eine brennende Kerze, spanne ich mein Pferd wieder vor den Wagen und fahre schon recht spät am Abend zurück nach Bojberik.

Im Fahren denke ich mir: ›Warum lassen sie mich so dringend rufen? Um meine Einwilligung zu hören? Um wegen des Verlobungsmahles zu sprechen? Da hätte er doch zu mir kommen können, denn ich bin ja der Brautvater!‹ Und ich fange selbst über diesen Gedanken zu lachen an: ›Wo hat man das schon je in der Welt gehört, daß der reiche Mann zum Bettler kommen soll? Höchstens, wenn die Welt untergeht, in Messias Zeiten, wie die jungen Leute, die dummen Jungen, mir einreden wollen, daß bald die Zeit kommt, wo der Reiche und der Arme ganz gleich sein werden: mein ist dein, und dein ist mein, und ähnlicher Unsinn! Wie kommen nur in diese kluge Welt solche Narren? . . . Ach ja!‹ . . .

Mit solchen Gedanken komme ich nach Bojberik, fahre direkt zur Sommerwohnung der Witwe und lasse das Pferd halten. Wo ist aber die Witwe? Keine Witwe da! Wo ist der Bursche? Kein Bursche da! Wer hat mich dann kommen lassen? »Ich habe Euch kommen lassen«, sagt zu mir ein kleiner rundlicher Mann, mit einem ausgezupften Bärtchen und einer dicken goldenen Uhrkette auf dem Bauche. »Und wer«, sage ich, »seid Ihr?« Sagt er: »Ich bin der Bruder der Witwe und Arontschiks Onkel. . . . Man hat mich«, sagt er, »telegraphisch aus Jekaterinoslaw berufen, und ich bin soeben angekommen.« . . .

»Wenns so ist,« sage ich, »so wünsche ich Euch Frieden!« Und mit diesen Worten setzte ich mich. Wie er sieht, daß ich schon sitze, sagt er zu mir: »Setzt Euch!« Sage ich: »Danke, ich sitze schon. Wie geht es Euch?« sage ich: »Wie steht es bei Euch mit der Konstitution?« Antwortet er mir darauf gar nichts. Er lehnt sich in seinen Schaukelstuhl zurück, steckt die Hände in die Hosentaschen, bläht den dicken Bauch mit der goldenen Uhrkette auf und spricht zu mir folgende Worte: »Ich glaube, Ihr heißt Tewje?« – »Ja,« sage ich, »wenn man mich zu der Thora aufruft, so sagt man: ›Es erscheine Reb Tewje, der Sohn des Reb Schnejur-Salman ...‹« – »Hört nur,« sagt er zu mir, »Reb Tewje, was ich Euch sagen will. Was taugen uns lange Reden? Wollen wir lieber«, sagt er, »gleich von der Hauptsache sprechen, ich meine vom Geschäft ...«

»Ich habe nichts dagegen«, sage ich. »König Salomo hat schon längst gesagt: ›Ein jegliches hat seine Zeit.‹ ... Wenn man vom Geschäft reden soll, so redet man eben vom Geschäft. ... Ich bin«, sage ich, »ein Geschäftsmann ...« – »Das sieht man,« sagt er, »daß Ihr ein Geschäftsmann seid. Darum will ich mit Euch kaufmännisch sprechen. Ich will, daß Ihr mir ganz offen sagt, wieviel die ganze Sache kosten soll? ... Aber ganz offen!« ...

»Wenn ich offen sprechen soll, so weiß ich gar nicht, was Ihr meint ...«

»Reb Tewje!« sagt er zu mir wieder, behält aber die Hände noch immer in den Hosentaschen. »Ich frage Euch,« sagt er, »wieviel soll uns die ganze Hochzeit kosten?« – »Es kommt darauf an,« sage ich, »was für eine Hochzeit Ihr meint! Wenn Ihr eine großartige Hochzeit meint, wie sie Euch geziemt, so bin ich«, sage ich, »gar nicht imstande ...« Starrt er mich an und sagt: »Entweder stellt Ihr Euch dumm oder Ihr seid wirklich dumm. ... Obwohl Ihr gar nicht so dumm zu sein scheint,« sagt er, »denn wenn Ihr dumm wäret, so hättet Ihr meinen Neffen nicht so beschwindelt: Ihr habt ihn zu Euch angeblich zu Pfannkuchen geladen, habt ihm ein schönes Mädel gezeigt, – ob es wirklich Eure Tochter ist oder nicht, das weiß ich nicht,« sagt er, »und er hat sich in sie verliebt, das heißt, sie hat ihm gefallen. Und daß er ihr gefallen hat,« sagt er, »das versteht sich doch von selbst, davon rede ich gar nicht. Es ist ja auch möglich,« sagt er, »daß es ein braves Mädel ist und es ernst meint. So weit will ich aber gar nicht gehen. . . . Ihr sollt nicht vergessen,« sagt er, »wer *Ihr* seid und wer *wir* sind! Ihr seid doch«, sagt er, »ein gelehrter Mann! Wie könnt Ihr«, sagt er, »auch nur zugeben, daß Tewje, der Milchmann, der mit Käse und Butter hausiert, sich mit uns verschwägert? . . . Werdet Ihr vielleicht sagen, daß sie einander das Wort gegeben haben? Nun, sie werden es eben zurücknehmen! Auch kein großes Unglück!« sagt er. »Und wenn es etwas kosten soll, daß sie ihm sein Wort zurückgibt, so haben wir nichts dagegen. Ein Mädel ist doch kein Bursche,« sagt er, »und ob sie Eure Tochter ist oder nicht,« sagt er, »das will ich gar nicht untersuchen.« . . .

›Schöpfer der Welt!‹ denke ich mir: ›Was will der Jude von mir?‹ . . . Er aber hört nicht auf zu reden: ich solle mir nur nicht einbilden, sagt er, daß es mir gelingen wird, einen Skandal zu machen und überall auszutrompeten, daß sein Neffe, sagt er, sich mit Tewjes, des Milchmannes, Tochter hat verloben wollen . . . Ich soll es mir aus dem Kopf schlagen, sagt er, daß seine Schwester ein Mensch sei, der von sich Geld erpressen lasse. . . . Mit Gutem, sagt er, kann man von ihr ein paar Rubel bekommen, sozusagen als Almosen. . . . Man ist doch, sagt er, nur ein Mensch, der einmal auch seinem Mitmenschen helfen muß.

Kurz und gut, Ihr wollt wissen, was ich ihm darauf geantwortet habe? Ich habe ihm, ach und weh ist mir, gar nichts geantwortet! Die Zunge klebte mir, wie man sagt, am Gaumen! Ich stand auf, wandte mich mit dem Gesicht zur Türe und war schon weg! . . . Es war mir, als ob ich mich vor einer Feuersbrunst oder aus einem Gefängnis gerettet hätte. Es summte mir im Kopfe, es flimmerte mir vor den Augen, und in den Ohren klangen mir noch die Worte jenes Juden: ›Aber ganz offen!‹ – ›Ob es Eure Tochter ist oder nicht . . .‹ – ›Eine Witwe, von der man Geld erpressen kann . . .‹ – ›Sozusagen als Almosen . . .‹ Und ich ging hinaus zu meinem Pferd, drückte mein Gesicht in den Wagen und – Ihr werdet doch über mich nicht lachen? – und fing zu weinen an. . . . Und als ich mich ausgeweint hatte, stieg ich auf den Bock und gab meinem Pferdchen, nebbich, soviel Peitschenschläge, wieviel es überhaupt fassen konnte. Dann erst wandte ich mich an Gott mit der gleichen Frage, die schon einmal Hiob gestellt hatte: ›Was für eine Missetat hast du, lieber Gott, am alten Hiob gesehen, daß du von ihm für keinen Augenblick abläßt? Gibt es denn wenig andere Juden auf der Welt?‹

Wie ich nach Hause komme, ist meine Familie, unberufen, lustig und guter Dinge. Alle sitzen beim Abendbrot, aber Sprinze fehlt. »Wo ist Sprinze?« frage ich. – »Was gibts?« sagen sie zu mir. »Was hat man dich kommen lassen?« – Sage ich noch einmal: »Wo ist Sprinze?« . . . Antworten sie mir noch einmal: »Was gibts?« . . . Sage ich ihnen: »Gar nichts! Was soll es geben? Es ist, Gott sei Dank, ruhig, von Pogromen hört man nichts . . .« In diesem Augenblick kommt Sprinze, blickt mir in die Augen und setzt sich zu Tisch, als ob die Rede gar nicht von ihr wäre. . . .An ihrem Gesicht ist nichts zu erkennen, sie ist nur ungewöhnlich, ganz unnatürlich still. . . . Ihr Benehmen gefiel mir gar nicht: sie saß so zerstreut da und tat alles, was man ihr sagte. Sagte man ihr: ›Setz dich!‹, so setzte sie sich. Sagte man: ›Iß!‹, so aß sie. Sagte man: ›Geh!‹, so ging sie. Und wenn man sie rief, so fuhr sie zusammen. . . . Wie ich sie ansah, krampfte sich mir das Herz zusammen, und ein Zorn brannte in mir, ich wußte selbst nicht auf wen. . . . Ach, du lieber Gott, Schöpfer der Welt! Wofür strafst du mich, für wessen Sünde?!

Kurz und gut, Ihr wollt wohl das Ende wissen? Ein solches Ende möchte ich selbst meinem schlimmsten Feinde nicht wünschen, und man darf so etwas gar nicht wünschen, denn der Fluch auf die Kinder ist der ärgste Fluch von allen Flüchen

der Schrift! Wer weiß, vielleicht hat mich jemand so verflucht? Ihr glaubt nicht an solche Dinge? Was ist es denn? Gut, ich will hören, wie Ihr das erklärt.... Aber was soll man da viel klügeln? Hört doch nur das Ende, das ich Euch erzählen will. Eines Abends fahre ich aus Bojberik heim und bin in der besten Laune: stellt Euch nur vor den Verdruß und die Schande und auch noch das Mitleid mit meinem Kinde!... Ihr werdet vielleicht nach der Witwe fragen? Oder nach ihrem Sohn? Was geht mich die Witwe an, und was ihr Sohn? Weggefahren sind sie und haben nicht einmal Abschied genommen! Es ist eine Schande zu sagen, sie blieben mir sogar noch etwas Geld für Butter und Käse schuldig.... Ich rede aber nicht von dem, sie haben es wahrscheinlich vergessen. Ich rede vom Abschiednehmen: sie sind weggefahren, ohne Abschied zu nehmen!... Was mein Kind, nebbich, ausgestanden hat, das weiß keines Menschen Sohn außer mir: denn ich bin ja der Vater, und das Herz des Vaters fühlt... Ihr meint vielleicht, daß sie mir auch nur ein halbes Wort gesagt hat? Daß sie sich beklagt hat? Oder daß sie geweint hat? Bewahre! Da kennt Ihr Tewjes Töchter schlecht! Sie ging ganz in sich und flackerte wie ein Licht! Ab und zu seufzte sie auf, es war aber ein Seufzen, das so große Stücke vom Herzen abreißt!
Ich fahre also mit meinem Pferdchen nach Hause und bin vertieft in meine traurigen Gedanken. Ich stelle Fragen an den Schöpfer der Welt und gebe mir selbst Antworten, und ich denke dabei weniger an Gott – mit Gott habe ich mich schon einigermaßen ausgesöhnt – als an die Menschen: Warum müssen die Menschen schlecht sein, wenn sie auch gut sein können? Warum müssen sie sich selbst und den anderen das Leben verbittern, wenn es in ihrer Macht ist, gut und glücklich zu leben? Ist es denn möglich, daß Gott den Menschen nur dazu erschaffen hat, damit er schon auf dieser Welt alle Strafen des Jenseits leidet?... Wozu hätte es Gott nötig?... Mit solchen Gedanken fahre ich heim nach meiner Meierei und sehe aus der Ferne, daß draußen am Flußdamm eine Menge Bauern

zusammengelaufen ist, Bauern und Bäuerinnen, und Bauernmädchen und kleine Bauernjungen ohne Zahl. Was ist das? Natürlich ist es keine Feuersbrunst; also ist es ein Ertrunkener: jemand hat wohl im Flusse gebadet und dabei den Tod gefunden. Niemand weiß, wo ihn der Todesengel erwartet, wie wir es auch am Neujahrsfeste im Gebet ›Unessane Tojkef‹ sagen. . . . Plötzlich sehe ich: auch meine Golde läuft zum Fluß, ihr Kopftuch ist aufgegangen, sie hat die Hände vor sich ausgestreckt, und vor ihr laufen meine Kinder Teibel und Bejlke. Und alle drei schreien und jammern: »Tochter! Schwester! Sprinze!« . . . Ich sprang vom Wagen, ich weiß selbst nicht, wieso ich dabei nicht in Stücke zersprang, und als ich zum Flusse kam, da war es schon zu spät.

Was wollte ich Euch noch fragen? . . . Ja! Habt Ihr einmal einen Ertrunkenen gesehen? Noch nie? . . . Der Mensch stirbt gewöhnlich mit geschlossenen Augen. . . . Bei einem Ertrunkenen stehen aber die Augen offen; wißt Ihr nicht, woher das kommt? . . . Nehmt es mir nicht übel, daß ich Euch so lange aufgehalten habe; ich habe ja auch selbst wenig Zeit: ich muß nach meinem Pferdchen schauen und das bißchen Ware verkaufen. Die Welt ist ja noch immer eine Welt, also muß man auch an den Rubel denken und das Gewesene vergessen. Das, was die Erde zugedeckt hat, das soll man, heißt es, vergessen, und wenn man selbst ein lebendiger Mensch ist, so kann man seine Seele nicht ausspeien. Da helfen keine Weisheiten, und ich komme immer auf den alten Vers zurück: ›So lange die Seele in dir ist‹, setze deinen Weg fort, Tewje! . . . Bleibt mir gesund, und wenn Ihr meiner gedenkt, so in gutem Sinne.

VII. Tewje fährt ins Heilige Land

Willkommen! Wie geht es Euch, Reb Scholem-Alejchem? Das ist doch eine unerwartete Begegnung! Wir haben es uns beide nicht träumen lassen! Friede sei mit Euch! Ich habe mich immer gefragt: warum sieht man Euch so lange nicht, weder in Bojberik noch in Jehupez? Es ist ja alles möglich, vielleicht habt Ihr schon Eure paar Gilden jemand vermacht und seid dorthin übersiedelt, wo man keinen Rettich mit Schmalz ißt? Und dann dachte ich mir wieder: ist es denn möglich, daß Ihr eine solche Dummheit macht? Ihr seid doch ein kluger und gelehrter Mann! Nun danke ich Gott, daß wir uns beim besten Wohlsein wiedersehen. Wie es geschrieben steht: ›Der Berg kommt mit dem Berg nicht zusammen‹, aber der Mensch mit dem Menschen.
Ihr schaut mich an, Reb Scholem-Alejchem, als ob Ihr mich nicht mehr erkennt? Das bin ich, Euer alter guter Freund Tewje! ›Schaue nicht auf den Krug, sondern auf seinen Inhalt.‹ – Macht Euch nichts daraus, daß ich einen neuen Rock anhabe, ich bin noch immer derselbe Pechvogel Tewje, der ich früher war, und habe mich nicht um ein Haar verändert. Wenn man seine Sabbatkleider anzieht, so sieht man eben mehr wie ein Mensch aus, wie ein reicher Mann: denn wenn man unter Menschen kommt, muß man sich anständig kleiden, besonders wenn man eine so weite Reise unternimmt. . . . Ich fahre ja ins Heilige Land, und das ist keine Kleinigkeit! Ihr schaut mich an und denkt Euch wohl: Wie kommt ein so kleiner Mensch wie dieser Tewje, der seinen Lebtag mit Milchwaren gehandelt hat, zu dieser Gnade, die sich auf seine alten Tage höchstens noch ein Brodskij leisten kann? Glaubt es mir, Reb Scholem-Alejchem: ›Alles ist ungewiß!‹ Ach, wie wahr sind doch diese Worte! Rückt, bitte, Euer Köfferchen ein wenig zur Seite, ich werde mich Euch gegenüber setzen und Euch eine Geschichte erzählen. Ihr werdet hören, was Gott alles kann.

Kurz und gut, ich muß Euch vor allen Dingen sagen, daß ich, nicht auf Euch gedacht, Witwer geworden bin: meine Golde, sie ruhe in Frieden, ist gestorben. Sie war eine einfache Frau, ohne Weisheit und ohne Hintergedanken, aber eine wahre Heilige. Mag sie dort oben eine Fürbitterin für ihre Kinder sein: sie hat von ihnen genug zu leiden gehabt, und hat vielleicht nur darum die Welt verlassen, weil sie es nicht hatte ertragen können, daß die Kinder nach allen Ecken und Enden der Welt fortgezogen sind. »Was taugt mir noch die Welt,« pflegte sie zu sagen, »wenn ich kein Kind und kein Rind mehr habe? Selbst eine Kuh, sie sei von mir wohl unterschieden,« sagte sie, »sehnt sich nach ihrem Kalb, wenn man es ihr fortgenommen hat.« . . . So spricht zu mir Golde und vergießt dabei bittere Tränen. Und wie ich sehe, daß sie von Tag zu Tag wie eine Kerze schmilzt, versuche ich sie natürlich zu trösten und sage zu ihr: »Ach,« sage ich, »liebe Golde, es steht geschrieben: ›Richte uns entweder wie deine Kinder oder wie deine Knechte‹: ob wir Kinder haben oder nicht,« sage ich, »jedenfalls haben wir einen großen, guten und starken Gott! Und doch«, sage ich, »möchte ich so viel Segen erleben, wie oft mir der Schöpfer der Welt solches angetan hat, was ich allen meinen Feinden wünsche!« Sie ist aber, sie verzeihe es mir, doch nur ein Weib, und sie sagt zu mir: »Du sündigst, Tewje, mit den Lippen! Man darf«, sagt sie, »nicht sündigen!« – »Was hast du nur?« sage ich: »Habe ich denn etwas Schlechtes gesagt? Lehne ich mich denn, Gott behüte,« sage ich, »gegen die Beschlüsse des Ewigen auf? Denn wenn er seine Welt so eingerichtet hat,« sage ich, »daß die Kinder keine Kinder mehr sind,« sage ich, »und die Eltern nichts mehr gelten,« sage ich, »so weiß er wohl selbst, was er zu tun hat.« . . .
Sie versteht aber nicht, was ich sage, und antwortet mir ganz unpassend: »Wer wird dir, wenn ich sterbe,« sagt sie, »das Abendessen kochen?« . . . So spricht sie zu mir ganz leise und sieht mich mit solchen Augen an, daß es auch einen Stein hätte rühren können. Tewje ist aber kein Frauenzimmer, und ich

antworte ihr mit einem Scherz und mit einem Bibeltext und mit einer Stelle aus dem Midrasch und noch eine Stelle aus dem Midrasch. »Golde,« sage ich, »du warst mir so viele Jahre treu,« sage ich, »du wirst mich doch nicht auf meine alten Tage zu einem Narren machen?!« Und wie ich das sage, sehe ich sie wieder an: es steht schlimm um sie! »Was fehlt dir,« sage ich, »Golde?« – »Gar nichts«, sagte sie so leise, daß ich es kaum hören kann.

Ich sehe, daß das Spiel zum Teufel ist. Ich spanne mein Pferd an, fahre in die Stadt und hole einen Doktor, den besten Doktor, den ich finden kann. Wie ich zurückkomme, ist es schon aus! Meine Golde liegt auf dem Boden, mit einer Kerze zu Häupten, und sieht aus wie ein Häuflein Erde, das man zusammengescharrt und mit einem schwarzen Tuch bedeckt hat. Ich stehe da und sage mir: ›Ist das alles, was vom Menschen übrig bleibt? Ach, du Schöpfer der Welt, was tust du deinem Tewje an? Was werde ich jetzt in meinen alten Tagen anfangen?‹ Und mit diesen Worten falle ich zu Boden. . . . Und da soll man noch schreien: ›Lebendiger und ewiger Gott!‹ Wißt Ihr, was ich Euch sagen werde? Wenn man vor sich den Tod sieht, muß man jeden Gottesglauben verlieren. Man fängt zu grübeln an: ›Was sind wir, und was ist unser Leben?‹ Was ist die Welt mit allen ihren Geschicken, die sich ewig wenden, mit ihren Eisenbahnen, die wie verrückt umherlaufen, mit allem Denken und Trachten, und selbst mit Brodskij und seinen Millionen? Alles ist eitel, alles ist nichts!

Kurz und gut, ich mietete für Golde einen Kadisch und bezahlte ihn für ein ganzes Jahr voraus. Ich konnte ja nichts anderes tun, denn Gott hatte mich gestraft und mir keine männlichen Nachkommen geschenkt, sondern lauter Töchter, wie ich es keinem guten Menschen wünsche. Ich weiß nicht, ob alle Juden sich mit ihren Töchtern so abplagen müssen, oder ob nur ich allein solch ein Pechvogel bin, der mit ihnen kein Glück hat! Das heißt, meinen Töchtern kann ich nichts vorwerfen, und das Glück ruht in Gottes Hand. Es wäre gut, wenn auch nur die Hälfte davon in Erfüllung ginge, was meine Töchter mir wünschen! Sie hängen sogar zu sehr an mir, und alles, was ›zu‹ ist, ist von Übel. Schaut Euch zum Beispiel meine Jüngste an, die man Bejlke nennt. Wißt ihr, was das für ein Mädel ist? Ihr kennt mich doch, gottlob, wie man sagt, seit einem Jahr und einem Mittwoch und Ihr wißt, daß ich nicht zu solchen Vätern gehöre, die ihre Kinder so ohne jeden Grund loben. Wenn aber schon die Rede von Bejlke ist, so muß ich von ihr zwei Worte sagen: Seit Gott mit Bejlkes handelt, hat er noch keine solche Bejlke wie diese erschaffen! Von Schönheit brauche ich gar nicht zu sprechen: Tewjes Töchter, das wißt Ihr doch selbst, sind in der ganzen Welt als Schönheiten bekannt. Aber sie, ich meine Bejlke, kann alle ihre Schwestern in den Sack stecken. Wenn ich von ihr spreche, muß ich an das Lob des tugendsamen Weibes in den Sprüchen denken: ›Lieblich und schön sein ist nichts‹ – ich rede nicht von ihrer Schönheit, ich rede von ihrem Charakter: Gold, reines Gold, sage ich Euch! Ich war ihr immer so teuer wie das Oberste von der Milch; seit aber meine Golde, sie ruhe in Frieden, – mögen die Jahre, die ihr nicht beschieden waren, Bejlke zugute kommen! – verschieden ist, behandelt sie ihren Vater wie ihren Augapfel! Kein Stäubchen ließ sie auf mich fallen. Und ich sagte zu mir selbst: ›Der Schöpfer der Welt ist wirklich so, wie wir es im Jomkippur-Gebet sagen: Er schickt die Arznei noch vor der Krankheit!‹ Es ist aber manchmal schwer zu sagen, was schlimmer ist, die Arznei oder die Krankheit. Wer konnte es ahnen, daß Bejlke sich mir zuliebe für Geld verkaufen wird, daß sie ihren Vater auf seine alten Tage ins Heilige Land schicken wird? Ihr könnt es Euch wohl denken, daß ich das nur so sage, denn sie ist daran ebenso unschuldig wie Ihr. Die ganze Schuld trifft nur ihn, ihren Auserwählten, ich will ihm nicht fluchen, aber eine Kaserne möchte über ihm einstürzen! Und wenn wir die Sache ordentlich überlegen, so wird es sich vielleicht herausstellen, daß ich selbst an allem schuld bin, wie es auch ausdrücklich im Talmud steht: ›Der

Mensch hat die Schuld.‹ Aber das brauche ich Euch wohl wirklich nicht zu erzählen, was im Talmud steht!
Kurz und gut, ich will Euch nicht lange aufhalten. Es verging ein Jahr und noch ein Jahr, meine Bejlke wuchs heran zu einem Mädchen, das man, unberufen, fremden Leuten zeigen konnte; und Tewje tat noch immer seine alte Arbeit und brachte auf seinem Wagen die Milchwaren im Sommer nach Bojberik und im Winter nach Jehupez – eine Sintflut möchte doch diese Stadt vernichten wie einst Sodom! Ich kann diese Stadt gar nicht mehr anschauen, das heißt, weniger die Stadt als die Menschen, und ich meine auch nicht alle Menschen, sondern einen ganz bestimmten: nämlich Efroïm, den Schadchen, der böse Geist mag in seinen Vater fahren! Da werdet Ihr gleich hören, was ein Schadchen alles anstellen kann.

Eine Tages, es war so um die Mitte Elul, komme ich mit meinen Waren nach Jehupez und sehe – ›Haman naht‹ – Efroïm, der Schadchen, kommt mir entgegen. Ich habe Euch schon einmal von ihm erzählt. Efroïm ist zwar ein ganz unausstehlicher Mensch, aber wenn man ihn sieht, muß man, ob man will oder nicht, stehen bleiben: so eine Gewalt hat dieser Mensch in sich! – »Höre einmal, mein Kluger,« sage ich zu meinem Pferdchen, »halte eine Weile, und ich werde dir etwas zum Kauen geben.« Und dann spreche ich Efroïm, den Schadchen, an, wünsche ihm Frieden und beginne mit ihm ein Gespräch von ungefähr:
»Wie steht es mit Euren Geschäften?« frage ich ihn. Er seufzt tief auf und sagt: »Es ist bitter!« – Sage ich: »Was heißt bitter?« – Sagt er: »Ich habe nichts zu tun!« – Sage ich: »Wirklich nichts?« – Sagt er: »Wirklich nichts!« – Sage ich: »Woher kommt das?« – Sagt er: »Das kommt daher, daß die Leute heute nicht mehr zu Hause heiraten ...« – Sage ich: »Wo heiraten sie denn?« – Sagt er: »Irgendwo dort, im Auslande ...« – Sage ich: »Was soll dann so ein Mensch wie ich tun, dessen Großmutter niemals im Auslande gewesen ist?« – Bietet er

mir eine Prise an und sagt: »Für Euch, Reb Tewje, habe ich Ware hier am Platze . . .« – Sage ich: »Das heißt?« – sagt er: »Eine Witwe ohne Kinder mit hundertfünfzig Rubeln; sie war früher einmal Köchin in den vornehmsten Häusern . . .« Schaue ich ihn an und sage ihm: »Reb Efroïm, wem wollt Ihr diese Partie vorschlagen?« Sagt er: »Wem ich sie vorschlagen will? Euch!« – Sage ich: »Alle bösen und wüsten Träume mögen die Köpfe meiner Feinde treffen!« Ich ziehe meinem Pferdchen eins über und will weiterfahren. Da sagt Efroïm zu mir: »Nehmt es mir nicht übel, Reb Tewje, wenn ich Euch irgendwie verletzt habe! Wen habt Ihr denn gemeint?« – Sage ich: »Wen soll ich wohl meinen, wenn nicht meine Jüngste?« . . . Springt er in die Höhe, schlägt sich mit der Hand auf die Stirne und sagt: »Halt! Es ist gut, daß Ihr mich daran erinnert habt! Lange leben sollt Ihr, Reb Tewje!« – Sage ich: »Amen, auch Euch wünsche ich, daß Ihr Messias' Ankunft erlebt. Aber was ist mit Euch los?« – Sagt er: »Es ist gut, Reb Tewje, es ist ausgezeichnet, es kann gar nicht besser sein!« – Sage ich: »Was ist so gut?« – Sagt er: »Ich habe für Eure Jüngste etwas Passendes, ein Glück, einen Haupttreffer – einen reichen und mächtigen Mann, einen Millionär, einen Brodskij, einen Bauunternehmer und Heereslieferanten, und mit seinem Namen heißt er Pedozur!« – Sage ich: »Pedozur? Den Namen kenne ich aus der Schrift.« – Sagt er: »Was taugt mir die Schrift? Er ist ein Bauunternehmer, dieser Pedozur, er baut Häuser, Mauern und Brücken, er war während des Krieges in Japan, ist von dort mit einem Haufen Geld zurückgekehrt, fährt in vornehmen Equipagen mit feurigen Rossen, hat vor seiner Tür Lakaien stehen und ein Bad bei sich in der Wohnung, hat Möbel aus Paris und einen Brillantring am Finger. Ist noch nicht alt, unverheiratet, ein richtiger Junggeselle – Prima! Und er sucht ein schönes Mädel, auch wenn sie nackt und barfuß ist, nur daß sie schön von Angesicht ist!« – »Halt!« sage ich, »wenn Ihr so ohne Kompaß rennt, werden wir Gott weiß wohin kommen! Wenn ich nicht irre,« sage ich,

»habt Ihr mir schon einmal diese selbe Partie für meine ältere Tochter vorgeschlagen, für Hodel?« ...
Wie Efroïm von mir diese Worte hört, faßt er sich bei den Seiten und fängt so zu lachen an, daß ich schon fürchte, der Schlag könne ihn treffen. – »Ach,« sagt er, »Ihr redet von einer Sache, die sich zugetragen hat, als meine Großmutter mit ihrem ersten Kinde niedergekommen war! Der Mann, von dem Ihr redet, hat ja noch vor dem Kriege Bankrott gemacht und ist nach Amerika durchgebrannt!« – »Das Andenken des Gerechten zum Segen!« sage ich. »Wird vielleicht auch dieser dorthin durchbrennen?« Da wird er, der Schadchen, wütend und sagt: »Was redet Ihr, Reb Tewje? Jener war«, sagt er, »ein Pfeifer, ein Scharlatan, ein Verschwender, und dieser ist ein Bauunternehmer,« sagt er, »Kriegslieferant, ein Mensch, der viele Geschäfte hat, und ein Kontor, und Angestellte ... und ... und ...« Was soll ich Euch sagen? Der Schadchen kam in solche Hitze, daß er mich vom Wagen herunterzog, mich am Rocke packte und so lange schüttelte, bis ein Schutzmann kam und uns beide aufs Revier abführen wollte. Es war noch ein Glück, daß mir der Vers: ›An dem Fremden magst du wuchern‹ einfiel: mit Polizei muß man umzugehen wissen.
Kurz und gut, was soll ich Euch lange aufhalten: dieser Pedozur verlobte sich mit meiner Jüngsten, das heißt Bejlke, aber es dauerte noch eine Weile, bis man die Chuppe stellte. Und warum dauerte es? Weil sie, das heißt Bejlke, diese Partie ebenso wollte, wie man sterben will. Je mehr sie dieser Pedozur mit seinen Geschenken, mit goldenen Uhren und Brillantringen überschüttete, um so weniger mochte sie ihn leiden. Mir braucht man ja keinen Finger in den Mund zu stecken; ich merkte es sofort an ihrem Gesicht, ihren Augen und den Tränen, die sie heimlich vergoß. Einmal sage ich ihr so nebenbei: »Hörst du, Bejlke,« sage ich, »ich habe Angst, daß du deinen Pedozur«, sage ich, »ebenso liebst und schätzt wie mich.« ... Wird sie rot wie Feuer und sagt zu mir: »Wer hat

dir das gesagt?« Sage ich: »Warum weinst du denn sonst ganze Nächte hindurch?« Sagt sie: »Weine ich denn?« Sage ich: »Nein, du weinst nicht, aber du schluchzt still in dich hinein. Du glaubst wohl,« sage ich, »daß, wenn du den Kopf in die Kissen vergräbst, ich deine Tränen nicht sehe? Du meinst wohl,« sage ich, »daß dein alter Vater ein kleiner Junge ist,« sage ich, »oder daß ihm sein Gehirn eingetrocknet ist, so daß er es nicht versteht,« sage ich, »daß du es nur ihm zuliebe tust? Daß du ihn auf seine alten Tage versorgen willst,« sage ich, »damit er einen Ort hat, wo sein Kopf ausruhen kann und damit er, Gott behüte, nicht betteln gehen muß? Wenn du es so meinst, so bist du«, sage ich, »dumm, denn wir haben«, sage ich, »einen großen Gott,« sage ich, »und Tewje gehört nicht zu den Nichtstuern, die sich mit Gnadenbrot begnügen. Geld«, sage ich, »ist nichts, wie es auch in der Schrift heißt. Und wenn du einen Beweis willst,« sage ich, »so schaue nur deine Schwester Hodel an: sie ist zwar eine Bettlerin, aber lies ihre Briefe,« sage ich, »die sie mir von Gott weiß wo,« sage ich, »vom Ende der Welt schreibt, und sieh, wie sie sich mit ihrem Pechvogel Pfefferl glücklich fühlt!« ... Zeigt nun Euren Scharfsinn und versucht zu raten, was mir Bejlke darauf geantwortet hat? – »Mit Hodel«, sagt sie, »darfst du mich nicht vergleichen: Hodel gehört in eine Zeit,« sagt sie, »wo die ganze Welt zitterte und jeden Augenblick umzustürzen drohte; damals waren alle«, sagt sie, »so sehr um die Welt besorgt, daß sie an sich selbst gar nicht dachten. Aber jetzt,« sagt sie, »wo die Welt wieder eine Welt ist,« sagt sie, »sorgt ein jeder nur für sich selbst, und niemand denkt mehr an die Welt.« ... So antwortete mir Bejlke auf meine Worte. Da gehe einer her und rate, was sie damit meint!

Nun? Ihr versteht Euch ja auf Tewjes Töchter! Ihr hättet sie sehen sollen, wie sie unter der Chuppe stand: wie eine Prinzessin! Wie ich sie so stehen sah und mich in ihr sozusagen spiegelte, dachte ich mir: ›Ist das auch wirklich Bejlke, Tewjes Tochter? Wo hat sie gelernt, so zu stehen, und so zu gehen,

und so den Kopf zu halten, und sich so zu kleiden, daß alles wie angegossen sitzt?‹ ... Ich hatte aber nicht Zeit, mich lange in ihr zu spiegeln, denn das junge Paar machte sich noch am selben Tage nach der Trauung so gegen halb sechs Uhr abends auf und reiste mit dem Schnellzug zu allen Teufeln, nach Italien, wie es heute bei den reichen Leuten Mode ist.
Sie kehrten erst um die Chanuka-Zeit zurück und ließen mir gleich sagen, ich möchte um Gottes willen und sofort zu ihnen nach Jehupez kommen. Da sagte ich mir gleich: Wenn sie einfach den Wunsch hätten, daß ich zu ihnen komme, so würden sie mir sagen lassen, ich solle kommen und fertig. Was bedeutet aber das ›um Gottes willen‹ und das ›sofort‹? Das muß doch irgendeinen Grund haben! Nun frage ich mich: Was ist das für ein Grund? Und es kommen mir allerlei Gedanken, wie gute so auch böse in den Sinn: vielleicht haben sie sich dort wie zwei Katzen gezankt und wollen sich jetzt scheiden lassen? Dann sagte ich mir wieder: ›Du bist ein Narr, Tewje! Warum mußt du gleich das Schlechteste denken? Woher kannst du wissen, warum sie dich sehen wollen? Vielleicht sehnen sie sich einfach nach dir? Oder vielleicht will Bejlke ihren Vater in ihrer Nähe haben? Oder Pedozur will dir eine Stelle geben, dich an seinen Geschäften beteiligen und dich zu einem Aufseher bei seinen Unternehmungen machen?‹ So oder so, ich muß hin.
Ich setze mich also in meinen Wagen und fahre nach Jehupez. Wie ich so fahre, geht mir meine Einbildungskraft durch, und ich stelle mir vor, daß ich mein Dorf verlassen und meine Kühe, Pferde und Wagen und alles verkauft habe! Und ich bin in die Stadt gezogen und bei meinem Pedozur zuerst ein Aufseher, dann ein Kassierer, dann der Direktor aller seiner Unternehmungen und zuletzt Kompagnon, der an seinen Geschäften gleich ihm beteiligt ist, geworden. Und ich fahre ebenso wie er mit zwei feurigen Rossen aus – das eine ist falb und das andere kastanienbraun –, und ich wundere mich über mich selbst, wie mir das geschehen ist, und wie ein so beschei-

denes Menschlein wie Tewje zu solchen großen Geschäften kommt. Was taugt mir die Hast und der Lärm Tag und Nacht, wie es in den Psalmen steht: ›Daß er ihn setze neben die Fürsten‹, – was brauche ich die Freundschaft mit allen Millionären? Laßt mich los, ich will ein ruhiges Alter haben, ich will ab und zu ein Kapitel Talmud durchnehmen oder in den Psalmen lesen! Man muß doch einmal auch an die andere Welt denken! Ja oder nein? Wie sagt doch König Salomo: der Mensch ist wie das liebe Vieh und vergißt immer, daß er früher oder später sterben muß.

Mit solchen Gedanken komme ich glücklich nach Jehupez zu meinem Pedozur. Daß ich Euch von seinem Prunk und seinem Reichtum, von seiner Wohnung und seiner Lebensart erzähle, das übersteigt meine Kräfte. Ich hatte noch niemals die Gnade, bei Brodskij im Hause zu sein, aber ich vermute auf Grund meines Verstandes, daß es auch bei Brodskij gar nicht schöner sein kann! Wie schön er wohnt, könnt Ihr schon daraus schließen, daß der Aufseher, der seine Türe bewacht, ein Kerl mit silbernen Knöpfen, mich um nichts in der Welt in die Wohnung einlassen wollte. Was macht man da? Die Türe ist aus Glas, und ich sehe, wie dieser Kerl mit den silbernen Knöpfen – ausgelöscht sei sein Name und sein Gedächtnis! – innen im Vorzimmer steht und Kleider bürstet. Ich winke ihm zu und erkläre ihm in der Taubstummensprache, mit den Händen, daß er mich einlassen soll, weil die Hausfrau meine leibliche Tochter ist.... Versteht er aber nicht, der gojische Kopf, was ich meine, und sagt mir, auch in der Taubstummensprache, das heißt mit den Händen, daß ich zum Teufel gehen soll. Dieses Pech! Daß man, um seine eigene Tochter zu besuchen, die frommen Verdienste seiner Väter anrufen muß! ›Ach und weh ist dir,‹ sage ich mir, ›Tewje, und deinem grauen Kopf, daß du so etwas erleben mußt!‹

Wie ich mir das denke, schaue ich wieder durch die Glastüre und sehe ein Mädel, das innen herumsteht. ›Es wird wohl das Stubenmädchen sein‹, denke ich mir, denn sie hat die Augen einer Diebin. Alle Stubenmädchen haben Diebsaugen: ich bin schon in vielen reichen Häusern gewesen und kenne alle Stubenmädchen. . . . Nun winke ich ihr: »Mach mir auf, Kätzchen!« Sie macht die Türe auf und sagt zu mir auf jüdisch: »Wen sucht Ihr hier?« Sage ich: »Wohnt hier Pedozur?« Sagt sie schon etwas lauter: »Wen sucht Ihr hier?« Sage ich ihr noch lauter: »Wenn man dich fragt, so sollst du zuerst die Frage beantworten: wohnt hier Pedozur?« Sagt sie: »Ja hier!« – »In diesem Falle«, sage ich, »gehörst du zu meinen Leuten! Geh«, sage ich, »und melde deiner Madame Pedozur,« sage ich, »daß sie Besuch hat,« sage ich, »ihr eigener Vater, Tewje, sei da: er steht schon eine hübsche Weile vor der Tür,« sage ich, »wie ein Bettler, weil er keine Gnade in den Augen dieses Esaus mit den silbernen Knöpfen gefunden hat,« sage ich, »er möchte für deinen kleinsten Fingernagel zugrunde gehen!« Als das Mädel diese Worte hörte, machte sie mir mit dem Lächeln einer Getauften die Türe vor der Nase zu, lief die Treppe hinauf, dann wieder herunter, ließ mich ein und führte mich in ein Gemach, wie es meine Väter nicht einmal im Traume gesehen haben. Seide und Samt, Gold und Kristall, und wenn Ihr geht, so hört Ihr Eure eigenen Schritte nicht, denn Ihr tretet mit Euren sündigen Füßen auf die teuersten Teppiche, die so weich sind wie Schnee. Und dann die vielen Uhren! An den Wänden hängen Uhren, auf den Tischen stehen Uhren, Uhren ohne Zahl! ›Schöpfer der Welt! Hast du noch mehr davon? Was braucht der Mensch so viel Uhren?‹ So denke ich mir und gehe, die Hände im Rücken, ein wenig weiter und sehe plötzlich, wie mir einige Tewjes zugleich von verschiedenen Seiten entgegenkommen; der eine Tewje geht her, der andere Tewje hin, der eine zu mir, der andere von mir – es ist zum Verrücktwerden! An allen vier Seiten hängen Spiegel! Nur so ein Kerl wie dieser Bauunternehmer kann sich so viel Uhren und so viel Spiegel leisten! Und ich muß an den dicken, rundlichen Pedozur mit der großen Glatze denken, der so laut spricht und trillernd lacht, wie er mit seinen feurigen Rossen zum ersten Male zu mir ins Dorf kam, wie er sich in meiner Stube wie in seines Vaters Weingarten bequem machte, wie er meine Bejlke kennenlernte, mich dann auf die Seite nahm und mir ein Geheimnis ins Ohr flüsterte, doch so laut, daß man es auch jenseits Jehupez hören konnte. Und was war das für ein Geheimnis? Das Geheimnis war, daß meine Tochter ihm gefallen hat, und daß ich – eins, zwei, drei – die Chuppe stellen soll. Daß meine Tochter ihm gefallen hat, das kann ich noch verstehen; aber daß ich auf der Stelle eine Chuppe stellen soll, diese Worte drangen mir ins Herz wie ein zweischneidiges Schwert – wie ein stumpfes Messer. Was heißt das ›auf der Stelle‹? Und wo bin ich? Wo ist Bejlke? Ach, wie gerne hätte ich ihm einige Texte aus der Bibel und aus dem Midrasch an den Kopf geschmissen, so daß er lange an mich denken würde! Aber dann sagte ich mir wieder: ›Was sollst du dich in die Angelegenheiten deiner Kinder einmischen, Tewje? Hast du denn bei deinen älteren Töchtern viel damit erreicht, daß du ihnen bei ihrer Verheiratung dreinredetest? Du hast wie eine Pauke geredet, hast deine ganze Thora ausgeschüttet, und wer blieb der Narr? – Natürlich Tewje!‹

Kurz und gut, wollen wir, wie es in Euren Büchern heißt, den Königssohn verlassen und uns zu der Königstochter wenden. Ich tue ihnen also den Gefallen und komme nach Jehupez. Und nun geht der Tanz los: Friede sei mit Euch! Friede sei mit Euch! Wie geht es? Wie steht es? Setzt Euch! Danke, es geht! Und so weiter. Daß ich als erster auf die Sache komme und sie frage: ›Wodurch unterscheidet sich dieser Tag von allen Tagen? – Warum habt ihr mich kommen lassen?‹ – das paßt mir nicht. Tewje ist kein Frauenzimmer, er kann warten. Inzwischen kommt ein Kerl mit weißen Handschuhen und meldet, daß das Frühstück auf dem Tische steht. Wir erheben uns also alle drei und kommen in ein Zimmer, das ganz aus gelber Eiche besteht: der Tisch ist aus Eiche, die Stühle aus Eiche, die Wände aus Eiche, die Decke aus Eiche, und alles ist geschnitzt, bemalt und verziert. Und auf dem Tische sind ›königliche Gewänder‹: Tee und Kaffee und Schokolade und Buttergebäck und guter Kognak, und die feinsten Delikatessen und noch andere Speisen und Früchte; es ist eine Schande zu sagen, aber ich fürchte, daß meine Bejlke am Tische ihres Vaters solche Gerichte nicht einmal gesehen hat! Und man schenkt mir einen Becher ein, und dann noch einen Becher, und ich trinke auf ihr Wohl, und ich schaue Bejlke an und denke mir: ›Da hast du es erlebt, Tewjes Tochter, wie wir es im Hallel sagen: ‚Er richtet den Geringen auf aus dem Staube' – wenn Gott dem Bettler hilft, so erhöhet er den Armen aus dem Kot – so daß man ihn gar nicht wiedererkennt. Es ist Bejlke und doch nicht Bejlke!‹

Und ich denke an die Bejlke von einst und vergleiche sie mit der Bejlke, die ich jetzt vor mir sehe, und das Herz krampft sich in mir zusammen, wie wenn ich ein schlechtes Geschäft gemacht hätte, das nicht mehr rückgängig gemacht werden kann, zum Beispiel, wie wenn ich mein gutes Pferd für ein Füllen hergegeben hätte, von dem man noch nicht weiß, was daraus einmal wird: ein Pferd oder ein Klotz? ›Ach, Bejlke, Bejlke!‹ denke ich mir: ›Was ist aus dir geworden! Erinnerst du dich noch, wie du einst mit deiner Näharbeit von einer qualmenden Lampe saßest und ein Liedchen sangst? Oder wie du in einem Nu die beiden Kühe melktest? Oder wie du dir die Ärmel aufkrempeltest und mir eine einfache Rübensuppe kochtest, oder eine Mehlspeise mit Bohnen, oder Krapfen mit Käse, oder Mohnkuchen bukst und mir sagtest: ‚Vater, geh, wasche dir die Hände!' Und diese Worte waren für mich wie die schönste Musik!‹

Jetzt sitzt sie hier wie eine Königstochter mit ihrem Pedozur, zwei Diener bringen die Speisen und klappern mit den Tellern. Und sie? Sie spricht keine Silbe! Dafür spricht er, ich meine Pedozur, für zwei: keinen Augenblick steht sein Mundwerk still. Seit ich lebe, habe ich noch keinen Menschen gesehen, der soviel plaudern und schwatzen konnte, der Teufel weiß wovon! Und die ganze Zeit lacht er mit hoher Stimme, wie man bei uns sagt: ›Er macht selbst einen Witz und lacht selbst dazu.‹ ... Außer uns dreien saß am Tische noch ein Mensch mit roten Backen; ich weiß nicht, wer und was er war, aber er schien ein guter Esser zu sein: während Pedozur redete und lachte, aß er, wie es in den Sprüchen der Väter heißt: ›Drei Menschen aßen‹ – er aß für drei. ... Der eine hat gegessen und der andere geredet, und immer von solchen dummen Dingen, die mir gar nicht in den Kopf gehen wollten: Lieferungen, Gouvernementsverwaltung, Domänenverwaltung, Rentamt, Japan. ... Von allen diesen Dingen interessierte mich nur Japan allein, denn zu Japan hatte ich doch gewisse Beziehungen: während des Japankrieges standen, wie Ihr wißt, die Pferde in hohem Ansehen, und man suchte sie überall zu kaufen. Also kam auch mein Pferdchen zur Musterung: man maß es mit einer Elle, trieb es einmal hin und einmal her und erklärte es schließlich für untauglich. Da habe ich ihnen gesagt: »Ich wußte es schon vorher, daß Eure ganze Mühe vergebens ist, wie es auch in der Schrift heißt: ›Der Gerechte kennt die Seele seines Viehes‹: – Tewjes Pferd wird doch nicht in den Krieg ziehen!« ... Nehmt es mir nicht übel, Reb Scholem-Alejchem, daß ich alles durcheinanderbringe und vom Wege abschweife. Wollen wir also zu unserer Geschichte zurückkehren.

Kurz und gut, wir aßen und tranken so gut, wie es Gott befohlen hat. Und wie wir vom Tische aufstehen, nimmt mich Pedozur am Arm und führt mich in sein Arbeitszimmer, das mit königlichem Prunk ausgestattet ist: Spieße und Gewehre an den Wänden und Kanonen auf dem Tische. Er setzt mich in ein Sofa, das so weich wie Butter ist, holt aus einer goldenen Dose zwei große, dicke, duftende Zigarren, steckt die eine sich und die andere mir an, setzt sich mir gegenüber, streckt die Füße aus und sagt zu mir: »Wißt Ihr, warum ich Euch rufen ließ?« – Aha! – denke ich mir –, nun will er wohl von der Hauptsache sprechen! – Ich stelle mich aber dumm und sage zu ihm: »›Bin ich denn der Hüter meines Bruders?‹ – Woher soll ich das wissen?« Sagt er zu mir: »Ich wollte mit Euch wegen Euch selbst sprechen!« – Es ist also doch wegen einer Stelle! – denke ich mir und sage zu ihm: »Wenn es nur etwas Gutes ist, will ich gerne hören.« Nun nimmt er, das heißt Pedozur, die Zigarre aus dem Munde und hält eine ganze Predigt: »Ihr seid«- sagt er, »kein dummer Mensch und werdet es mir nicht übel nehmen, wenn ich mit Euch ganz offen rede. Ihr müßt wissen,« sagt er, »daß ich große Geschäfte habe, und daß, wenn man ein so großes Geschäft hat wie ich . . .« – Ja – denke ich mir, er will mir eine Stelle anbieten! – Und ich unterbreche ihn und sage: »Es ist, wie es im Talmud steht: ›Je mehr Geschäfte, um so mehr Sorgen!‹ Wißt Ihr,« sage ich, »was diese Stelle bedeutet?« Antwortet er mir ganz aufrichtig: »Ich muß Euch sagen«, sagt er, »die reine Wahrheit sagen: ich habe«, sagt er, »niemals den Talmud gelernt und weiß sogar nicht, wie er ausschaut!« – So spricht er, Pedozur, zu mir und beginnt wieder mit seiner hohen Stimme zu lachen. Könnt Ihr das verstehen? Ich meine: wenn Gott dich gestraft hat, und du ein unwissender Mensch bist, so schweige wenigstens darüber: was brauchst du damit noch zu prahlen? Das denke ich mir und sage zu ihm: »Das habe ich mir auch gedacht,« sage ich, »daß Ihr von diesen Dingen nichts versteht. Aber wollen wir hören, was Ihr mir weiter sagen wollt!« Sagt er zu mir: »Weiter wollte ich Euch noch sagen,« sagt er, »daß es mir bei meinen Geschäften und meinem Namen und meiner Position nicht paßt,« sagt er, »daß man Euch Tewje, der Milchmann, nennt. Denn Ihr müßt wissen,« sagt er, »daß ich mit dem Gouverneur persönlich bekannt bin,« sagt er, »und daß zu mir ins Haus einmal Brodskij oder auch Poljakow kommen kann und vielleicht gar Rothschild – alles ist möglich!« . . . So sagt zu mir Pedozur. Ich schaue aber auf seine glänzende Glatze und denke mir: ›Es ist wohl möglich, daß du mit dem Gouverneur persönlich bekannt bist und daß zu dir einmal Rothschild ins Haus kommen kann, aber du redest wie ein Hund unter Hunden.‹ . . . – Und ich sage zu ihm etwas gereizt: »Was kann ich dagegen machen,« sage ich, »wenn zu Euch einmal wirklich Rothschild kommt?« Meint Ihr vielleicht, daß er den Stich merkte? Weder den Wald noch den Bären – nichts merkte er!

»Ich möchte gern,« sagte er, »daß Ihr Euren Milchhandel aufgebt,« sagt er, »und irgend etwas anderes treibt.« – »Zum Beispiel was?« – »Was Ihr wollt!« sagt er: »Gibt es denn wenig Geschäfte auf der Welt? Ich will Euch«, sagt er, »mit Geld helfen,« sagt er, »damit Tewje, der Milchmann, einmal ein Ende nimmt. Oder wißt Ihr was?« sagt er: »Vielleicht wollt Ihr gar nach Amerika hinüberfahren? Wie?« So sagt er zu mir, steckt sich die Zigarre wieder in den Mund und schaut mir gerade in die Augen; und seine Glatze glänzt. . . . Nun? Was antwortet man so einem rohen Kerl? Zuerst sagte ich mir: ›Was sitzt du noch da, Tewje, wie ein Lehmgötze? Stehe auf, küsse die Mesuse, und schlage die Türe ohne Abschied zu nehmen hinter dir zu!‹ So sehr packten mich seine Worte an der Leber! . . . Diese Frechheit von einem Bauunternehmer! Was heißt das, daß du mir befiehlst, meinen ehrlichen Beruf aufzugeben und nach Amerika zu fahren? Weil zu dir einmal Rothschild kommen kann, muß Tewje, der Milchhändler, ans Ende der Welt fliehen?! . . . Das Herz siedet in mir wie ein Kessel, und einen Zorn habe ich noch von früher her. Denn ich ärgerte mich über Bejlke: Was sitzt sie dort wie eine Königstochter zwischen den hundert Uhren und tausend Spiegeln, während man ihren Vater auf glühenden Kohlen Spießruten laufen läßt? Ich möchte so viel Segen erleben, denke ich mir, wie deine Schwester Hodel besser gehandelt hat als du! Sie hat zwar keine so prunkvolle Wohnung wie du. Dafür hat sie aber den Pfefferl zum Mann, der an sich selbst gar nicht denkt und für die anderen sorgt. . . . Und dieser Pfefferl hat auf seinen Schultern einen Kopf sitzen und keinen Nudeltopf mit einer glänzenden Glatze! Und ein Mundwerk hat er – reines Gold! Wenn ich ihm mit einem Text komme, gibt er mir drei zurück! Warte nur, mein lieber Pedozur, da werde ich dir gleich einen Text hinschmeißen, daß es dir finster vor den Augen wird! ...

So denke ich mir und spreche zu ihm diese Worte: »Mein Gott!« sage ich, »daß der Talmud für Euch ein Buch mit sieben Siegeln ist, das will ich Euch gerne verzeihen: wenn ein Jude in Jehupez wohnt und Pedozur heißt und ein Bauunternehmer ist, so kann«, sage ich, »der Talmud auf dem Dachboden liegen. Aber einen ganz gewöhnlichen Vers aus der Schrift«, sage ich, »kann ja auch ein Goj verstehen. Ihr wißt doch,« sage ich, »wie es im Targum Onkelos von Laban dem Aramäer heißt: ›Meschwanzosso deschweinosso nitmachanto streimelosso.‹ « Schaut er mich an wie ein Hahn das Gebet ›Bnej-Odom‹ und sagt zu mir: »Was heißt das?« – »Das heißt,« sage ich, »daß man aus einem Schweineschwanz kein Streimel machen kann!« – »Worauf bezieht sich das?« sagt er. – »Das bezieht sich darauf,« sage ich, »daß Ihr von mir verlangt, daß ich nach Amerika gehe.« Lacht er mit seiner hohen Stimme und sagt: »Wenn Euch Amerika nicht paßt, so wollt Ihr vielleicht nach Palästina? Alle alten Juden fahren nach Palästina.« ...

Wie er mir das sagt, setzt sich dieser Gedanke in meinem Gehirne sofort wie ein eiserner Nagel fest: ›Halt! Vielleicht ist es gar nicht so dumm, wie du meinst, Tewje? Vielleicht ist es eine gute Idee? Vielleicht ist es sogar besser, ins Heilige Land zu fahren, als von seinen Kindern so viel Freude zu haben, wie du sie hast? Rindvieh! Was riskierst du dabei und wen läßt du hier zurück? Deine Golde, sie ruhe in Frieden, liegt doch schon sowieso im Grabe; und liegst du denn auch nicht selbst – ich sollte es lieber gar nicht aussprechen! – neun Ellen tief in der Erde? Wie lange willst du noch auf dieser Welt herumstampfen?‹ ... Nun müßt Ihr wissen, Reb Scholem-Alejchem, daß es mich auch schon früher nach dem Heiligen Lande hinzog: ich habe große Lust, die Klagemauer zu sehen, und die Zwiefache Höhle und Mutter Rahels Grab, mit mei-

nen eigenen Augen den Jordan zu sehen, den Berg Sinai, das Schilfmeer und wie die Städte Pison und Ramses ausschauen, und ähnliche Dinge. Und meine Gedanken führen mich ins Gelobte Land Kanaan, wo Milch und Honig fließt.
Pedozur unterbricht mich aber mitten in meinen Gedanken und sagt zu mir: »Nun? Was überlegt Ihr es Euch noch so lange? Eins – zwei – drei ...« – »Bei Euch«, sage ich, »geht alles, gottlob, eins – zwei – drei; für mich ist es aber ein schwieriges Talmudkapitel, denn um aufzubrechen«, sage ich, »und ins Heilige Land zu fahren, braucht man Geld.« ... Lacht er wieder mit seiner hohen Stimme, steht auf, geht zum Tisch, macht eine Schublade auf, holt eine Brieftasche heraus und zählt mir eine recht hübsche Summe vor. Ich bin natürlich nicht faul, scharre das Häuflein Banknoten zusammen – da sieht man wieder die Macht des Geldes! – und stecke sie tief in die Tasche. Ich will ihm noch einige Texte aus dem Midrasch anführen, die ihm alles erklären würden, hört er aber auf mich wie auf einen Kater und sagt zu mir: »Dieses Geld«, sagt er, »wird Euch für die Reise mehr als genügen. Und wenn Ihr schon an Ort und Stelle seid«, sagt er, »und noch Geld braucht, so schreibt nur«, sagt er, »einen Brief, und man wird Euch sofort – eins, zwei, drei – noch mehr Geld schicken. Euch noch einmal daran erinnern,« sagt er, »daß Ihr auch wirklich hinfahren sollt, brauche ich wohl nicht, denn Ihr seid«, sagt er, »ein Mensch, der Ehre und Gewissen im Leibe hat.« ... So spricht zu mir Pedozur und beginnt wieder mit seiner hohen Stimme zu lachen, so daß sich mir der Magen umdreht. Und es kommt mir der Gedanke in den Sinn: ›Soll ich ihm vielleicht das Geld an den Kopf schmeißen und ihm sagen, daß man Tewje nicht kaufen kann und daß man mit ihm nicht von Ehre und Gewissen sprechen darf?‹ ... Doch ehe ich noch den Mund aufmache, klingelt er und läßt Bejlke rufen. Wie sie hereinkommt, sagt er zu ihr: »Weißt du was, Schätzchen? Dein Vater will uns verlassen; er will seine ganze Habe verkaufen und, eins – zwei- – drei, ins Heilige Land fahren ...« – ›Ich

hatte einen Traum und weiß nicht, was er bedeutet‹ ... denke ich mir und schaue meine Bejlke an. Glaubt Ihr vielleicht, daß sie auch nur mit einer Wimper zuckte? Sie steht wie ein Baum da, hat keinen Tropfen Blut im Gesicht, sieht bald auf mich und bald auf ihn und sagt keine Silbe! Auch ich schaue sie an und spreche kein Wort, und so schweigen wir alle beide, wie es in den Psalmen steht: ›Meine Zunge klebe an meinen Gaumen‹; meine Zunge ist wie gelähmt, es schwindelt mir im Kopfe und es hämmert mir in den Schläfen. ›Woher mag das kommen?‹ frage ich mich: ›Wohl von der schönen Zigarre, die er mir gab.‹ ... Da raucht er aber auch selbst, ich meine Pedozur, die gleiche Zigarre, und sie scheint ihm nichts zu machen, denn er redet dabei unaufhörlich, und sein Mundwerk steht keinen Augenblick still, obwohl ihm die Augenlider zufallen und er offenbar große Lust hat, ein wenig zu schlafen.
»Ihr müßt«, sagt er, »von hier mit dem Schnellzug nach Odessa fahren und von Odessa zu Schiff nach Jaffa. Für die Seereise«, sagt er, »ist gerade jetzt die beste Zeit,« sagt er, »denn später beginnen die Stürme und Schneefälle und Winde.« ... So spricht er zu mir mit lallender Zunge, wie einer, der schlafen will. Aber er hört noch immer nicht auf und redet weiter: »Und wenn Ihr reisefertig seid,« sagt er, »so sollt Ihr es uns zu wissen geben,« sagt er, »und wir werden beide zum Bahnhof kommen, um uns von Euch zu verabschieden, denn wer weiß, wann wir uns je wiedersehen.« ... Hier reißt er, mit Verlaub zu sagen, das Maul auf, gähnt, steht auf und sagt zu Bejlke: »Schätzchen, bleib ein wenig mit dem Vater,« sagt er, »denn ich will mich ein wenig hinlegen.« – ›Das ist das Vernünftigste, was du bisher gesagt hast!‹ denke ich mir. ›Jetzt werde ich wenigstens mein bitteres Herz etwas erleichtern können!‹ So denke ich mir und bin schon im Begriff, meine Bejlke vorzunehmen und ihr alles zu sagen, was sich an diesem Tage in meinem Herzen angesammelt hat, als sie mir plötzlich um den Hals fällt und zu weinen beginnt. Aber was heißt weinen? Meine Töchter, nicht gedacht soll

ihrer werden, haben alle die gleiche Eigenschaft: anfangs sind sie fest und tapfer, wenn es aber zur Entscheidung kommt, so fließen sie über in Tränen wie die Beresina. So zum Beispiel meine ältere Tochter Hodel: hat sie im letzten Augenblick, als sie mit ihrem Pfefferl in die Verbannung nach den kalten Ländern ziehen mußte, wenig Geschichten gemacht? Aber man darf die beiden gar nicht vergleichen! Hodel kann bei Bejlke die Öfen heizen!

Ich will Euch die reine Wahrheit sagen: Wie Ihr mich kennt, bin ich kein Mensch von Tränen. Ordentlich geweint habe ich nur das eine Mal, als meine Golde, sie ruhe in Frieden, auf der Erde lag. Und noch einmal habe ich ordentlich geweint, als Hodel mit ihrem Pfefferl wegfuhr und ich wie ein großer Narr allein mit meinem Pferdchen auf dem Bahnhof zurückblieb. Vielleicht habe ich noch ein paarmal geweint, doch im allgemeinen kann man nicht sagen, daß ich die Gewohnheit habe, zu weinen. Als ich aber Bejlke so herzerweichend weinen sah, konnte ich mich nicht länger halten und hatte nicht mehr den Mut, ihr auch den leisesten Vorwurf zu machen. Mit mir braucht man gar nicht viel Worte zu machen. Ich heiße ja Tewje und habe sofort verstanden, was ihre Tränen bedeuteten: das waren keine gewöhnlichen Tränen, es waren die Tränen des Sündenbekenntnisses: ›Und vergib mir die Sünde, die ich begangen habe‹, durch Ungehorsam gegen den Vater. . . . Und statt ihr so einzuheizen, wie sie es verdiente, und meinen Zorn auf ihren Pedozur zu ergießen, begann ich ihr alles, was ich auf dem Herzen hatte, zu erzählen, mit allerlei Texten und Sprüchen untermengt.

Bejlke hört mich an und sagt zu mir: »Nein, Vater, nicht darum weine ich«, sagt sie. »Ich habe niemand etwas vorzuwerfen! Nur das eine,« sagt sie, »daß du um meinetwillen wegfährst und ich nichts dagegen machen kann,« sagt sie, »brennt mir auf der Seele.« – »Höre schon auf, höre auf,« sage ich, »du redest wie ein Kind! Du hast wohl vergessen,« sage ich, »daß wir einen großen Gott auf der Welt haben und daß dein

Vater«, sage ich, »noch bei klarem Verstande ist. Deinem Vater«, sage ich, »macht es wirklich nicht viel aus, nach dem Heiligen Lande hinüberzufahren und dann wieder zurückzukommen, wie es in der Schrift steht: ›Und sie zogen aus und lagerten sich.‹« ... – So rede ich mit ihr und denke mir dabei: ›Tewje, du lügst! Wenn du einmal nach dem Heiligen Lande abgereist bist, so ist es mit Tewje, er ruhe in Frieden, aus!‹ ... Wie wenn sie meinen Gedanken erraten hätte, sagt sie zu mir: »Nein,« sagt sie, »nein, Vater, so tröstet man nur ein kleines Kind! Man gibt ihm«, sagt sie, »eine Puppe oder ein anderes Spielzeug und erzählt ihm«, sagt sie, »eine hübsche Geschichte vom weißen Zicklein. ... Wenn man schon Geschichten erzählen soll,« sagt sie, »so werde ich dir eine erzählen, und nicht du mir. Aber die Geschichte, die ich dir erzählen will, ist weniger schön als traurig, Vater!«

So spricht zu mir Bejlke. Tewjes Töchter reden niemals einfach! Und sie erzählt mir eine lange Geschichte, ein Märchen aus Tausendundeiner Nacht. Wie ihr Pedozur sich aus dem niedrigsten Stande emporgearbeitet hat und mit eigener Kraft und eigenem Verstand die höchste Stufe erreicht hat und es jetzt noch so weit bringen will, daß Brodskij zu ihm ins Haus kommt; darum gibt er Riesensummen für wohltätige Zwecke aus und wirft mit Tausenden um sich. Da aber Geld allein dazu nicht genügt, und man auch noch eine vornehme Abstammung haben muß, gibt er, das heißt Pedozur, sich die größte Mühe, nachzuweisen, daß er nicht der erste beste sei, daß er von den großen Pedozurs abstamme und daß auch sein Vater ein berühmter Bauunternehmer gewesen sei. – »Obwohl er ganz gut weiß,« sagt sie, »daß ich weiß, daß sein Vater nur ein Spielmann gewesen ist. Er erzählt auch allen,« sagt sie, »daß sein Schwiegervater ein Millionär sei ...« – »Wen meint er damit?« sage ich: »Mich? Wenn es mir vielleicht«, sage ich, »einmal wirklich beschieden war, Millionen zu haben,« sage ich, »so habe ich es schon überstanden.« – »Vater, du kannst es dir gar nicht vorstellen,« sagt sie, »wie mir das Gesicht brennt, wenn er mich seinen Bekannten vorstellt und mit meinem Vater und meinen Onkeln und meiner ganzen Familie prahlt und das Blaue vom Himmel herunterlügt. Und ich muß das alles hören«, sagt sie, »und dazu schweigen, denn er hat«, sagt sie, »in solchen Dingen seine Launen.« – »Du nennst es«, sage ich, »Launen? Wir nennen es einfach Frechheit und Gewalttätigkeit.« – »Nein,« sagt sie, »du kennst ihn nicht, Vater: er ist kein so schlechter Mensch, wie du glaubst. Er ist nur ein Mensch, der jetzt so und in einem Augenblick wieder anders ist. Er hat«, sagt sie, »ein gutes Herz und eine offene Hand. Wenn man ihn nur traurig anschaut«, sagt sie, »und er gerade in der richtigen Laune ist, so ist er imstande, sein Leben hinzugeben. Und wer spricht davon,« sagt sie, »was er für mich alles tut! Meinst du vielleicht,« sagt sie, »daß ich über ihn gar keine Gewalt habe? Erst vor kurzem habe ich es bei ihm durchgesetzt, daß er mir versprach, für Hodel und ihren Mann die Begnadigung zu erwirken. Er hat mir«, sagt sie, »geschworen, daß er es sich viele Tausende kosten lassen wird, doch nur mit der Bedingung, daß sie von dort, wo sie jetzt sind, nach Japan gehen ...« – »Warum gerade nach Japan?« sage ich, »und warum nicht nach Indien oder nach Mesopotamien zu der Königin von Saba?« – »Weil er in Japan«, sagt sie, »seine Geschäfte hat. In der ganzen Welt«, sagt sie, »hat er Geschäfte. Was ihm täglich die Telegramme allein kosten,« sagt sie, »hätte uns allen genügt, um ein halbes Jahr davon zu leben. Was habe ich aber davon,« sagt sie, »wenn ich nicht mehr ich bin?« – »Es ist«, sage ich, »wie wir es in den Sprüchen der Väter lesen: ›Wenn ich nicht für mich bin, wer ist dann für mich?‹ Ich bin nicht mehr ich, und du bist nicht mehr du ...« So spreche ich zu ihr mit Scherzworten und Texten, obwohl mein Herz in Stücke zerreißt, da ich sehe, wie meine Tochter hier in Reichtum und Ehren zugrunde geht. ... . – »Deine Schwester Hodel«, sage ich, »hätte ganz anders gehandelt ...« Unterbricht sie mich aber und sagt zu mir: »Ich habe dir doch schon einmal gesagt,« sagt sie, »daß du mich

mit Hodel nicht vergleichen darfst, Vater. Hodel«, sagt sie, »lebte in Hodels Zeiten, und Bejlke lebt in Bejlkes Zeiten.... Und Hodels Zeiten sind von Bejlkes Zeit ebensoweit entfernt, wie Jehupez von Japan.« ... Versteht Ihr den Sinn dieser aramäischen Worte?
Ich sehe aber, daß Ihr keine Zeit habt, Reb Scholem-Alejchem! Nur noch zwei Minuten, und alle meine Geschichten sind zu Ende. Als ich mich am Unglück und Kummer meiner glücklichen Jüngsten gesättigt hatte, verließ ich das Haus, wie es von Mardechai heißt, traurig und mit verhülltem Kopf – ganz zerbrochen und vernichtet. Ich schleuderte die Zigarre, von der mir der Kopf schwindelte, zu Boden und sagte zu ihr, das heißt zu der Zigarre: »Geh zum Teufel, der böse Geist fahre in deinen Vater!« – »Wen meint Ihr damit, Reb Tewje?« sagt plötzlich jemand hinter meinem Rücken. Ich wende mich um und sehe: es ist Efroïm, der Schadchen, daß ihn der Teufel hole! »Gesegnet sei, der da kommt!« sage ich. »Was macht Ihr hier?« – »Und was«, sagt er, »macht Ihr hier?« – »Ich habe«, sage ich, »meine Kinder besucht.« – »Wie geht es ihnen?« – »Wie soll es ihnen gehen?« sage ich: »Uns beiden soll es so gehen, wenn sie nur davon keinen Schaden haben!« – »Wie ich sehe,« sagt er, »seid Ihr mit meiner Ware recht zufrieden?« – »Und ob ich zufrieden bin!« sage ich: »Gott möchte es Euch hundertfach vergelten!« – »Danke«, sagt er, »für den Segen! Vielleicht werdet Ihr mir aber zu dem Segen auch noch etwas in bar zulegen?« – »Habt Ihr denn«, sage ich, »wenig an der Sache verdient?« – »Soviel wünsche ich Eurem Pedozur zu verdienen!« – »Was ist denn los,« sage ich, »hat er Euch wenig gezahlt?« – »Es war nicht wenig,« sagt er, »aber er gab es mir nicht mit gutem Herzen!» – »Das heißt?« – »Das heißt, daß von dem Gelde«, sagt er, »nichts mehr übrig geblieben ist.« – »Wo ist es denn«, sage ich, »hingekommen?« – »Ich habe«, sagt er, »eine Tochter verheiratet.« – »Masel-tow!« sage ich: »Gebe Gott, daß die Ehe glücklich wird und daß Ihr viel Freude erlebt ...« – »Ich habe

schon viel Freude erlebt«, sagt er. »Ich habe einen Scharlatan zum Schwiegersohn erwischt; er hat«, sagt er, »meine Tochter halbtot geprügelt, hat ihr die paar Rubel weggenommen und ist«, sagt er, »nach Amerika durchgebrannt.« – »Warum«, sage ich, »habt Ihr ihn so weit reisen lassen?« – »Was hätte ich«, sagt er, »dagegen tun können?« – »Ihr hättet ihm Salz auf den Schwanz streuen sollen . . .« – »Es ist Euch«, sagt er, »wohl recht froh zumute, Reb Tewje?« – »Auf Euch sei es gesagt,« sage ich, »wenn Gott Euch auch nur die Hälfte meiner Freude geben wollte!« – »So stehen die Sachen? Und ich habe geglaubt,« sagt er, »daß Ihr jetzt ein reicher Mann seid! . . . Wenn es sich aber so verhält,« sagt er, »so nehmt Euch eine Prise.« . . .

Ich nahm vom Schadchen die Prise, fuhr nach Hause und begann meinen ganzen Hausstand, den ich in so viel Jahren zusammengespart hatte, zu verkaufen. Glaubt nur nicht, daß es so schnell ging, wie ich es Euch erzähle! Jeder Topf und jede Kleinigkeit kosteten mich ein Stück Gesundheit. Der eine Gegenstand erinnerte mich an Golde, sie ruhe in Frieden, der andere – an meine Kinder, sie mögen um so länger leben. Aber den größten Kummer machte mir mein Pferdchen. Vor meinem Pferdchen fühlte ich mich schuldig. . . . Du lieber Gott, wir haben uns so viele Jahre gemeinsam abgeplagt, haben zusammen so viel Kummer erfahren, und da soll ich es plötzlich verkaufen! Ich verkaufte es einem Wasserführer, denn von den Fuhrleuten kann man nur Schande erleben. Wie ich ihnen mein Pferdchen zum Kaufe anbiete, sagen sie zu mir: »Was fällt Euch ein, Reb Tewje? Ist es denn ein Pferd?« – »Was denn ist es,« sage ich, »vielleicht ein Hängeleuchter:« – »Es ist«, sagen sie, »kein Hängeleuchter, sondern einer der sechsunddreißig Gerechten.«* – »Was heißt das,« sage ich, »einer der sechsunddreißig Gerechten?« – »Das heißt,« sagen sie, »ein Greis von sechsunddreißig Jahren ohne Zähne, mit grau-

* Nach einer Sage besteht die Welt nur wegen der sechsunddreißig Gerechten, die, von niemand gekannt, ständig unter den Menschen leben.

em Bart, dem die Hüften zittern wie einer alten Frau an einem kalten Freitagabend!« – Wie gefällt Euch diese Fuhrmannssprache? Ich möchte einen Eid leisten, daß mein Pferdchen, nebbich, jedes Wort verstand, das wir redeten, wie es auch in der Schrift heißt: ›Der Ochs kennt seinen Herrn‹: das Tier fühlt, wenn man es verkaufen will. Denn als ich mit dem Wasserführer handelseinig war und ihm sagte: »Nehmt es! Segen und Glück auf den Weg ...« – so wendete mein Pferd seinen schönen Kopf nach mir um und sah mich mit stummen Augen an, als ob es mir sagen wollte: ›Ist das der Dank für meine Dienste?‹ . . . Ich warf noch einen letzten Blick auf mein Pferdchen, das der Wasserführer in Behandlung nahm, und blieb allein zurück. Und ich dachte mir: ›Schöpfer der Welt! Wie vernünftig regierst du doch deine Welt! Da hast du den Tewje erschaffen und hast auch das Pferdchen erschaffen – es sei zwischen ihnen wohl unterschieden! – und beide haben auf dieser Welt das gleiche Schicksal. . . . Der einzige Unterschied ist, daß der Mensch einen Mund hat und alles sagen kann, und das Pferd, nebbich, stumm ist, wie wir es auch in den Psalmen lesen: Was ist des Menschen Vorzug vor dem Vieh? Nichts! Alles ist eitel ...‹

Ihr schaut mich an, Reb Scholem-Alejchem, Ihr seht, daß mir die Tränen in die Augen getreten sind, und Ihr denkt Euch wohl: ›Diesem Tewje tut wohl sein Pferd leid?‹ Warum nur das Pferd? Alles tut mir leid und nach allem werde ich mich sehnen. Ich werde mich nach meinem Pferdchen sehnen, und nach dem Dorf, nach dem Dorfschulzen und dem Dorfpolizisten, nach den Bojberiker Sommerfrischlern und den Jehupezer Reichen und selbst nach Efroïm, dem Schadchen, – daß ihn die Cholera! Denn wenn ich es mir so überlege, ist er doch nur ein armer Jude, der, nebbich, einige Kopeken zu verdienen sucht. Wenn Gott mich in Frieden dorthin bringt, wo ich hinfahre, so weiß ich selbst noch nicht, was ich dort tun werde; aber eines ist mir klar wie der Tag: vor allen Dingen werde ich mich zu Mutter Rahels Grab begeben und dort für meine Kinder beten, die ich wohl niemals wiedersehen werde. Und ich werde dabei auch ihn, Efroïm, den Schadchen, in Sinnen haben, und Euch und das ganze Volk Israel. Da habt Ihr meine Hand darauf! Bleibt gesund, glückliche Reise, und grüßt von mir jeden einzelnen gar freundlich.

VIII. Zieh fort

geschrieben 1914

Wünsche Ihnen einen schönen, guten, breiten Friede-mit-Euch, Herr Scholem-Alejchem! Euch und Euren Kindern! Ich kann Sie schon kaum erwarten. Ein hübsches bißchen Ware für Sie hat sich bei mir angesammelt. Ich erkundige mich ständig: ›Wo bist du‹ – warum sieht man Sie nicht? Erzählt man mir, daß Sie die ganze Welt bereisen, irgendwelche fernen Länder, wie es in der Megille heißt: ›hundert und sieben und zwanzig Länder‹ . . . Aber mir scheint, daß Sie mich gar seltsam ansehen. Mag sein, daß Sie sich wundern und im stillen dabei fragen, ist er's, oder ist er's nicht? Er ist's, Herr Scholem-Alejchem, er ist's! Euer alter Freund Tewje in höchsteigener Person, Tewje, der Milchmann, derselbe Tewje, aber kein Milchmann mehr, einfach ein Jude, ein alltäglicher Jude, ein greiser Jude, wie Sie sehen, obwohl an Jahren noch gar nicht so alt, wie es in der Agude heißt: ›Ich seh aus, als wär ich siebzig‹ – noch ganz weit von den Siebzig entfernt. Warum ist dann das Haar so weiß? Glauben Sie mir, nicht vom Vergnügen, lieber Freund, ein bißchen eigener Kummer, ich soll mich nicht versündigen, und ein bißchen wegen des ganzen jüdischen Volkes – eine schlechte Zeit! Ein bitteres Stückchen Zeit für Juden! . . . Ich weiß aber, wo's Sie drückt. Etwas anderes drückt Sie: Sicherlich erinnern Sie sich daran, daß wir uns seinerzeit verabschiedeten, bevor ich mich auf die Reise ins Land Israel machte. Also glauben Sie doch sicher, daß Sie nun schon den zurückgekehrten Tewje sehen, aus dem Lande Israel zurück, mein ich, und Sie sind schon sicherlich begierig, etwas Neues zu hören, zum Beispiel einen Gruß vom Grabe der Mutter Rahel und von der Zwiefachen Gruft und noch solche Dinge? Dann muß man Sie zufriedenstellen; wenn Sie Zeit haben und Neuigkeiten hören wollen, aber mit Verstand zuhören, wie es in der Bibel heißt: ›Hör mich an‹ – dann werden Sie schon selber sagen, daß der Mensch ein Vieh ist

und daß wir einen starken Gott haben und daß er die Welt führt.
Kurz und gut, welcher Wochenabschnitt geht jetzt bei Ihnen? Wajikru? Für mich ist's ein anderer Wochenabschnitt: der Wochenabschnitt lech lechu – »Zieh fort«. ›Zieh fort‹, hat man mir gesagt – du sollst fortziehen, Tewje – ›von deinem Land‹ und ›von deinem Geburtsort‹ – und von deinem Dorf, wo du geboren bist und alle Tage deines Lebens verbracht hast, ›in das Land, das ich dir zeigen werde‹ – wohin dich die Augen führen werden! Und wann denkt man daran, Tewje diesen Vers aufzusagen? Ausgerechnet dann, wenn er schon alt und schwach und einsam ist, wie wir Rosch-Haschono in den Gebeten sagen: ›Verwirf mich nicht im Alter‹ . . . Aber ich greife vor, beinahe habe ich vergessen, daß wir noch am Anfang sind und ich Ihnen noch nicht erzählte, was es im Lande Israel Neues gibt. Was soll es dort Neues geben, mein lieber Freund? Ein Land – mögen wir beide so ein gutes Jahr haben –, ›ein Land, in dem Milch und Honig fließen‹ – heißt es schon in der Tojre! Es hat bloß einen Nachteil, daß das Land Israel im Lande Israel ist, und ich bin, wie Sie sich überzeugen können, vorläufig noch nicht im Lande Israel. Über Tewje, scheint es, ist der Vers in der Megille gesagt worden: ›und wie ich verloren bin, so werde ich verloren sein‹, ich war ein Pechvogel, und als Pechvogel werde ich schon sterben. Man sollte meinen, ich stand schon mit einem Fuß sozusagen dort drüben im Heiligen Lande. Es galt nur noch, die Fahrkarte zu lösen, das Schiff zu besteigen und – verschwinde! Was aber tut Gott? Da kommt mein älterer Schwiegersohn, Motel Kamisol, der Flickschneider von Anatewka – Sie werden etwas Schönes hören –, legt sich hin, gesund und stark – keinem hier sei's beschieden, keinem Juden sei's beschieden – und stirbt. Das heißt, ein großer Held war er nie. Was soll ich Ihnen sagen, ein Handwerker, Tag und Nacht saß er ›über der Tojre und den Geboten‹ – über der Nadel und dem Faden und flickte – verzeihen Sie – Unterwäsche. So lang und so breit, bis er die

Auszehrung kriegte. Er begann zu hüsteln, er hüstelte und hüstelte, bis er das letzte bißchen Lunge ausspie. Es hat nichts mehr genützt, kein Doktor, keine Ziegenmilch, keine Schokolade mit Honig. Ein ungezügelter Bursche war er, zwar ungehobelt, ohne Bildung, aber ehrlich, ohne Hintergedanken. Meine Tochter hat er lieb gehabt wie's Leben! Für die Kinder hätte er sich umgebracht, und für mich gar hätte er sich geopfert!

Kurz und gut, mit dem Vers geschlossen ›und Moses starb‹, starb Motel und hinterließ mir eine richtige Bombe: Wie hätte ich damals ans Land Israel auch nur denken können? Ich habe schon ein gutes Land Israel bei mir zu Hause gehabt! Wie läßt man zurück, frag ich Sie, eine Tochter, eine Witwe mit unmündigen Kindern, Waisen, ohne einen Bissen Brot? Obwohl, wenn man sich's recht überlegt, was kann ich – ein löchriger Sack – ihr helfen? Den Mann werde ich ihr doch nicht wieder lebendig machen und ihren Kindern nicht den Vater aus dem Jenseits zurückbringen, und selber ist man doch auch nicht mehr als ein sündiger Mensch, man lechzt danach, sich im Alter die Knochen ein bißchen auszuruhen, zu fühlen, daß man ein Mensch ist, kein Dahergelaufener. Genug des Tumults! Genug den irdischen Genüssen gefrönt! Man muß sich schon ein bißchen auf den Himmel vorbereiten, es ist höchste Zeit. Überhaupt noch, wo ich mein bißchen Hausrat schon zugrunde gerichtet habe: dem Pferd, wie Sie wissen, den Laufpaß gegeben, das Vieh ausverkauft bis ins Letzte, geblieben sind bloß einige Böcke, aus denen noch was Rechtes werden kann, wenn man sie gut füttern wird. Und plötzlich, geh, werde auf deine alten Tage ein ›Vater der Waisen‹, ein Vater von kleinen Kindern. Glauben Sie, das ist schon alles? Keine Eile! Das dicke Ende kommt erst noch. Denn wenn Tewje von einem Unglück betroffen wird, das wissen Sie doch schon, folgt ein zweites Unglück gleich auf dem Fuß. Zum Beispiel wenn einmal ein Unglück passierte und ein Stück Vieh krepierte, ist gleich darauf, ein zweites Mal, nicht auf Euch

sei's gesagt, noch ein Stück Vieh krepiert ... So hat Gott schon seine Welt erschaffen, und so wird das schon bleiben. Da läßt sich nichts mehr machen!
Um mich kurz zu fassen, mit meiner jüngsten Tochter, mit meiner Bejlke, mein ich, Sie erinnern sich doch noch an die Geschichte, wie sie das Große Los gewann, einen Hecht erwischte, einen Pedozur, einen Tausendsassa, einen Kriegslieferanten, der volle Säcke nach Jehupez brachte und sich in meine Tochter verschoß, der eine Schönheit wollte und den Efroïm, den Heiratsvermittler, sein Name möge ausgelöscht werden, zu mir schickte, der Berge versetzte, der Schlag hat ihn beinahe getroffen, der sie zur Frau nahm, wie sie stand und ging, der sie von oben bis unten mit Geschenken überhäufte, mit Diamanten und Brillanten – so ein Glück, sollte man meinen, nicht wahr? Ist nicht tatsächlich das ganze Glück zu Wasser geworden? Und was für ein Wasser! Ein Morast, daß der Herrgott einen schützen und bewahren möge! Denn wenn Gott befiehlt, das Rad soll sich nach rückwärts drehen, dann fällt das Brot mit der Butter nach unten, wie wir in Hallel sagen: Da meint man schon, eben war's ›er richtet den Geringen auf aus dem Staube‹, und ehe man sich's versieht, ist's schon Krach: ›Der herabblickt auf den Himmel und auf die Erde‹ – in die Erde mit dem Glück ... Gott liebt es, mit dem Menschen zu spielen. Ach, liebt er es zu spielen! Wie oft hat er mit Tewje gespielt – ›die hinauf- und herabstiegen‹ – hinauf und herab! Und so war es auch mit meinem Kriegslieferanten, mit Pedozur. Sicherlich erinnern Sie sich doch noch an seinen Hochmut mit dem Haus, mit den dreizehn Dienstmädchen, mit den Spiegeln und mit den Uhren und mit dem ganzen Krimskrams in Jehupez? Pi-pu-pa! Erinnern Sie sich, ich glaube, ich erzählte Ihnen, wie ich damals meiner Bejlke zuredete, sie anflehte, sie möge zusehen, daß er das Haus auf ihren Namen kaufe, unbedingt auf ihren Namen? Nun, hörte man auf mich doch, wie Haman den Grager hört – was versteht schon ein Vater? Ein Vater versteht gar nichts!

Also, was glauben Sie, war das Ende? Das Ende war – möge es allen Euren Feinden passieren – nicht nur, daß der ganze Krach ihn erledigte, er verschuldet blieb, alle Spiegel, alle Uhren und die Diamanten und Brillanten der Frau verkaufte, hat er sich noch so schrecklich beschmutzt, daß er, auf keinen Juden sei's gesagt, durchbrennen mußte, einen Abgang vorführte und wegfuhr, dorthin, wohin der liebe, heilige Sabbat verschwindet – nach Amerika, mein ich. Dorthin fahren doch alle, die ein schweres Herz haben; sind sie auch dorthin gefahren, am Anfang dort elendiglich gelebt, auf den Hund gekommen, das bißchen Bargeld, was noch da war, aufgebraucht, und als sie nichts mehr zum Beißen hatten, mußten sie, nebbich, auf Arbeit gehen, alle schweren Arbeiten verrichten wie die Juden in Ägypten. Alle beide, sowohl er als auch sie. Jetzt schreiben sie, es gehe ihnen schon, gelobt sei Gott, nicht übel. Sie stricken Socken auf einer Maschine und »machen ein Leben« . . . So spricht man dort in Amerika. In unserer Sprache würde das heißen: Das Stückchen Brot schleppt sich . . .

Das einzige Glück noch, schreibt sie, daß sie nur zwei Personen sind, ohne Kind, ohne Rind, auch das ist zum Guten! Nun frag ich Sie: Soll nicht der Teufel in seines Vaters Muhme hineinfahren, Efroïm, den Heiratsvermittler, mein ich, für die schöne Partie, die er mir vermittelt hat, und für den Morast, in den er mich hineinführte! Wäre ihr denn so bitter gewesen, wenn sie zum Beispiel einen Handwerker geheiratet hätte wie Zeitel oder einen Lehrer wie Hodel? Obwohl die zwar auch von keinem Glück reden können, die eine ist eine junge Witwe geblieben und die andere irgendwo, auf alle guten Jahre, in die Verbannung verschickt? Das aber kommt doch von Gott, was für Vorsorge kann da ein Mensch schon treffen? . . . Sehen Sie, klug war da doch tatsächlich meine Frau, Golde, Gott hab sie selig, schon allein damit, daß sie sich beizeiten umgesehen hat, sich von der närrischen Welt verabschiedet hat und ins ewige Leben eingekehrt ist. Denn

sagen Sie schon selber, ehe man solch eine ›Qual, Söhne aufzuziehen‹ von Töchtern hat, wie sie Tewje hat, ist es da nicht tausendmal besser, in der Erde zu liegen und Beugel zu backen? . . . Doch wie heißt es in den Sprüchen der Väter: ›Gegen deinen Willen lebst du‹ – ein Mensch kann sich nicht allein nehmen, und nimmt man, haut man über die Finger, wie Sie sagen . . . Inzwischen sind wir vom Wege abgeirrt, deshalb ›laßt uns zum ersten Thema zurückkehren‹. Hier verlassen wir, wie es in Euren Büchern heißt, den Königssohn und kehren zur Königstochter zurück. Also, wo waren wir? Beim Abschnitt »Zieh fort«. Da muß ich Sie aber erst bitten, seien Sie so gut, und verweilen Sie mit mir erst ein wenig beim Abschnitt »Bulok«. Zwar ist es Brauch seit Anbeginn der Welt, daß man zuerst »zieh fort« lernt und erst nachher »Bulok«. Bei mir aber war es umgekehrt. Erst hat man mich »Bulok« gelehrt und nachher »zieh fort«. So schön hat man mich Bulok gelehrt, daß es sich lohnt, das anzuhören, es kann Ihnen noch einmal zunutze kommen.
Kurz und gut, es ist schon lange her, kurz nach dem Kriege, in der ganzen Hitze der Konstitutionen, als die ›Hilfe und der Trost‹ für Juden begann, zuerst in den großen Städten, dann in den kleinen Städtchen, bloß bis zu mir ist das nicht herangekommen, und es hat auch auf keinen Fall herankommen können. Warum? Ganz einfach! Hat man so eine lange Zeit zwischen Gojim gewohnt, mit Esau selber, ist man verbunden mit allen Einwohnern des Dorfes. ›Herzensfreund, erbarmungsvoller Vater‹ – »Onkelchen Tewje« gilt bei ihnen als höchste Autorität, worum immer es sich handelt. Braucht man Rat – dann gilt, »was Tewelchen sagen wird«. Ein Mittel gegen Fieber? Dann »geh zu Tewel«. Eine Anleihe? Auch bei Tewje. Nun, hätte ich mir da Gedanken machen sollen über solche Dinge wie Pogrome? Dummheiten! Wenn die Gojim selber mir oft genug gesagt haben, ich soll grundsätzlich keine Angst haben, sie würden's nicht zulassen! . . . Und so war's auch – Sie werden etwas Schönes hören.

Kurz und gut, einmal komm ich nach Hause gefahren aus Bojberik – ich bin damals noch voller Stolz gewesen, noch im Schmalztopf, wie Sie's nennen, noch mit Milchwaren gehandelt, mit Käse und Butter und »anderem Grünzeug«. Ich spannte das Pferd aus, setzte ihm Heu und Hafer vor, ich hatte nicht einmal Zeit gehabt, mir vor dem Essen die Hände zu waschen, ich blick mich um, der ganze Hof ist voller Gojim, die ganze Dorfgemeinde, alle vornehmsten Herrschaften, vom Bürgermeister Iwan Poperile bis zum geringsten Goj, dem Hirten Trochim, sind da. Und alle scheinen mir merkwürdig auszusehen, so feiertäglich! ... Anfangs gab's mir zwar einen Stich ins Herz: Was ist das für ein Feiertag, mittendrin? Sind sie nicht gekommen, mich Bulok zu lehren? Dann verwarf ich aber den Gedanken; umgekehrt, sagte ich mir: Pfui, Tewje, kannst dich vor dir selber schämen: Alle deine Tage sitzt du, der einzige Jude – es möge unterschieden sein –, zwischen soviel Gojim in Ruhe und Frieden, und man hat dir nicht, ich soll Ihnen sagen, ein Haar gekrümmt. Ich gehe also hinaus zu ihnen mit einem breiten Friede-mit-Euch! »Ein Willkommen den Gästen!« sag ich ihnen, »was führt euch her, meine lieben Herrschaften? Was habt ihr Gutes zu berichten, und was für Neuigkeiten bringt ihr?« Da tritt der Bürgermeister, Iwan Poperile mein ich, hervor, wendet sich an mich und spricht ganz offen und ohne jede Einleitung: »Wir sind gekommen«, sagt er, »zu dir, Tewje, wir wollen dich hauen«. Was sagen Sie zu dieser Ausdrucksweise? Bei uns nennt man das »Blindensprache«, in verhüllten Worten gesprochen, mein ich ... Nun, wie's mir ums Herz wurde, können Sie sich ja ausmalen. Aber mir's anmerken lassen – pfui! Jetzt gerade nicht, gerade! Tewje ist kein Jüngelchen ... Ich antwortete ihnen also ganz lebhaft: »Ich beglückwünsche euch«, sag ich, »aber warum habt ihr euch, Kinder, erst so spät besonnen? In anderen Ortschaften«, sag ich, »hat man das schon beinahe vergessen!« Da sagt mir Iwan Poperile, der Bürgermeister mein ich, diesmal schon ganz ernst: »Versteh mich recht, Tewje«, sagt er, »wir haben

uns«, sagt er, »hin und her überlegt, ob wir dich verprügeln sollen oder nicht verprügeln sollen. Überall, in allen Ortschaften, prügelt man euch. Warum«, sagt er, »sollen wir dich verschonen? . . . Da hat die Gemeinde beschlossen«, sagt er, »daß wir dich verprügeln sollen . . . Aber jetzt kommt der Haken! Wir wissen noch selber nicht, was wir mit dir machen sollen, Tewje: ob wir dir nur die Scheiben einschlagen sollen«, sagt er, »und die Federbetten und die Polster zerreißen und die Federn ausschütten oder ob wir verbrennen sollen«, sagt er, »deine Kate und den Stall und deinen ganzen Hausrat.«
Da hat's mir schön das Herz geklemmt. Und ich betrachte meine Leute, wie sie auf die langen Stöcke gestützt stehen, wie man sich geheimnisvoll zutuschelt. Es hört sich an, mein ich, daß sie nicht zum Scherzen hier sind. Wenn das so ist, denk ich mir, ist es doch, wie man in den Psalmen sagt, ›das Wasser geht bis an den Mund‹ – sie haben dich doch, Tewje, gut in der Arbeit! Denn vielleicht ›man soll dem Satan keine Handhabe geben‹ – was ist bei ihnen nicht alles möglich? Nun, Tewje, denk ich mir, mit dem Todesengel darf man nicht spielen, man muß ihnen etwas sagen! Was soll ich Ihnen lange Umschweife machen, lieber Freund, es sieht aus, daß mir ein Wunder beschieden war, da hat mir der Herrgott den Gedanken eingegeben, ich soll nicht den Mut verlieren. Ich nehm mich zusammen und sag ihnen herzhaft, den Gojim mein ich, gerade in guter Stimmung: »Hört, meine Herren«, sag ich, »hört mich an«, sag ich, »meine lieben Herrschaften, wenn nun«, sag ich, »die Gemeinde so beschlossen hat, ist es doch so«, sag ich, »sicherlich wißt ihr«, sag ich, »besser, daß Tewje es um euch verdient hat«, sag ich, »ihr sollt ruinieren seinen Hausrat und sein ganzes Vermögen . . . Aber jetzt kommt der Haken«, sag ich, »ihr wißt doch«, sag ich, »daß es noch etwas Höheres als eure Gemeinde gibt? Wißt ihr«, sag ich, »daß es einen Gott auf der Welt gibt? Ich sag nicht«, sag ich, »mein Gott, euer Gott, ich spreche von jenem Gott«, sag ich, »von unser aller Gott, der da sitzt«, sag ich, »dort oben und alle

Gemeinheiten sieht«, sag ich, »die hier unten geschehen ... Mag sein«, sag ich, »daß er selber es mir vorbestimmt hat, ich soll durch euch bestraft werden, durch meine besten Freunde, für nichts und wieder nichts. Es kann aber auch sein«, sag ich, »gerade umgekehrt, daß er auf keinen, aber auf gar keinen Fall will, daß Tewje etwas Schlechtes zugefügt wird. Also wer«, sag ich, »kann wissen, was Gott will? Bitte sehr«, sag ich, »vielleicht findet sich jemand unter euch, der es übernimmt, dies zu entscheiden?«

Kurz und gut, sie haben wohl gemerkt, daß sie mit Tewje nicht fertig werden. Da sagt der Bürgermeister, Iwan Poperile mein ich, zu mir, mit diesen Worten: »Die Sache«, sagt er, »ist die. Eigentlich haben wir gegen dich, Tewje, überhaupt nichts. Du bist«, sagt er, »zwar ein Jude, aber kein schlechter Mensch. Aber das eine hat«, sagt er, »mit dem anderen nichts zu tun. Verprügeln muß man dich; die Gemeinde hat das so beschlossen, da kann man nichts machen! Wir werden dir«, sagt er, »wenigstens die Fenster einschlagen. Das«, sagt er, »müssen wir. Denn vielleicht«, sagt er, »fährt jemand vorbei, dann soll er«, sagt er, »sehen, daß man dich verprügelt hat. Sonst«, sagt er, »wird man uns noch bestrafen ...« Genau die Worte und die Ausdrücke, wie ich es Ihnen erzähle, so möge mir Gott helfen in allem, was ich unternehme! Nun frag ich Sie jetzt, Herr Scholem-Alejchem, Sie sind doch ein Mann, ein Weltreisender, hat Tewje nicht recht, wenn er sagt, daß wir einen starken Gott haben?

Ich meine, ich habe den Abschnitt »Bulok« schon abgetan. Jetzt wollen wir zum Abschnitt »Zieh fort« zurückkehren. Diesen Abschnitt hat man mich eben, erst vor kurzem, gelehrt. Aber wirklich und wahrhaftig gelehrt. Wissen Sie, da haben schon keine schönen Worte geholfen, kein Ins-Gewissen-Reden, und wie sich die Geschichte zugetragen hat, so hat sie sich zugetragen. Man muß sie Ihnen genau, mit allen Einzelheiten berichten, ›wie ich es liebte‹ – wie Sie es lieben.

Und es war in den Tagen Mendl Beilis, das war akkurat in

jener Zeit, als Mendl Beilis, unser Kapure Huhn, die Qual des Chibut Hakeiwer durchgemacht hat, wo seine Seele geläutert wurde um fremder Sünden willen und die Welt sich wie ein Ringelspiel drehte, als ich eines Tages auf der Veranda vor meiner Wohnung saß, in Gedanken versunken. Sommer, Leben. Die Sonne bäckt, und im Kopf bohrt's: Was soll das heißen, was soll das heißen, gehört sich das? In unserer Zeit! So eine kluge Welt! Solche bedeutende Menschen! Und wo ist Gott? Der alte jüdische Gott? Warum schweigt er? Warum läßt er so etwas zu? Was soll das heißen und nochmals, was soll das heißen! Und wenn man schon so über Gott nachdenkt, vertieft man sich auch in himmlische Angelegenheiten, und man verfällt aufs Philosophieren: Was ist das Diesseits? Und was ist das Jenseits? Und warum kommt der Messias nicht? »Ach«, denk ich, »würd er nicht wie ein Weiser handeln, der Messias, mein ich, wenn er jetzt bei uns auftauchte, auf seinem weißen Pferde reitend! Wäre das etwas Herrliches! Noch nie, scheint mir, war er so nötig für unsere Brüder, die Kinder Israel, wie jetzt! Ich weiß nicht, wie die Millionäre darüber denken, zum Beispiel die Brodskis in Jehupez oder die Rothschilds in Paris? Mag sein, daß sie an ihn mit der linken Seitenlocke denken; aber wir, die armen Juden von Kasrilewke, und von Masepewke, und von Slodejewke, und sogar aus Jehupez, und sogar aus Odessa, schauen nach ihm aus, ach, schauen wir nach ihm aus! Die Augen kriechen uns schier aus dem Kopf! Unsere ganze Hoffnung jetzt ist doch nur, vielleicht wird Gott ein Wunder beweisen, und der Messias wird kommen! . . .

Inzwischen, während ich so in diese Gedanken versonnen sitze, blick ich auf – ein weißes Pferd, und jemand reitet darauf, direkt aufs Tor meines Hauses zu! Brrr – stoppte er es, stieg ab, band das Pferd am Tore fest und gleich zu mir herein: »Guten Tag, Tewje!«

»Guten Tag, guten Tag, Euer Wohlgeboren«, antworte ich sehr freundlich, und im Herzen denke ich ›Haman naht‹ –

erklärt Raschi: Wenn man nach dem Messias ausschaut, kommt der Milizionär. Und ich erhebe mich für ihn, für den Milizionär mein ich. »Willkommen, mein Gast!« sag ich, »was gibt es Neues in der großen Welt, und was hast du«, sag ich, »mir Gutes mitzuteilen, mein vornehmer Herr?« Und das Herz fällt mir schier heraus, denn ich möchte schon wissen was und wie? Aber er, der Milizionär mein ich, hat Zeit, zündet sich gemächlich eine Zigarette an, bläst den Rauch von sich, spuckt aus und sagt zu mir: »Wieviel Zeit, zum Beispiel, brauchst du, Tewje, um deine Kate und alle deine Siebensachen zu verkaufen?« Ich seh ihn an. »Wozu«, sag ich, »soll ich meine Kate«, sag ich, »verkaufen? Wem, zum Beispiel«, sag ich, »steht sie im Wege?« »Im Wege«, sagt er, »steht sie niemandem. Aber ich bin gekommen«, sagt er, »dir zu sagen, daß du aus dem Dorf fort mußt.« »Ist das alles«, sag ich, »sonst nichts? Für welche guten Taten? Womit«, sag ich, »habe ich bei dir so eine Ehre verdient?« »Es liegt nicht an mir«, sagt er, »daß du fort mußt, das Gouvernement verlangt es.« »Das Gouvernement?« sag ich, »was hat es so Außergewöhnliches an mir entdeckt?« »Nicht nur du allein«, sagt er, »und nicht nur von hier, sondern aus allen umliegenden Dörfern, aus Slodejewke«, sagt er, »und aus Rabilewke und aus Kostolomewke und sogar«, sagt er, »Anatewka, das bis jetzt ein Städtchen war, wird jetzt auch«, sagt er, »ein Dorf, und man wird von dort«, sagt er, »alle die Eurigen davonjagen, alle.« »Sogar Lejser-Wolf, den Fleischhauer«, sag ich, »den auch? Und Naftuli Gerschn, den Krüppel, auch? Und den Schächter von dort? Und den Rabiner?« »Alle! Alle!« sagt er und macht eine Geste mit der Hand, als würde er etwas mit einem Messer abschneiden. Das hat mich zwar etwas erleichtert. Wie sagen Sie: Wenn das Unglück viele trifft, ist's ein halber Trost. Aber verdrossen hat es mich doch, wie ein Feuer brannte es in mir, ich überleg nicht lange und sag ihm, dem Milizionär mein ich: »Sag mir«, sag ich, »Euer Wohlgeboren«, sag ich, »weißt du wenigstens, daß ich in diesem Dorfe schon viel länger wohne als du? Weißt du«, sag ich, »daß auf diesem Flecken noch mein Vater, Gott hab ihn selig«, sag ich, »wohnte? Und mein Großvater, Gott hab ihn selig, und meine Großmutter, Gott hab sie selig?« Und ich bin nicht faul und zähl ihm die ganze Familie mit Namen auf, wer wo gewohnt hat und wer wo gestorben ist. Er hört mich zwar an, der Milizionär mein ich, und als ich fertig geredet habe, sagt er: »Du bist ein merkwürdiger Jude«, sagt er, »Tewje, und redest mehr als ein Weib. Was nützen mir deine Geschichten«, sagt er, »von deiner Großmutter und deinem Großvater? Mögen sie«, sagt er, »im strahlenden Paradiese sein! Und du, Tewje, pack«, sagt er, »deine Siebensachen, und fahr, fahr nach Berditschew!« Das hat mich noch mehr verdrossen: Nicht genug, du Esau, hast mir so eine gute Nachricht gebracht, verhöhnst du mich noch: Fahr, fahr nach Berditschew! Da will ich es ihm wenigstens hineinsagen. Und ich sag ihm: »Euer Wohlgeboren! Wie lange«, sag ich, »bist du hier schon der große Herr? Wie oft«, sag ich, »hast du schon gehört, jemand von meinen Nachbarn soll sich über mich beklagen, daß ihn Tewje bestohlen hat oder ausgeraubt hat oder beschwindelt hat oder was weggenommen hat? Frag doch nach«, sag ich, »bei den Einwohnern, ob ich nicht viel besser«, sag ich, »mit ihnen ausgekommen bin wie der beste Einwohner? Bin ich denn nicht«, sag ich, »mein vornehmer Herr, oft genug«, sag ich, »bei dir selber gewesen, um für die Gojim zu bitten, du sollst ihnen kein Unrecht zufügen?« Das wird ihm wohl schon nicht geschmeckt haben! Er erhebt sich, der Milizionär, drückt mit den Fingern die Zigarette aus, wirft sie weg und sagt: »Ich hab«, sagt er, »keine Zeit, mit dir nutzlose Reden zu führen. Man hat mir zugeschickt«, sagt er, »ein Papier – und alles andere interessiert mich nicht! Komm«, sagt er, »wirst du«, sagt er, »das Papier unterschreiben, und man gibt dir«, sagt er, »drei Tage Zeit bis zur Abreise, damit du«, sagt er, »alles verkaufen kannst und dich auf die Reise vorbereiten.« Seh ich doch, daß es schlecht steht, da sag ich

ihm: »Drei Tage«, sag ich, »gibst du mir? Möge Gott dir«, sag ich, »geben, daß du dafür drei Jahre lang«, sag ich, »in Reichtum und Ehren leben sollst. Möge es Gott dir«, sag ich, »doppelt und dreifach vergelten«, sag ich, »für die gute Botschaft, die du mir ins Haus gebracht hast.« Jetzt hab ich's ihm richtig gegeben, wie Tewje das kann! Ich hab mir's so überlegt: Wenn schon, denn schon, sowieso ist man der aussätzige Jude, was hab ich da noch zu verlieren? Wäre ich wenigstens zwanzig Jahre jünger gewesen und hätte mir meine Golde, Gott hab sie selig, noch gelebt und wäre ich noch derselbe Tewje, der Milchmann gewesen wie einst, in den früheren Jahren, oho! die hätten mich nicht so leicht untergekriegt! Ich hätte gekämpft, gerauft bis aufs Blut! Aber so? ›Was sind wir, was unser Leben‹ – was bin ich heute, und wer bin ich? Ein halber Körper, ein brüchiges Gefäß, ein zerbrochener Scherben. »Ach du, Schöpfer der Welt, Gott«, denk ich mir, »warum hast du dich ausgerechnet auf Tewje verlegt? Warum treibst du dein Spielchen nicht einmal zum Beispiel mit einem Brodski oder mit einem Rothschild? Warum lehrst du sie nicht den Abschnitt ›Zieh fort‹? Stünde es ihnen nicht besser an? Erstens würden sie doch den wahren Geschmack spüren, was es bedeutet, ein Jude zu sein, und zum zweiten sollen auch sie wissen, daß wir einen starken Gott haben.«
Kurz und gut, das alles sind leere Worte. Mit Gott kann man nicht diskutieren, und Ratschläge, wie er die Welt zu führen hat, gibt man ihm nicht. Wenn er sagt: ›Mein ist der Himmel und mein die Erde‹, dann ergibt sich, daß er der Hausherr ist, und wir müssen ihm gehorchen. Was er sagt, ist gesagt! Ich geh also ins Zimmer und sag meiner Tochter, der Witwe: »Zeitel«, sag ich, »wir bereiten uns vor«, sag ich, »von hier fortzufahren, in irgendeine Stadt. Lange genug schon im Dorfe gewohnt«, sag ich, »wer den Ort wechselt, wendet das Glück! Nun denn, sieh zu«, sag ich, »daß du rechtzeitig fertig wirst mit dem Bettzeug, mit dem Samowar und mit dem ›übrigen Grünzeug‹, und ich werde«, sag ich, »die Kate ver-

kaufen gehen. Es ist«, sag ich, »ein Papier gekommen, daß wir die Ortschaft«, sag ich, »verlassen, und in drei Tagen soll kein Hauch von uns mehr hier sein.« Als sie diese Botschaft von mir erfuhr, brach sie in Tränen aus, meine Witwe, und ihre Kinder, als sie das sahen, stimmten ein, und es wurde, was soll ich Ihnen sagen, Tischebow bei uns in der Wohnung! Da kommt mich schon die Wut an, und ich lasse mein ganzes bitteres Herz auf meine Tochter, nebbich, los: »Was habt ihr euch«, sag ich, »auf mein Leben verlegt? Was habt ihr«, sag ich, »plötzlich mittendrin mit einem Gejammer begonnen wie ein alter Kantor bei den ersten Sliches? Bin ich denn etwa«, sag ich, »ein einziger Sohn bei Gott? Ein behüteter? Mangelt's denn an Juden«, sag ich, »die jetzt aus den Dörfern verjagt werden? Hör dir mal an«, sag ich, »was der Milizionär alles zu erzählen hat! Es heißt sogar«, sag ich, »daß dein Anatewka, das bis jetzt ein Städtchen war, wird auch schon«, sag ich, »mit Gottes Hilfe ein Dorf, den Anatewker Juden zuliebe«, sag ich, »damit man sie alle hinausjagen kann. Wenn dem so ist«, sag ich, »womit«, sag ich, »bin ich dann ärger dran als alle Juden?« Sehen Sie, so erleichtere ich ihr das Herz, meiner Tochter. Sie ist doch aber ein Frauenzimmer, so sagt sie mir: »Wohin«, sagt sie, »werden wir uns plötzlich mittendrin wenden? Wo werden wir«, sagt sie, »Städte suchen gehen?« »Dummkopf«, sag ich, »als Gott zu unserem Ururgroßvater kam, zu unserem Erzvater Abraham, und ihm sagte«, sag ich, »›ziehe fort aus deinem Lande‹, fragte ihn da«, sag ich, »Abraham auch nur ein Wort, wohin? Gott sagte ihm«, sag ich, »›in das Land, das ich dir zeigen werde‹, das bedeutet: nach allen vier Richtungen. Wir werden gehen«, sag ich, »wohin uns die Augen führen, wohin alle Juden gehen! Was passieren wird«, sag ich, »mit allen Juden, wird passieren mit dem Herrn Juden. Und womit«, sag ich, »bist du vornehmer als deine Schwester Bejlke, die Millionärin? Wenn es ihr paßt, jetzt mit ihrem Pedozur in Amerika zu sein und ›ein Leben zu machen‹, dann soll's dir auch«, sag ich, »passen. Ein Dank

dem Herrn, gelobt sei er«, sag ich, »daß wir wenigstens etwas haben, womit wir uns rühren können. Ein bißchen«, sag ich, »ist noch von früher da, und ein bißchen von dem Hausrat, den wir verkauft haben. Und ein bißchen wird die Kate einbringen. Noch ein bißl und noch ein bißl«, sag ich, »macht voll die Schüssel – und auch das ist zum Guten! Und sogar wenn wir«, sag ich, »Gott behüte, gar nichts hätten, wären wir«, sag ich, »noch immer besser dran als Mendl Beilis!«
Kurz und gut, ich hab bei ihr immerhin erreicht, sie soll kein Starrkopf sein. Ich hab ihr logisch erklärt, daß der Milizionär kommt und ein Papier bringt und daß man, wenn man sagt: Geh! kein Schwein sein darf, sondern zu gehen hat. Ich selber bin auch weg ins Dorf, um wegen der Kate ins reine zu kommen, und gleich geh ich zu Iwan Poperile, den Bürgermeister mein ich, er ist ein Goj, ein beleibter, und er krepiert nach meiner Wohnung! Als ich zu Iwan kam, erzählte ich ihm weder von der Traumdeutung noch vom Traum. Und ich sag ihm: »Hiermit tu ich dir kund«, sag ich, »Herzensfreund Iwan, daß ich euch verlasse.« Darauf er: »Warum denn?« Darauf ich: »Ich übersiedle«, sag ich, »in die Stadt. Ich will«, sag ich, »zwischen Juden wohnen. Ich bin kein junger Mann mehr«, sag ich, »kann doch passieren, Gott behüte, man stirbt?« Darauf sagt mir Iwan: »Warum sollst du dann nicht hier sterben? Wer läßt dich nicht?« Ich bedanke mich sehr bei ihm und sag: »Hier sterben sollst du lieber. Dir steht es besser an als mir«, sag ich, »und ich will lieber sterben gehen«, sag ich, »im Kreis der Meinen. Kauf mir ab, Iwan«, sag ich, »meine Kate und den Garten. Einem anderen«, sag ich, »werde ich sie nicht verkaufen, dir – ja.« »Wieviel«, fragt er, »willst du für deine Kate?« »Wieviel«, frag ich, »gibst du?« Und so hin und her. Er zu mir: »Wieviel willst du?« Ich zu ihm: »Wieviel gibst du?« Man hat zu feilschen begonnen, die Hände zusammenzuschlagen, so lange gefeilscht und die Hände zusammengeschlagen, einen Rubel herauf, einen Rubel herunter, bis man handelseinig geworden ist. Und natürlich

habe ich sofort eine gute Anzahlung in die Hand genommen, damit er's nicht, Gott behüte, rückgängig macht. Und so hab ich an einem Tag, halb umsonst gewöhnlich, das ganze große Vermögen ausverkauft, alles zu Gold gemacht und hab mich auf den Weg gemacht, eine Fuhre zu mieten, um das übriggebliebene bißchen Armut zu verladen. Jetzt werden Sie noch etwas Schönes hören, was sich zu Tewje verirren kann! Hören Sie nur aufmerksam zu, mit Verstand, ich werde Sie schon nicht lange aufhalten, es Ihnen erzählen, wie sagen Sie »mit drei Wörtern« – mit zwei Worten.
Kurz und gut, vor dem Wegfahren komme ich nach Hause und treffe schon keine Wohnung an, sondern eine Ruine. Die Wände sind nackt, sie weinen wahrhaftig Tränen! Auf dem Fußboden – Bündel und Bündel und Bündel. Auf dem Kamin sitzt die Katze, nebbich, traurig, wie eine Waise. Es hat mir direkt die Kehle zugeschnürt, und Tränen sind mir in die Augen getreten. Hätte ich mich nicht vor meiner Tochter geniert, hätte ich mich gut und gründlich ausgeweint. Wie sagen Sie doch, Vaters Erbteil, hier groß geworden, hier sich sein ganzes Leben lang abgerackert, und plötzlich, mittendrin, ›zieh fort‹! Sie können sagen, was Sie wollen,'s ist eine verdrießliche Sache! Tewje ist doch aber kein Frauenzimmer, so halt ich mich zurück, geb meiner Stimme einen munteren Klang und rufe meiner Tochter, der Witwe, zu: »Komm doch her«, ruf ich, »Zeitel. Wo bis du denn?« Sie kommt, Zeitel mein ich, aus dem anderen Zimmer heraus mit geröteten Augen, die Nase geschwollen. Aha, denk ich mir, meine Tochter hat schon wieder ein bißchen gejammert wie Frauen beim Unessane Tojkef! Diese Frauen, sag ich Ihnen, sind euch nicht faul. Wie's nur etwas gibt, wird geweint. Tränen sind wohlfeil bei ihnen. »Dummkopf«, sag ich ihr, »warum weinst du schon wieder? Bist du nicht ein Narr?« sag ich, »überleg dir doch«, sag ich, »den Unterschied zwischen dir und Mendl Beilis.« Aber sie will nicht hören und sagt mir: »Vater«, sagt sie, »du weißt nicht, warum ich wein.« »Ich weiß ganz gut«,

sag ich, »warum soll ich nicht wissen? Du weinst«, sag ich, »weil dir's ums Zuhause leid tut. Hier bist du«, sag ich, »geboren und groß geworden, verdrießt dich das? Glaub mir«, sag ich, »wäre ich nicht Tewje, wäre ich ein anderer, hätte ich selber auch«, sag ich, »die nackten Wände geküßt und die leeren Regale. Ich selber würde mich auch«, sag ich, »auf diese Erde werfen! Ebenso wie dir tut's mir leid«, sag ich, »um jedes Bröckchen. Närrchen! Sogar die Katze hier«, sag ich, »siehst du, wie sie dort sitzt, verwaist auf dem Kamin? Ein stummes Geschöpf, ein Tier«, sag ich, »dennoch, 's ist zum Erbarmen, sie bleibt allein, ohne eine Herrschaft; eine Tierquälerei.« »Stell dir vor«, sagt sie, »es gibt ein größeres Erbarmen.« »Was zum Beispiel?« »Zum Beispiel, siehst du, wir fahren weg«, sagt sie, »und lassen hier einen Menschen zurück, allein, einsam wie ein Stein.« Ich verstehe nicht, was sie meint, und sag ihr: »Was faselst du«, sag ich, »was für Pflaumen? Was für Mensch? Was für Stein?« Da erwidert sie: »Vater, ich rede nicht wirr. Ich rede«, sagt sie, »von unserer Chawe« ... Und als sie diesen Namen aussprach, war mir, ich schwör es Ihnen, wie wenn man mich mit kochendem Wasser übergossen hätte oder mit einem Holzscheit eins über den Schädel versetzt hätte! Ich falle über meine Tochter her und mach ihr eine wüste Szene: »Wie kommt plötzlich mittendrin Chawe daher«, sag ich, »wie oft hab ich angeordnet«, sag ich, »Chawe ›es soll ihrer nicht gedacht und nicht erinnert werden‹!« Glauben Sie, das hat sie erschreckt? Aber gar nicht! Tewjes Töchter haben schon eine Kraft in sich! »Vater«, sagt sie zu mir, »reg dich nicht auf, und erinnere dich lieber, was du allein«, sagt sie, »uns oft genug gesagt hast, daß geschrieben steht, ein Mensch muß Mitleid mit Menschen haben wie ein Vater mit einem Kind.« Was halten Sie von solcher Rede? Beginnt es in mir doch noch mehr zu kochen, und ich reich ihr eine Gabe, wie Sie's verdient hat: »Von Mitleid«, sag ich, »redst du mir? Wo war ihr Mitleid«, sag ich, »als ich wie ein Hund vor dem Popen lag, sein Name möge ausgelöscht wer-

den, ihm die Füße küßte, und sie war vielleicht«, sag ich, »im Nebenzimmer und hörte jedes Wort? Oder wo war«, sag ich, »ihr Mitleid, als die Mutter, Gott hab sie selig«, sag ich, »auf der Erde hier lag, nicht auf dich sei's gedacht, schwarz überdeckt? Wo war sie damals? ... Und meine schlaflosen Nächte?« sag ich, »und die Kränkung«, sag ich, »die mich die ganze Zeit bis zum heutigen Tag aufgezehrt hat, wenn ich mich erinnere«, sag ich, »was sie mir angetan hat, für wen sie uns eingetauscht hat? Wo ist«, sag ich, »das Mitleid mit mir?« Und es klemmt mir das Herz, und ich kann nicht mehr reden. Werden Sie doch sicher glauben, daß Tewjes Tochter keine Worte fand, mir darauf zu antworten? »Du selber, Vater, hast gesagt«, sagt sie, »daß ein Mensch, der bereut, daß ihm sogar Gott allein auch vergibt.« »Bereuen?« sag ich, »zu spät! Der Zweig«, sag ich, »der sich einmal vom Baume losgerissen hat, muß«, sag ich, »verdorren! Das Blatt«, sag ich, »das abgefallen ist, muß verwelken! Und mehr«, sag ich, »sollst du mir nicht davon reden! ›Bis hierher und nicht weiter.‹ «
Kurz und gut, als sie sah, daß sie mit Worten nichts ausrichten kann, Tewje ist nicht ein Mensch, den man überredet, fällt sie schon gar über mich her und küßt mir die Hände und sagt mir: »Vater«, sagt sie, »möge mich alles Schlechte treffen, möge ich sterben, hier auf der Stelle, wenn du sie diesmal verstoßen wirst«, sagt sie, »wie du sie verstoßen hast damals im Walde, als sie vor dir«, sagt sie, »hinfiel, und du hast«, sagt sie, »das Pferd angetrieben und bist entflohn.« »Was ist das für ein Unglück«, sag ich, »auf mein Haupt, was für eine Bescherung?! Was hast du dich«, sag ich, »auf mein Leben verlegt?!« Aber sie läßt mich nicht los, hält mich an den Armen fest und bleibt bei ihrer Version: »Möge mir das Schlechte zustoßen«, sagt sie, »möge ich sterben«, sagt sie, »wenn du ihr nicht vergeben wirst. Denn«, sagt sie, »sie ist deine Tochter«, sagt sie, »geradeso wie ich!« »Was willst du«, sag ich, »von meinem Leben? Sie ist nicht mehr meine Tochter. Sie ist«, sag ich, »schon lange gestorben!« »Nein«, sagt sie,

»sie ist nicht gestorben, und sie ist schon wieder deine Tochter«, sagt sie, »wie sie's war. Denn vom ersten Moment«, sagt sie, »als sie erfuhr, daß man uns vertreibt, da hat sie sich gesagt, daß man uns alle verjagt, sie auch. Dort, wo wir sind, das hat mir Chawe selber gesagt, dort ist auch sie. Unsere Verbannung ist auch ihre Verbannung. Der Beweis«, sagt sie, »Vater, ist, sieh, dort ist auch ihr Bündel.« So sagt mir meine Tochter, Zeitel mein ich, in einem Atemzug, wie die zehn Söhne Hamans in der Megille, und läßt mich nicht einmal ein Wort dazwischenwerfen und zeigt mir irgendein Bündel, das in einem roten Halstuch eingewickelt ist, und sofort natürlich öffnet sie die Tür zum anderen Zimmer und ruft aus: »Chawe!« Wie ich hier als Jude vor Ihnen stehe! . . . Und was soll ich Ihnen sagen, lieber Freund? Genauso, wie es in Ihren Büchern beschrieben wird, erscheint sie, Chawe mein ich, aus dem Zimmer kommend, gesund, faltenlos, schön wie eh und jeh, nicht um ein Haar geringer, nur das Gesicht ein wenig bekümmert, besonders die Augen, aber den Kopf trägt sie aufrecht, stolz, bleibt eine Weile stehen, blickt mich an, ich – sie. Dann streckt sie mir beide Arme entgegen, und nur ein Wort kann sie herausreden, ein einziges Wort, nur leise: »Va–ter . . .«

Sie dürfen mir's nicht verübeln, wenn ich mich erinnere, treten mir noch jetzt Tränen in die Augen. Aber nichtsdestoweniger, Sie dürfen nicht glauben, daß Tewje, Gott behüte, auch nur eine Träne fallen ließ oder sich etwas anmerken ließ, wie sagen Sie, aus bedrängtem Herzen. Unsinn! . . . Das heißt, was ich dabei innerlich fühlte, im Herzen, das ist was anderes. Sie selber sind doch ein Vater von Kindern, und Sie wissen ja auch, genauso wie ich, die Bedeutung des Verses: ›Wie sich ein Vater der Kinder erbarmt.‹ Und wie das schmeckt, wenn ein Kind, es mag sich noch so sehr versündigt haben, euch direkt in die Seele blickt und »Vater« sagt. Nun, bitte sehr, bringen Sie das fertig und jagen es davon! Und umgekehrt aber, die Sinne des Menschen arbeiten, und ich sehe wieder vor mir den bösen Streich, den sie mir spielte ... Chwejko Galagan, einsinken soll er ... und der Pope, sein Name möge ausgelöscht werden ... Und meine Tränen ... Und Goldes Tod, der Himmel hab sie selig ... Nein! Sagen Sie doch selber, wie kann man das vergessen, wie kann man das vergessen? Und wieder umgekehrt, was heißt! Doch ein Kind ... Wie ein Vater sich der Kinder erbarmt ... Wie kann ein Mensch so grausam sein, wenn Gott selber über sich sagt, daß er ein Gott des Langmuts ist! ... Überhaupt, sie bereut doch und will zurückkehren zu ihrem Vater und zu ihrem Gott! ... Was sagen Sie, Herr Scholem-Alejchem? Sie sind doch ein Mensch, der Bücher verfaßt, und Sie geben der ganzen Welt Ratschläge, sagen Sie schon selber, was hätte Tewje tun sollen? Sie umarmen wie eine eigene, sie küssen und kosen und ihr sagen, wie wir Jom-Kipper zu Kol Nidre sagen: ›Ich habe vergeben, wie deine Worte es baten‹, komm zu mir, du bist mein Kind? Oder vielleicht den Zügel ergreifen wie damals und ihr sagen: »Geh fort«, gehe mit Gesundheit, woher du gekommen bist? ... Nein, stellen Sie sich vor, zum Beispiel, Sie sind an Tewjes Stelle, und sagen Sie mir, auf mein Wort, aber offen, wie einem wahrhaft guten Freund: Wie hätten Sie's gehalten? ... Und wenn Sie es mir nicht gleich sagen können, laß ich Ihnen Zeit, damit Sie's sich überlegen ... Derweil muß man aber gehen, die Enkel warten schon auf mich, schauen heraus auf den Großvater. Sie müssen wissen, daß Enkel noch tausendmal teurer sind und ans Herz gewachsen sind als Kinder. ›Kinder und Kindeskinder‹ – eine Kleinigkeit? Bleiben Sie gesund, und nehmen Sie mir's nicht übel, daß ich Ihnen den Kopf vollgestopft habe. Dafür werden Sie schon was zum Schreiben haben ... Wenn Gott es befiehlt, werden wir uns sicherlich noch treffen. Einen guten Tag!

Anhang

Verzeichnis der jiddischen Wörter und Begriffe

Aleph: Erster Buchstabe des hebräischen Alphabets, hat ungefähr die Form eines lateinischen X. *Von Aleph bis Ssof:* Vom ersten bis zum letzten Buchstaben.

Bejß-Hamidrosch: Lehr- und Bethaus.

Bnej-Odom: Gebet, das am Vorabend des Versöhnungstages *(Jom-Kipper)* gesprochen wird, wobei man einen lebendigen Hahn in der Hand hält. Der Hahn wird später gleichsam als Sündopfer geschlachtet.

Chad-Gadjo: ›Das Lied vom Zicklein‹, Bestandteil der *Hagada.*

Challe: Sabbatbrot.

Chanuka: Makkabäerfest (Fest der Tempelweihe), an dem während acht Abenden Lichter oder Ölflammen in einer *Chanuka-Lampe* entzündet werden.

Chasen: Vorbeter, Kantor.

Cheder: Kleinkinderschule.

Chuppe: Traubaldachin.

Elul: Der den hohen jüdischen Feiertagen vorangehende Monat (im August-September). Im Monat *Elul* wird beim Gottesdienst der *Schofar* (Widderhorn) geblasen.

Gebet der Achtzehn Segenssprüche: Wichtiges Gebet im jüdischen Gottesdienst, wird stehend und unbeweglich, das Gesicht nach Osten gewandt, gesprochen.

Gilden: Alter polnischer Gulden, 15 Kopeken.

Goj: Nichtjude, Christ.

Golus: Verbannung, Diaspora.

Hagada: Texte, die an den beiden Passahabenden bei Tisch verlesen werden.

Hallel: Festgebet, bestehend aus den Psalmen 113 bis 118.

Hojschano-Rabo: Der siebente Tag des Laubhüttenfestes.

Imperiale und *Halbe Imperiale*: Russische Goldmünzen zu zehn und fünf Rubel, mit denen vor Einführung der Goldwährung viel spekuliert wurde.

Jaknhas: Anfangsbuchstaben der fünf Segenssprüche, die bei einem Sabbatausgang, der auf einen Feiertag fällt, gesprochen werden.

Mit Jaknhas handeln, soviel wie ›sich beschäftigungslos herumtreiben‹.

Kadisch: Gebet für die Seele des Verstorbenen, von den Söhnen während eines Jahres nach dem Tode dreimal täglich gesprochen. Falls der Verstorbene keinen Sohn hinterläßt, kann dieses Gebet von einem gedungenen Vertreter *(Kadisch)* verrichtet werden.

Masel-tow: ›Gut Glück!‹ Glückwunschformel bei allen Gelegenheiten.

Melamed: Kleinkinderlehrer.

Mesuse: Blechröhrchen, eine Pergamentrolle mit dem ›Höre, Israel‹ enthaltend, ist in jüdischen Häusern an jedem Türpfosten angenagelt. Wird oft beim Betreten und Verlassen des Hauses geküßt.

Midrasch: Bibel- und Talmudkommentar.

Nebbich: Unübersetzbarer Ausdruck des Bedauerns.

Ojdcho: ›Ich danke dir‹ (Psalm 118, 21). Dieser Vers wird zweimal gesprochen.

Pessach: Passah (Osterfest).

Raschi: Bekannter Bibelkommentator, dem man gerne allerlei scherzhafte Bibeldeutungen zuschreibt.

Rosch-Haschono: Neujahrsfest im Herbst.

Schadchen (Mehrzahl *Schadchonim*): Heiratsvermittler.

Schischi, Maftir: Abschnitte der Bibelvorlesung am Sabbat; das Aufgerufenwerden zu dieser Vorlesung ist eine besondere Ehre.

Schwuos: Wochenfest, um die Pfingstzeit.

Sliches: Bußpsalmen, die in den Tagen vor dem jüdischen Neujahrsfest beim Morgengrauen gelesen werden.

Ssof: Letzter Buchstabe des hebräischen Alphabets.

Ssukkos: Laubhüttenfest, im Herbst.

Streimel: Pelzmütze, die an Sabbaten und Festtagen getragen wird.

Targum: Ein Bibelkommentar.

Targum Onkelos: Aramäische Bibelübersetzung.

Trefe: Gegensatz zu *koscher,* alles, was den rituellen Speisegesetzen nicht entspricht. Ein Tier wird *trefe,* wenn ihm beim Schlachten auch nur die kleinste innere Verletzung beigebracht wird.

Zaddik: Rabbi der Chassidim, Wunderrabbi.

Bibliothek Suhrkamp

Verzeichnis der letzten Nummern

810 Guido Ceronetti, Das Schweigen des Körpers
811 Katherine Mansfield, Meistererzählungen
812 Hans Mayer, Ein Denkmal für Johannes Brahms
813 Ogai Mori, Vita sexualis
814 Benito Pérez Galdós, Miau
815 Gertrud Kolmar, Gedichte
816 Rosario Castellanos, Die neun Wächter
817 Bohumil Hrabal, Schöntrauer
818 Thomas Bernhard, Der Schein trügt
819 Martin Walser, Ein fliehendes Pferd
820 Gustav Januš, Gedichte
821 Bernard von Brentano, Die ewigen Gefühle
822 Franz Hessel, Der Kramladen des Glücks
823 Salvatore Satta, Der Tag des Gerichts
824 Marie Luise Kaschnitz, Liebe beginnt
825 John Steinbeck, Die Perle
826 Clarice Lispector, Der Apfel im Dunkel
827 Bohumil Hrabal, Harlekins Millionen
828 Hans-Georg Gadamer, Lob der Theorie
829 Manuel Rojas, Der Sohn des Diebes
830 Jacques Stéphen Alexis, Der verzauberte Leutnant
831 Gershom Scholem, Judaica 4
832 Elio Vittorini, Erica und ihre Geschwister
833 Oscar Wilde, De Profundis
834 Peter Handke, Wunschloses Unglück
835 Ossip Mandelstam, Schwarzerde
836 Mircea Eliade, Dayan / Im Schatten einer Lilie
837 Angus Wilson, Späte Entdeckungen
838 Robert Walser, Seeland
839 Hermann Hesse, Sinclairs Notizbuch
840 Luigi Malerba, Tagebuch eines Träumers
841 Ivan Bunin, Mitjas Liebe
842 Jürgen Becker, Erzählen bis Ostende
843 Odysseas Elytis, Neue Gedichte
844 Robert Walser, Die Gedichte
845 Paul Nizon, Das Jahr der Liebe
846 Félix Vallotton, Das mörderische Leben
847 Clarice Lispector, Nahe dem wilden Herzen
849 Ludwig Hohl, Daß fast alles anders ist
850 Jorge Amado, Die Abenteuer des Kapitäns Vasco Moscoso
851 Hermann Lenz, Der Letzte
852 Marie Luise Kaschnitz, Elissa

853 Jorge Amado, Die drei Tode des Jochen Wasserbrüller
854 Rudyard Kipling, Das Dschungelbuch
855 Alexander Moritz Frey, Solneman der Unsichtbare
856 Kobo Abe, Die Frau in den Dünen
857 Thomas Bernhard, Beton
858 Felisberto Hernández, Die Hortensien
860 Jurij Trifonow, Zeit und Ort
861 Shen Congwen, Die Grenzstadt
862 Ogai Mori, Die Wildgans
863 Karl Krolow, Im Gehen
865 Gertrud von le Fort, Die Tochter Farinatas
866 Joachim Maass, Die unwiederbringliche Zeit
867 Stanisław Lem, Die Geschichte von den drei geschichtenerzählenden Maschinen des Königs Genius
868 Peter Huchel, Margarethe Minde
869 Hermann Hesse, Steppenwolf mit 15 Aquarellen von Gunter Böhmer
870 Thomas Bernhard, Der Theatermacher
871 Hans Magnus Enzensberger, Der Menschenfreund
872 Emmanuel Bove, Bécon-les-Bruyères
873 Max Frisch, Biografie: Ein Spiel, Neue Fassung 1984
874 Anderson/Stein, Briefwechsel
875 Rafael Sánchez Ferlosio, Abenteuer und Wanderungen des Alfanhui
876 Walter Benjamin, Sonette
877 Franz Hessel, Pariser Romanze
878 Danilo Kiš, Garten, Asche
879 Hugo von Hofmannsthal, Lucidor
880 Adolf Muschg, Leib und Leben
881 Horacio Quiroga, Geschichten von Liebe, Irrsinn und Tod
882 Max Frisch, Blaubart
883 Mircea Eliade, Nächte in Serampore
884 Clarice Lispector, Die Sternstunde
885 Konrad Weiß, Die Löwin
886 Tania Blixen, Moderne Ehe
887 Jean Grenier, Die Inseln
888 Thomas Bernhard, Ritter, Dene, Voss
889 Max Jacob, Höllenvisionen
890 Rudyard Kipling, Kim
891 Peter Huchel, Die neunte Stunde
892 Scholem-Alejchem, Schir-ha-Schirim
893 Ferreira Gullar, Schmutziges Gedicht
894 Martin Kessel, Die Schwester des Don Quijote
895 Raymund Queneau, Mein Freund Pierrot
898 E. M. Cioran, Widersprüchliche Konturen
899 Thomas Bernhard, Der Untergeher
900 Martin Walser, Gesammelte Geschichten

901 Leonora Carrington, Das Hörrohr
902 Henri Michaux, Ein gewisser Plum
903 Walker Percy, Der Kinogeher
904 Julien Gracq, Die engen Wasser
906 Richard Weiner, Spiel im Ernst
907 Gertrude Stein, Jedermanns Autobiographie
909 Marie Luise Kaschnitz, Menschen und Dinge 1945
910 Thomas Bernhard, Einfach kompliziert
911 Alexander Kluge, Lebensläufe
912 Michel Butor, Bildnis des Künstlers als junger Affe
914 Wolfgang Koeppen, Der Tod in Rom
915 Catherine Colomb, Das Spiel der Erinnerung
917 Tania Blixen, Ehrengard
918 Bernard Shaw, Frau Warrens Beruf
919 Mercè Rodoreda, Der Fluß und das Boot
920 Adolf Muschg, Dreizehn Briefe Mijnheers
922 Anatolij Kim, Der Lotos
923 Friederike Mayröcker, Reise durch die Nacht
926 Wolfgang Koeppen, Tauben im Gras / Das Treibhaus / Der Tod in Rom
927 Thomas Bernhard, Holzfällen
928 Danilo Kiš, Ein Grabmal für Boris Dawidowitsch
929 Janet Frame, Auf dem Maniototo
930 Peter Handke, Gedicht an die Dauer
931 Alain Robbe-Grillet, Der Augenzeuge
933 Paul Celan, Gedichte 1938-1944
934 Leonid Leonow, Evgenia Ivanovna
935 Marguerite Duras, Liebe
936 Hans Erich Nossack, Das Mal und andere Erzählungen
937 Raymond Queneau, Die Haut der Träume – »Fern von Rueil«
939 Franz Hessel, Alter Mann
940 Bernard Shaw, Candida
941 Marina Zwetajewa, Mutter und die Musik
942 Jürg Federspiel, Die Ballade von der Typhoid Mary
943 August Strindberg, Der romantische Küster auf Rånö
945 Hans Mayer, Versuche über Schiller
946 Martin Walser, Meßmers Gedanken
947 Ödön von Horváth, Jugend ohne Gott
948 E. M. Cioran, Der zersplitterte Fluch
949 Alain, Das Glück ist hochherzig
950 Thomas Pynchon, Die Versteigerung von No. 49
951 Raymond Queneau, Heiliger Bimbam
952 Hermann Ungar, Die Verstümmelten
953 Marina Zwetajewa, Auf eigenen Wegen
954 Maurice Blanchot, Thomas der Dunkle
955 Thomas Bernhard, Watten
956 Eça de Queiroz, Der Mandarin

Bibliothek Suhrkamp

Alphabetisches Verzeichnis